回乡记

江子 著

GUANGXI NORMAL UNIVERSITY PRESS
广西师范大学出版社
·桂林·

回乡记
HUIXIANG JI

图书在版编目（CIP）数据

回乡记 / 江子著. -- 桂林 ： 广西师范大学出版社，
2021.12（2022.9 重印）
ISBN 978-7-5598-4522-1

Ⅰ. ①回… Ⅱ. ①江… Ⅲ. ①散文集－中国－当代
Ⅳ. ①I267

中国版本图书馆 CIP 数据核字（2021）第 252725 号

广西师范大学出版社出版发行
（广西桂林市五里店路 9 号　邮政编码：541004
网址：http://www.bbtpress.com）
出版人：黄轩庄
全国新华书店经销
北京博海升彩色印刷有限公司印刷
（北京市通州区中关村科技园通州园金桥科技产业基地环宇路 6 号
邮政编码：100076）
开本：880 mm × 1 230 mm　1/32
印张：9.5　　字数：185 千
2021 年 12 月第 1 版　　2022 年 9 月第 2 次印刷
印数：6 001~9 000 册　　定价：49.80 元

这人间如此让人悲欣交集（自序）

在本书中，我首先聚焦的是我的故乡——赣江边的江西吉水县枫江镇下陇洲村。我写我的祖父、伯父、父亲，兄弟姐妹，邻里乡亲，写他们的过去和现在，写这个小村庄亘古不变、已经消逝和正在生长的。

本书的人物都有原型，或者更确切地说，我写的都是现实中的人，如果需要，我完全可以一一将他们指认。——大多是跟我有血缘关系的亲人。

血缘依然是这个世界最可靠的东西。我之所以不厌其烦一再地写下血缘这条古老的道上发生的种种故事，是为了保证我所提供的这份证词的真实性。

我毫不避讳这一点：我的写作从开始，就把自己放在了证人的位置上。

除却援引的历史人物，我笔下最大年龄的人是我的祖父。他出生于1913年，如此算来，他至今已经一百零八岁了——虽然他在1982年就已去世，但我依然一厢情愿地让他在我的笔下活着。

我写下的最小年龄的人是我的小侄子。在《购房记》里，他只有寥寥的几笔，因为我们在县城为父母购房成功，“两个侄子，为有能够安心写作业的房子高兴得手舞足蹈。为庆祝这一件事，他们还当着我们的面装模作样地打了一架。小侄子到父母面前告状的哭声夸张而喜庆。”小侄子出生于2009年。他今年十二岁。

从一百零八岁到十二岁，中间差不多一百年。如此，我观照的，就是一百年左右的故乡。

然后我还写了下陇洲村所属的赣江以西。那是差不多半个吉水县的一大片乡土，有盘谷、金滩、黄桥、尚贤、阜田、枫江等乡镇。与赣江以东地区不同的是，那里的村落往往由北方迁徙而来，且大多是以宗族的方式聚居，并且大多是千人以上的大村庄。

这片乡土曾经是著名的科举之乡，最粗略的估计，她曾经考中过两百多名进士，是出产官员、作家、诗人、烈士和隐士的故乡，南宋民族英雄杨邦乂、诗人杨万里、笔记小说家罗大经，明朝五使西域的外交家陈诚、理学家罗洪先、兵部尚书李邦华等等都是她的子嗣。

这块土地上发生过一门三进士、一门八尚书的科举盛况，也在历史的长河中形成了属于她自己的崇文、尚武，血性而霸蛮的文化性格。同中国几乎所有的乡土一样，这片南方的乡土被三千年未有之变局的时代裹挟，经受了发展的阵痛，经受了前所未有的消亡与新生。

我努力记录和呈现这块土地的历史与现实，是以为她是中国的一部分。或者说，她就是中国。

可我写下的何止仅仅是乡土？我宣布我其实写的是悲欣交集的人间——

人间的出走与返回，永恒与变奏，热闹与寒凉，故乡与他乡，前世与今生，苦难与希冀，逼仄与辽阔，爱与死……

愿山河无恙。

愿人间温暖。

是为序。

江子

2021 年 3 月于南昌红谷滩

目 录

第三辑　他乡

第一辑

出走

练武记

1

我的故乡赣江以西曾经是个习武成风的地方。每到春节，几乎村村的男性都会聚集到祠堂练武，刀枪剑戟，石锁板凳，汇聚一堂。人们练习武艺时发出的吆喝声，器械的尖锐响声，让整个村庄变得刚劲有力，热气腾腾。同时，春节期间村庄的各条小路上，或者原本用作晒场的空地上，到处能看到锣鼓声簇拥下摇头摆尾的龙灯队和扛着大刀、长枪、棍棒的狮灯队。他们都是赣江以西以村庄、姓氏或宗族为单位的武术表演队。他们名义上是走亲戚拜大年，实质上是四处宣示武力，大有现代国家的军事演习的意味。

我的故乡何以成了一个武林？大家比较倾向一致的说法是，赣江以西人口密集，可人均只有七八分地，资源匮乏，难免就民风彪悍，要想活得像个人，必须性格强势，同时手上有把子力气。练武，乃是让自己活得有尊严的不二法门。

我的父亲五兄弟，除了大伯是个读书人，父亲是个呆子，其他三个叔叔都会一点武功。比如我的四叔个子虽然矮矬，可据他自己说他在向人学木匠手艺时兼学得几套拳术和几招防身术。他曾在一次酒后向家人们表演过，因为做木匠，他力量足，爆发力大，每一招用起来的确能让人无招架之功。我的五叔叔个头魁梧，也天生力大，可以背起三百斤重的油桶迈步，十八岁时就曾经把村里的中年男子按在地里啃了一地的泥巴。他因练过很长时间的站桩，下盘极其稳健，某次春节期间大家在祠堂里练武比试，他在不动的情况下，几乎无人能将他摔倒在地。我的三叔长年在外地生活，不知道他在哪里学到的功夫。他曾有过遭人抢劫以一当十被砍十几刀却越战越勇最终令对手落荒而逃的纪录。他现在七十多了，每次说到这件事，依然会像个年轻人那样一脸得意，把身上的衣服撩开让人们看他背上的伤口。

赣江以西到处是我的叔叔们那样的爱武之人。他们在故乡制造了不少传奇。各种打打杀杀的消息不绝于耳。仇家相约在某座桥上比武，谁谁谁被一个路人不经意地施了五把钳（一种封闭穴道致残或缓慢致死的武术），甚至一个村把另一个村洗劫了是常有的事情。

但故乡江湖之上还有一个更高级别的存在。他们是一个特殊的群体。他们武艺高强，手上有人所不及的功夫，以一敌三不在话下。同时他们为人板正处事老练，能主持正义维护公理，路见不平，能拔刀相助，两村对阵，能止暴于阵前，二人死决，能成为生死书上人们信得过的公证人。他们被故乡称之为“老座”。

2

关于故乡习武成风的原因还有两个说法。一个是说赣江以西的先祖大多从北方迁徙而来，比如诗人杨万里的故乡湴塘杨氏，始祖杨辂唐时迁自陕西华阴；据说是江西全省最大的村庄谷村李氏，始祖李晟出自甘肃临洮。这些地方战争频发，习武防身近乎本能，他们迁徙到南方，也就把习武之风带到赣江以西。另一个是说，赣江以西不仅出文士，也出武臣，担任过明朝崇祯年间的兵部尚书的李邦华和他的族侄李日宣，担任过南明的兵部左侍郎的刘同升，担任过清兵部左侍郎的李邦华族侄李元鼎，民国时曾为江西护卫军司令官、陆军上将的欧阳武，都为赣江以西人氏。他们的武功，直接孵化或助长了故乡的习武风气。这两个说法都貌似有些道理，但时至今日，依然没有人能提供有说服力的证据，暂且记录在案。

3

我的家族中武功最厉害的并不是我的几个叔叔，而是我的祖父。他是故乡赣江以西最高级别的武者，也就是人们口中的老座。

祖父符合我对老座这一角色的一切想象。从我记事起，祖父就已经是花甲之年了。可即便如此，祖父在我眼里，依然相貌堂堂，虎背熊腰，仿佛力可拔山的壮士。他长着一张国字脸，单皮眼，阔嘴唇，个子魁梧，状如铁塔。他如果脱了上衣，可以看出他全身都是肌肉：手臂鼓突，胸肌隆起，六块腹肌仿佛六块对称垒起的卵石。他走起路来势大力沉。他的眼睛里有一种坚定而无所畏惧的光，让人感觉即使天塌下来他也敢顶着。他习惯沉默，这使他更有一种传说中的酋长才有的威严。

而听我祖母说起，少年时的祖父可不是这个样子。那时候的他孟浪，凶狠，脾气暴躁，唯我独尊，好像他的体内有一头喜怒无常的猛兽。他会经常操起一把剔骨尖刀对着不小心惹了他的人追杀，或者把自己灌得烂醉，仿佛如此才可以让自己身体里的猛兽变得安生一些。

太祖父看在眼里，急在心里。在他眼里，祖父成了一个病人。他终于找到了医治祖父的药方，那就是练武。

祖父听从了他父亲的劝告，走出家门去寻师习武。几年之后，村里人惊叹于祖父身上的奇妙变化：过去的他，身体就像一棵并不粗壮的杨柳，而现在的他，身上全是石头一样的腱子肉，腰身也魁梧了不少，样子就像一棵苍翠的松柏。过去的他，脾气凶恶，态度冷漠，举止张狂。现在呢，他对谁都笑脸相迎，举止斯文，说话轻声细语，仿佛一头温和的绵羊。看到祖父变成了这么喜人模样，大家都说，全村的祸害从了善，昔日的浪子回了头。

祖父到底经历了什么？他到底练成了什么武艺，学到了怎样的奇门武功？每当人问起，祖父总是讳莫如深。他隐而不发。他深藏不露。可是人们还是从他的不少细节上看出他的功力，比如他曾酒后在乡亲的怂恿下搬起曾氏祠堂门口三百多斤重的石头转了一圈，也曾与人打赌用牙齿咬起一箩筐黄豆上楼。——这需要怎样的力量配合，才能完成如此壮举？

4

仅仅力气过人武功高强，祖父还依然只是个普通的拳师。要成为赣江以西人们心中的老座，必须有人人信服的功德。20 世纪 40 年代中期，祖父迎来了他作为武者的高光时刻。

那是十分炎热的一天，村里有人在村南的稻田里发现了一条一丈多长的眼镜蛇。它在稻田里翻滚，爬行，间或地竖起身子，用不可一世的目光环视着四周前来围观的人们，嘴里发出呼呼呼的让人毛骨悚然的声音。

杀气腾腾、不肯离开的眼镜蛇让村庄涉身险境。一旦被咬必致人死地。四周围观的人们束手无策。危难之时有人想到了练武的祖父。立即有人飞奔着跑到村里去寻他。

祖父听到消息二话没说就来到了村南的稻田。他越过对着稻田中间指指点点、表情又恐惧又兴奋的人群看到了对手。他首先观察了一下四周，稍做思索后把衣服脱下缠在右手手腕上慢慢地下了田，一步步挪到了眼镜蛇的面前。他蹲着马步，目光炯炯，双手张开摆出了搏击的姿势。眼镜蛇竖起身子，开始向祖父发动攻击。——它自信只要被它咬上一口，它面前不知天高地厚的家伙就会轰然倒地。

可是它没有得逞。身材像铁塔一样的祖父此刻变得无比灵巧，他左右跳跃，一再地避开了眼镜蛇上下左右的攻击，同时他手上的动作繁复迅疾，不断引诱着毒蛇的进攻，消耗着蛇的精力。——那些动作章法有度，毫无疑问出自一个十分深远的传统。他右手上的蓝色衣衫就像火焰一样飘忽闪烁。有几次，蛇咬到了衣衫，但它马上意识到它的错误迅即松开了口。

这一场以稻田为竞技场的人蛇大战经过四五十分钟才宣告结束。眼看着蛇的进攻因为体力下降渐渐慢了下来，祖父找到了一个漏洞果断地伸出手。他一只手紧紧地攥住蛇的七寸，另一只手抓住了蛇的尾部。他抓住蛇的七寸的手越来越紧，蛇最终在他手里软成了一根草绳。看到危险解除，那一条轻易可以夺人性命的毒蛇被制服，稻田四周的村民立即喝起彩来。

那一场人蛇大战成为故乡赣江以西的经典记忆。祖父死去多年后，人们谈起它来，依然是用十分赞叹的语气，有的甚至会边说边站起来模仿起祖父斗蛇的动作。

那是祖父学武归来之后的唯一一次在对抗情况下展示他的武

艺。十分有意思的是，他的对手是一条毒蛇而不是一个人。从此之后，人们完全相信，祖父武艺非凡，胆略过人，是老座中的老座，不要说是一条毒蛇或者一个人，就是一匹狼一头豹子，祖父一样会轻松将它降伏，让全村得享平安。

祖父与毒蛇搏斗一战封神。他的名声不胫而走，他因此成了赣江以西十里方圆人们最为尊敬的武者。

5

原本孟浪虚浮的祖父内心植入了一块名叫武术的秘密芯片。那是能不断给他提供能量的秘密能源。靠着这块芯片的滋养祖父拥有了百感交集的人生。——那是让他骄傲的一生，也是让他屈辱的一生。那是沉重的普通人难以背负的一生，也是跌宕起伏的戏剧化的一生。

祖父一生生育了十一个子女，最后活下来了九个。在人多地少的赣江以西，要养活包括这九张嘴的一家人，可真是一件费劲的事儿。曾祖父给他留下的也就几块薄地，能顶多大用处？可因为祖父是个老座，这一点并不会将他难倒。他以杀猪为生。他手脚麻利，别的屠户要半天才能处理的宰杀事宜，他只要个把小时就好了。农忙之余，他还会去两百里外的吉安府贩卖土产。他没有本钱，因武术交结的江湖兄弟们自会为他筹措资金。他与吉安府的商贾们打交道，总能挣下一些钱财。他们并不因为他是个农民就欺负他，相反还因为他是个一言九鼎、豪爽大气的老座而格外敬他三分。他们与他生意往来，彼此结为兄弟。祖母没去世之前经常回忆，我们家经常有穿着体面、说吉安话的人来访，祖父与他们喝酒吃肉，谈武论经，好不痛快。

20 世纪 60 年代末，我的家族的苦难开始了。我的曾祖父是个地主。他一点都不富裕，手上只有几块薄田，另加开了个杂货小店。可他有个乐善好施的“毛病”，经常借钱给自称困顿或急用的人。借他钱的人后来得势且不想还钱，就联合起来把他整成了地主。曾祖父 20 世纪 50 年代去世。到了 20 世纪六七十年代，地主这顶帽子，让我的家族吃尽了苦头。

我的祖父经常与他的哥哥跪倒在村里礼堂台前，他们的前面是曾经非常尊敬他们的乡亲，他们的后面是向我的曾祖父借过债现在掌着权柄的人。那些向他表达过尊敬的人反过来打他。那些少年时候被他拿着刀子追杀过的人利用这个机会对他进行报复。那个他多次施以援手的村庄对他下起了狠手。

祖父的哥哥——我的书生一样的大祖父受不了了，有一天趁着家人不注意用一根绳索把自己挂在了梁上。可祖父没有死。他表面温顺地让人把上衣脱光，让篾片抽打在他宽阔的脊背上（在暗中，他有没有运用武术的功力进行抵挡？）。他在那些敬过他或者被他追杀过的人面前唯唯诺诺，点头称是。每次回到家后他变得沉默寡言。他的笑脸没有了，但他的目光依然是坚定的。他的孩子们担心他，怕他也跟大祖父一样寻了短见。他告诫他的孩子们说他没事。因为担心他的一个个孔武有力的孩子们做出啥后果严重的事来，他屡屡告诫孩子们说要忍。忍字头上一把刀。忍是他习练多年的武术的最高法则，也是他多年秉持的做人的精髓。——这是武术的悖论吗？这个早年见佛杀佛的血性少年，经过了长时间的武术练习，竟然变成了一个打不还手骂不还口的耐力忍者。

靠着从武术中得来的“忍”功，祖父最终带领全家走过了漫长的黑暗期。

6

祖父靠着他从武术中得到的神奇力量化解了他人生中的种种风险和不堪。可他也被长期的隐忍所伤，还没到古稀之年，他中风了。武术的本意是为强身健体，延年益寿，可祖父并没有因为练武而享受到健康的红利，这真是一件令人难过的事情。

中风之后的祖父似乎对他还能活多长时间并不以为意。他似乎早就看透了生死。而他十分在意的一件事，是他的武术要怎样在这个家族中传承下去。他挑中了我。

我不知道祖父所习练的、需要吃大苦才能有所成就的武术，在传承上有着怎样的神秘法则。在很早的时候，他是否有教过他的儿子我的父辈们？我的三位叔叔会一点武功，是否来自他的教导？而漫观我们赣江以西的老座，其武艺似乎都不是传承于他们的父亲，而老座们的儿女，会接受他们的衣钵也成为老座的为数极少，由此看来，三位叔叔的武功，有着另外的恩遇也说不定。

我也不知为何祖父选中了我——那时的我只有十岁，尚未发育，还是个孩子，对武术谈不上爱好，估计祖父也看不出我在练武上有何慧根。有可能是，祖父已经不管不顾了。因为他已经挑不到更合适的传承人了。我是祖父的大孙子，我的堂弟们，连自控能力都没有，有的还是在襁褓之中的婴儿。

祖父开始对我实施一系列传承计划。我对武术一无所知，他让我从站桩练起，继而辅以简单的套路练习。同时，为了让我了解他的武术，让我尝试爱上他要传承的东西，他一直在絮絮叨叨地给我介绍赣江以西盛行的武术的要旨。

他告诉我说，赣江以西的武术，是南拳的一个分支。这种武术，首先是个技术活，特点是讲究攻防兼备，追求桩步灵活，下盘稳健，出拳迅捷，快出快收，品类包括拳术、刀、棍、板凳等。

祖父说，南拳其实有两套系统，一套是明面上的，就是赣江以西每年春节的狮灯表演套路，俗称打四门，就是每套武艺，都要同样地对着东南西北四门打，是南拳练习的入门功夫。一套是暗面上的，也叫倒法，内容五花八门，包括散打、轻功、硬气功、缩骨术、点穴、五把钳等，专门琢磨如何取胜对手，往往由私家探索创造。因为关系到生死祸福，所以一般也由私家秘密传授，这种传授没有教材，没有口诀，传授者对被传授者有着品行、体力等方面的严酷要求。普通的人，一般停留在明面的套路上，偶尔涉足一些散打技法，只有资深的拳师，才会进入暗面的系统。

祖父说，武术的最高境界，并不是打赢对手，而是在于修正自己。真正的老座，必须懂得忍耐，懂得慈悲，做到处变不惊、隐而不发，以静制动、以退为进。深层的武术之道，其实就是为人之道。最高道行的武者，都是有德行、能守卫一方的大英雄。

祖父的引导，让我这个小小少年，由此进入了一个完全陌生的世界，那个世界与我们的日常并行不悖，却有着别样的生死，别样的秩序，别样的伦理关系，别样的荣辱爱恨。——那个世界，与我们所处的世界，也构成了一个明暗关系。那些与我擦肩而过的农户屠夫、贩夫走卒，说不定就是那个世界里的尊者。虽然我因年幼并不完全懂得祖父话里的深意，但我还是由此对这世界产生了深深的向往。

——每天清晨五点，我和祖父住的房间里几乎还是一片漆黑，可祖父就会把我叫醒，一本正经地指导我练习桩步，以及一些简单的招式、套路，乃至如何发力、运气。我记得他那时拄着拐杖，做出来的动作难免变形，而他会用言语不厌其烦地对我进行修正，直到他满意为止。有很多次，他都要摔倒了，总要临时抓住了某样器物才能重新让自己站稳。可他并不因此罢休，相反，他对我的教导更勤了。他似乎是有一种紧迫感，要尽快把他会的一股脑儿教给我。

可我不过是个十岁的孩子。我爱玩，不专注，总想着到外面去浪。每天这么早就被叫醒让我难受。每天重复的练习其实枯燥得很。那些在祖父心里变化无穷奇妙无比的套路，在我眼里不过是一些牵强的毫无关系的动作组合。祖父为了哄我完成每天的武术功课，不得不想出办法，比如用一些亲人们买来探望他的十分珍贵的糕点、饼干来奖赏我，用一些明显不适合用在我身上的话语来夸赞我。

在祖父住的小小的房间里，祖父对我言传身教。每天的晨光，总会准时从窗台升起，照在我的那张汗水津津的老大不愿的小脸上。而床头的暗处，我那曾经气势如虎的祖父目光灼灼。床边，是他那根由弯曲树枝做成的拐杖。它的柄部，因祖父的日日抚摸而锃亮无比，宛如活物。

7

祖父一年后就去世了。他只教了我一些简单的套路和桩步，还来不及教我倒法以及我所不知道的更加绝密的武艺。老天爷没有把更多的时间留给他。而我，又的确是一个对武术毫无慧根的孩子。多么遗憾！我并没有成为祖父希望的武者。

可我毕竟是祖父亲手教过的弟子。我也应该算是赣江以西传统武术的正宗传人。因为这一身份，在以后的日子里，我对南拳在赣江以西的意义和命运有着格外的关注。通过对故乡武术多年的观察与追索，我知道了，秘密传承的南拳，分明暗两套系统的南拳，其实是故乡魂的重要部分——是故乡凡俗的日常中最为隐秘、贵重、势大力沉的那部分。它关系着这块土地的生与死、罪与罚、秩序与礼仪、苦难与激情，对应的是这块土地的贫瘠、不屈、隐忍和决绝。

可我看到的是故乡本土武术的逐渐式微。到20世纪90年代中后期，随着打工时代的到来，人们纷纷出走他乡，他们在春节前回到家乡，已经不再躲进祠堂里集体练习武术了，春节以村庄为单位敲锣打鼓走街串巷打狮灯龙灯举行武术表演的习俗也宣告停止。再没有听说过仇家相约比武的事情，五把钳拍人的事儿大概有半个多世纪没有听闻，人们普遍认为这门武功大约已经失传了。

没有了狮灯龙灯的表演，没有了祠堂里的练武，赣江以西的春节开始变得简陋、空虚而粗鄙。因为不再需要争夺田地和灌溉等方面的资源，整个赣江以西村与村、人与人之间的关系就不再显得剑拔弩张。没有了对生存资源的拼抢与守护，人与人之间不再需要明争暗斗，再加上现代生活的快捷与忙碌，谁会有大把的时间来习练需要付出艰辛努力才能有所收获的武术呢？我不无遗憾地看到，靠秘密传承的本土武术已经逐渐丧失了存在的合理性，我所知道的是，仅存的老座们已经逐渐老去，没有人对他们的武术有一丝一毫的兴趣。以我村庄曾与我一起教书的四芽老座为例，他曾经在很早以前拜师学武，得到了武术真传，曾经为了让赣江里搁浅的船只通行，潜入赣江深水区捞起两百多斤重的铁锚，以及为无数斗殴致伤的人们医治而广受人尊敬。可是现在他患了严重的腰椎症，不要说比武教学，走路都成了一件难事。他的武术，他的两个儿子都嗤之以鼻，无意传承。

可吊诡的是，一边是故乡本土武术日渐式微，另一边却是外来武术在故乡的兴起。从20世纪90年代中期开始，随着少林武术在中国盛行，一批冠之以“少林”字号的武校在故乡堂皇登场。

他们在故乡县城跑马圈地，建围墙，盖校舍。他们不惜血本在省电视台黄金时段投放招生广告不间断地播出。他们派人守在市县两级的火车站汽车站接收从全国各地闻讯赶来的学员（为了争学员常常发生争执甚至大打出手）。他们会在清晨穿着标识醒目的校服列队跑过县城，喊着整齐响亮的口号，以加深人们对他们的印象……县里举办的各种主题的文艺晚会上，少不了他们穿着炫目的表演服的武术表演。县城的许多醒目位置，是他们大篇幅的形象广告。因为他们的沸沸扬扬，原本在古代科举考试中因进士数闻名四海的故乡被命名为中国武术之乡。

与故乡本土武术相比，武术学校传播的武术，是可以公开授课、对习练者的品行毫无要求的培训项目。它的目标是培养去沿海城市工厂、小区就业的保安，或者兼任司机、保镖的私人助理。它的实质是职业技术学校。或者说，是一门生意，一个产业。

人们依然按习惯称他们的创办者为老座。有意思的是，他们都是赣江以西的人。比如南方少林武术学校校长李春生是谷村人氏，尚精少林武术学校校长刘连鹏是离我村庄两里之遥的罗坑村人，东方少林武术学校校长陈细坨是离我家三里路的水南村人（他与我同年，他母亲和我外祖母是亲姐妹，我称他为“表叔”），可从他们的所作所为来看，与其说他们是传统意义上的老座，不如说是现代企业的CEO更为准确。

少林武术学校的甚嚣尘上，进一步遮蔽了赣江以西本土武术的存在。我发现，我已经越来越少听到关于赣江以西本土武术的消息了。

南方少林武术学校是故乡几大武校最为显赫者，它创办最早，在省电视台招生广告投放量最多，学校的规模也最大。该校校长李春生是我朋友。那时候我在县城宣传部门工作，他经常邀请我帮他的学校撰写宣传文案。有一次他出资买了省报一个整版为他的学校做形象宣传，邀我执笔。为了让这一版面更有吸引力，李春生对我讲述了一把刀的故事。他说，他虽然在嵩山少林寺旁边的武术学校学了几年功夫，回到县里创办了南方少林武术学校，可他其实是赣江以西传统武术的嫡传弟子。他从小跟着长辈练过武。他其实有不凡的身世，是明朝崇祯年间的兵部尚书李邦华和李日宣的族裔。他的祖上，曾经跟着李邦华、李日宣四处征战，建立战功。他们给后人留下一把重约八十斤的大刀，以及几套非李氏家族成员不传的神秘刀法。现在这把刀传到了他的手上。他问我，你能不能把这把刀写进宣传文案里？

这个故事真让我啼笑皆非。我高度怀疑这把刀存在的真实性。它有没有可能来自李春生出于商业目的的杜撰？如果故事是真的，他们家祖传的刀法，有没有成为武术学校的授课内容？通过血脉等通道秘密传授的传统武术，一旦与以职业培训为目的的商业武术兼容，它的信号系统还能有多少保留？

而如果这个故事来自李春生的杜撰，那赣江以西的本土武术，在与李邦华和李日宣为同乡的李春生心里，只是一个拔高以少林为名的武术培训学校形象的噱头。想想本土武术沦落至此，真是让人难过至极。

8

即使如此，我依然看到了赣江以西本土武术的隆重登场。那是一年国庆前夕，为庆祝国庆，地方特地主办了一场大型群众性文艺晚会。那一天太阳朗照，人民广场音响喧嚣、人山人海，人们从四面八方赶来，以期看到本县自己熟悉的明星的表演。参加演出的人们穿着节日盛装，在人群中挤来挤去，整个场面呈现出节日才有的热闹与混乱。就在这样的气氛中，一个老者上场了。

他平头，穿着普通的有几分皱巴巴的白衬衫，下身是适合施展动作的白色灯笼裤。他的手里提着一把大刀。大刀的铁质黑沉，木柄黑亮，看得出颇有年份。大刀缀着红色的缨子，缨子颜色艳俗，显然是为增加表演效果临时加上去的。

他六十五岁？七十岁？七十五岁？看不出来。他的身板挺拔，厚实，一看就知道是功力深厚的练家子。他的表情是凛然的，顾盼自雄的，与整个晚会热烈而喜庆的气氛颇为不合。在一阵音响里传出来的锣鼓声中，他举起长刀，向着观众做了一个拱手的起式，然后开始了自己的表演。

只见他劈刀，回收防守，又桩步向前，以刀为刺杀向前方。又反手，砍向侧方来犯之敌……他的桩步沉稳，顿挫有度，手上的动作势大力沉似有千钧，却又变化无穷，攻守兼顾，密不透风。他的目光凶狠如虎，始终追随着大刀的刀锋，计算着刀锋上可能的霜雪和血迹。他的口里不时发出吼叫，好像他此刻并不在舞台上，而是在无人的、月光朗照暗影重重的山林里，或是敌人来犯的战场上。

他挥舞着大刀，一丝不苟地在一个方向打完，又向另三个方向同样打了一遍。打四门，那是赣江以西本土武术的重要特征。它是不是意味着，赣江以西的好男儿，要志在四方，赣江以西的勇士们，要征战四方？其中隐含了赣江以西世世代代人们心中怎样的生存观念和天地之心？

我站在台下，看着他的表演。早有人告诉我，说表演者是赣江以西的老座。他的似曾相识的套路招式，让我想起不少年前春节期间，赣江以西的乡村晒场上流传已久的持棍操刀的狮灯表演，一招一式，都合乎这块土地上古老的范式，每个人的表情，都庄重肃穆，状如烈士。今天老者的动作与他们如出一辙。我想起我的祖父，中风之后即使拄着拐杖步履蹒跚目光散乱，可只要说起武术，他的目光就会像今天的老者那样凛然锐利，只要进入武术的氛围中，就会像听到某种神秘的号令，原本趔趄的身体就会有秩序地攻守进退，仿佛对手就在眼前……

我由此猜测他会很多倒法，三五个人近不得他的身。或许他会五把钳也说不定。在暗面的武术系统里，他一定是一把好手。他一定有过很多次行侠仗义的行为，对这个世界怀着隐忍和良善之心。

现场爆发出了雷霆般的掌声。我想作为这块土地上的人，他们的掌声不仅仅是献给老者的表演，其实更是献给渐去渐远的本土武术传统。

若干年后，当我回望这一幕，我才知道，那一天的表演对赣江以西意味着什么。那是赣江本土武术在故乡土地上的告别演出，宛如天鹅的绝唱。之后很多年，我没有听到过关于赣江以西本土武术的消息。

9

几乎在一夜之间，长城内外大江南北，武术热宛如潮水一般退去，不仅是赣江以西的本土武术不见踪影，就连显赫一时的少林咏春太极也成了明日黄花。各种文艺晚会上，武术表演已经不再作为标配节目，租书摊上，金庸古龙梁羽生的小说被租借的次数越来越少。电影院里，武侠题材作品成了小众，电视屏幕上，霸屏的已不再是成龙、李连杰、甄子丹，而是瘦胳膊瘦腿、浓妆淡抹、说话甜腻、举止绵软的男生女生。我们县城曾经名噪一时的武术学校全部关张，那些高高悬挂的武校形象广告牌早就拆下，国道旁位置显赫的南方少林武术学校已经变成了一家手套厂厂房，李春生不知去向，刘连鹏变成了经营一种据说壮阳效果很不错的药酒的小商人，表叔陈细坨去了湖南，据说依然与人合资办校，但已经与武术毫不沾边。前几年见到他，身材已经胖得完全走形，与当年的穿着健身服带着学生跑步练武身手矫健完全不可同日而语，唯有一双眼睛依然锐亮，算是当年练武的一点儿残留。

没有了对武术的尊崇，这个世道的风气也略有变化：幼儿被车辆碾压，人们路过但都视而不见，漠然而去；有人车上抢劫，满车的大汉小伙，却让抢劫者畅行无阻；有人车站持刀杀人，人们纷纷逃命。挺身而出的人在哪里？

我们不断地被告知：在家听到孩子哭声不要轻易出门，因为很可能是坏人的伎俩，当你走出家门，立即会有一把刀架在你的脖子上。不要随意带自称迷路的小孩回家，当你按下对方自报的家门，你可能会被故意设置的门上的电流击倒。不要帮助自称不识字的老汉在自动提款机上取钱，因为他可能是个骗子，你不过是他们寻找的替身。路边倒地的老人不要轻易去救，他可能是心脑血管病患者，不当的救援反而加速患者的死亡……

强不能惩，弱不能扶，恶不能止，善不能扬。没有了武术精神的干预，这个世道因缺少了必要的力道与硬度，而变得软塌与虚弱。

我由此会想起当年我们县城冠以少林名号的武术学校毕业的学员们，乃至被报道的嵩山少林寺周围的众多武术学校培养出来的学员们。他们算是练家子了。他们当然应该算是武术精神的传人。他们应该散落天涯，在许多重要的城市做着各种营生。在暴徒持刀杀人现场，在幼儿遭碾压的街市，在有人抢劫的车上，他们是否在？如果他们在，他们为何不惩恶扬善出手相救？如果他们不在，他们又去了何方？

一方面是武术精神的逐渐式微，另一方面，传统武术又受尽了侮辱与嘲讽。一个被称为“格斗狂人”的某徐姓青年男子，仅用二十秒时间就将被称为“雷公太极”创始人的另一男子打得脸部溅血倒地不起，被传得神乎其神的太极要领“接化发”根本没有显示出丝毫的迎敌之力。之后该青年男子不断在网上向传统武术发起约战。他口口声声说中华传统武术根本没有实战能力，他要发起对传统武术的打假运动，并点名道姓要对网上经常爆出完胜外国拳师的少林武僧某某、拳坛获得过国际荣誉的邹某某公开宣战。面对该男子的频频约架，中国传统武术界不可思议地陷入了令人难堪的沉默，很长时间以来竟无一人出来应战。他们是对现代搏击的不屑还是根本无力迎战？没有人知道其中的蹊跷。

我十分讨厌这名被称为“格斗狂人”的青年男子。他残忍地粉碎了多年以来我对中华传统武术的美好想象。

10

不知为何，越到年长，我竟越发想念我的祖父。他已经死了三十九年。三十九年来，很多我经历过的人事已然忘记，很多我见过的面孔在我心里已粥样模糊，可是祖父的模样在我心里从来都是无比清晰，仿佛前几天我还见到过他：宽阔的嘴紧紧抿着，显得无比不屈和坚忍，又仿佛是生怕内心成吨的秘密脱口而出。鼻子两边的法令纹如刀劈如斧凿。白发，平头。两目灼灼，眼袋低沉。虎背熊腰，被深色的棉衣裹着（很奇怪我的印象里都是他冬天的装束）。两只手持着那条折曲的、从山上随意砍来没有经过多少处理的、手柄锃亮的拐杖，眼望着远方，似乎是在等待一个很多年都没有等到的消息，又仿佛是为要去远方的亲人们送行。

我想念我的祖父。我想知道，从他贫瘠的、动荡的、悲情的、心事重重的时代转变到如今物质相对丰富的、精神相对轻质的、娱乐的时代，在他的眼中，是进化还是退化？如果是退化，那他心中的理想时代，该是怎样？如果是进化，那需要艰苦付出才能有所成就的中华传统武术的式微，是不是必须支付的成本？我想知道，对“格斗狂人”徐姓男子二十秒狂殴“太极宗师”，同时又约架整个武林，整个武林竟然无一人应战这一事件，他会怎么看？他会认为，传统武术已经沦落，还是真正的高手对如此的闹剧从来就置若罔闻？如果他还活着，同时又刚好是徐姓男子的年龄，他有没有把握战胜徐？毕竟他的体型与徐姓男子差不到哪里去，他能搬动三百多斤重的石头转圈，徐姓男子说不定难有此力。何况他还有一直秘而不宣的“倒法”……我想知道，作为他的嫡传弟子，我的性格及一生其实不无武术的烙印：我有一颗慈悲之心，乐于助人，平生唯有行善从未作恶；坚忍不屈，只要认定目标必定咬紧牙关从不轻言放弃，文学苦寒，数十年收获微薄，可我抱着从一而终的决心；急公好义，多年以来以一支笔为日益颓圮的乡土呼喊，为底层苍生代言……对今天的我，他如何评判？

可不管我如何辩解，我都无法改变我背叛了师门这一现实。至今为止，我早已将祖父教给我的所有动作和套路忘得一干二净。我不记得该如何有效地运气发力。我的马步根本蹲不下去。我身上的肌肉完全是软塌的，绵弱的。我连一百斤重的东西都搬不动。自从前些年患了腰椎间盘突出症后，我更是手无缚鸡之力了。说自己小时候练过武压根儿不会有人信。我还有与我的时代相得益彰的缺点：虚浮，短视，自私，现实主义……

我终于成了我祖父的不肖子孙。

当然也是我祖父的时代的孽种。

这真是没有办法的事。

11

可我依然不愿意相信，仅仅数十年时间，历史悠久的中华传统武术就不可阻遏地走到了它的暮年。我希翼有着数千年历史的东西会有它顽强的生命力。它不会轻易退场。它不过是暂时步入低谷。它在一个人们注意不到的暗道上运行，在人们所不知道的山林、乡野或城市偏僻的巷落里秘密流传。那些传说中的武林秘籍依然得到了精心保存。那些传说中的绝技依然被少数人秘密掌握。他们或会轻功，飞檐走壁如履平地，或能绵掌化骨，或能乱棍不伤，或能以一当十。他们怀着传统武者特有的骄傲与坚忍，不屑于与徐姓男子约架，不屑于与这个喧嚣的、甜腻的时代为伍。他们宁愿退守到这个时代的边缘地带，离群索居，以外人不知的暗号系统传递信息，聚首交流，以无比虔诚的态度习练武术，怀着舍我其谁的责任传递着传统武术的秘密薪火，静心等待着武术重新振奋的时机。

我的判断并非空穴来风。去年冬天，我因事去北京出差，上午余暇时间去地坛公园散步。但见霜天大雾之中，极度的严寒之下，不少人在公园四周吊嗓、健身。我看见人迹极少的密林深处，有两个中年男子在推挡切磋。他们的动作，攻守兼备，快慢有致，时而如行云流水，时而如虎豹豺狼，从他们的运气与发力，看得出他们有很深的功力，他们的脚，变换极快，但一直合乎某种古老的章法。他们脸上的表情，充满虔诚，一看就知道他们是有道行之人。

他们发现了我，立即分开了身体，没事一样地转动脖子，抖动双手，像普通的健身爱好者那样做着拉伸动作。

我熟悉他们的眼神。那是警觉又锐利、坚毅又柔情的眼神。没错，他们就是传说中的武者，是掌握了某种绝门武术的人。我所见过的赣江以西的老座，就都是这种眼神。

我同样对我的家乡赣江以西本土武术也并不绝望。前几天有赣江以西的朋友在群里发出一条消息，说是故乡赣江以西为恢复打狮灯传统文化和申报省级非物质遗产，组建了一支农民武术队。他们在政府的支持与督促下每天加紧训练，有在现场的人录制了视频通过微信在许多同乡群里传播。

我点开了老乡朋友发来的视频。我首先听到了故乡锣鼓熟悉的声响——那是少年时春节期间故乡晒场上经常响起的声响。然后我看见了一群农民，在一个空地上耍起了狮灯。

他们年龄已经偏老。五十岁？六十岁？他们在一块空地上应和着锣鼓的节奏，卖力地施展开拳脚，舞着板凳，挥动着大刀，耍起了棍子（条子）。像很多年前一样，他们把每一套动作，都分东南西北打上一遍。他们的动作，激活了我童年时代关于春节狮灯表演的全部记忆。

老实说，他们的动作是僵硬的，无力的，依葫芦画瓢的。他们的眼神浑浊呆滞，毫无机锋。他们的操练勉为其难，明显感觉到他们在强忍着喉咙里的气喘吁吁，与几十年前我们看到的凶悍的、势大力沉的表演已经不可同日而语。而且，相比于童年时候的拥挤不堪，这段视频里的场景难免相对冷清。除了敲锣鼓者和表演者，视频里只见七八个头发灰白满脸皱纹表情木讷的老人。

可我并不沮丧。从他们的操练中，我知道赣江以西本土武术并没有失传。依然有武术的传人隐藏在人群之中（他们的教练是谁？是不是会五把钳等武艺、从来没有显山露水的老座？）。虽然赣江以西本土武术主要依靠手把手的传教并不见文字的记录，但我想，有着深厚历史的赣江以西本土武术在岁月的长河里不可能不留下它的蛛丝马迹。一定会有人从套路的练习及对留下的信息的揣摩中领悟出本土武术的真谛，并在未来的某一天唤醒大家对武术的全部热情，古老的日益颓圮的村庄，因此再次焕发出崭新的活力——我愿意相信，他们的血管里，响彻着千百年来赣江以西传统武术乃至中华传统武术的强劲回声。

行医记

1

在过去，做一名乡村医生是一件非常体面的事情。他们衣着整洁，手指干净，说话轻声细语，总是一副若有所思的样子。因为掌握着村庄所有人身体的秘密，和对病痛极尽救赎的努力，他们饱受村里人的尊敬。他们用胸前吊挂的听诊器给病患听心跳，拿着注射器穿行在一群病患中的样子，显得威严、慈悲，同时又有点儿神秘。比起普通庄稼汉来，他们身上有一股特别的气味。其实是消毒水的气味，但这种不同的气味，更有利于树立他们在人们心中的形象，增加人们对他们的尊敬程度。他们因此在村庄里有至高无上的地位，甚至比村干部还要神气几分。

我的外祖父就是一名乡村医生。他最擅长的是针灸，据说有过三根银针让人起死回生的经历。听我母亲讲他年轻时是个泼皮，不侍庄稼，喜欢赌博，爱和人舞刀弄棍，与不少人结下过梁子，十里方圆人人唯恐避之不及。但后来他学了医，他在赣江以西的形象顿时变得好了起来。他去世的时候，前来送葬的人将他们村——离我家三里路远的积富村原本宽敞的祠堂挤得水泄不通，完全是仁厚长者才配得上的礼遇。我的外祖母扶着棺木大放悲声，所有人都听得出，她夸张的哭声里有着作为功德圆满者家属的满足。

我们村——赣江以西一千多口人居的下陇洲村，曾经有医务人员六七人，这在故乡十里方圆都是十分显赫的医疗配置。药房里抓药的是村里的高考落榜生罗小平和曾仁子，搞检验的是初中生杨树生，做护士工作的是医生刘水根的女儿刘春莲，负责给村民们看病的是刘水根、孔野德、富英三人。这三个人，整天乐呵呵的刘水根初中毕业，原是西沙埠码头的搬运工，后去赣江对岸水田公社医院学医，修的是内科和中医，是村医院的院长，虽是半路出家，可医术还真有两下子，我弟弟幼时因病休克，眼看着只有出的气没有进的气了，他三下五除二就抢救过来了。我的祖母因此杀了家里的老母鸡设宴宴请了他，当然也同时请了医院里的所有人。最沉默寡言的孔野德高中生毕业，是刘水根的徒弟，也修内科和中医。有点龅牙的富英是产科和儿科大夫，她文化水平不高，医术来源于乡村旧郎中的传授，全村的孩子们出生，都是她接的生。他们是全村人的亲人，也可能是不少村庄的人们的亲人，因为很多外村人都来我们村看病。人们对他们的称呼五花八门，叔叔伯伯爷爷哥哥姐姐不一而足。我从小就被长辈们教育说要叫水根、野德、罗小平为叔叔，富英为表姑姑（为何称为表姑姑我至今不得而知），曾仁子在医院地位低一些，年纪也不算大，但因为与我是本家且是我的爷爷辈，我被大人告诫称呼他为爷爷。

他们在村西头路口的一座房子里办公。它有医生办公室、药房、输液室、化验室，可谓五脏俱全。化验室里有一台曲颈的高倍显微镜，适合全村人仰望。那是村里少有的几座公房之一，里面有一个天井，下雨天可以看到雨斜着往里飘落。它曾经做过村里的小学，我一二年级就在那儿读的，后来学校搬迁，这座公房就作为医院了。医院公房旁边是礼堂，用于全村开会议事和村委会日常办公，相当于我们村的人民大会堂。医院挨着礼堂，足以说明它的地位。实际上，在村里人的心中，它比礼堂还重要些。每天晚上，忙碌了一天的人们，都爱到医院扎堆，谈国家政策，谈天文地理，谈化肥农药，谈村里的家长里短，谈村外的生死离散。众声喧哗，烟雾缭绕，医生们穿着白大褂在人们中穿行（他们上班不分白天黑夜），仿佛一树树梨花在山岗绽放。

我的岳父周树保也是个乡村医生。他们村周家村也有上千号人之多，离我们家八里路远。

他是20世纪70年代初开始学医的。他的老师是他的哥哥。我称作大伯的他哥哥因参军在部队当上了卫生员，复员回家后分配在赣江以东的白沙医院做了医生，后来还当上了院长。周家村看中了这条人脉，就让初中毕业的岳父去白沙医院跟班学习。岳父回来后就成了周家村的赤脚医生。

岳父在周家村行医多年，他似乎什么病都能治，从儿科到骨科他都能开药打针。据说他还为产妇接过生，那是村里的接生婆临时不在的时候。他开始是在村里的卫生所上班，拿着全村最高的工分。分田到户后，他把诊所开到了家里。职业的缘故，他理所当然地成了全村最受尊重的人。而其实，他平头，五短身材，不善言辞，胡子拉碴，爱穿一双用板车轮胎自做的鞋子，毫无备受尊敬的人该有的体面和整洁，跟我们村每天头发梳得一丝不乱、爱穿一身西服的刘水根院长完全是两种风格。

大概是享受到了当医生的种种好处，不知从什么时候起，岳父有了构建一个乡村医生王国的虚妄念头。他的大儿子周秋明初中毕业没考上高中，岳父二话没说托了门路让他去隔壁永丰县的卫生学校学了乡医。同样中考落榜的小女儿周三梅被岳父安排去了市妇幼保健院学习助产之术。周三梅到了婚嫁年纪，本来离周家村不远的花园村，我表弟也就是我三姑姑的儿子看上了她，托了媒婆前去说亲，可我岳父最终同意了做乡村医生的另一个说亲者、阜田镇的胡冬根。我表弟一表人才，高中毕业，在广东经营着一家装修公司，年纪轻轻就创下了一份不错的家业，没有不良恶习，而胡冬根个头矮矬，是个烟枪，只有初中文化。岳父之所以选择胡冬根而放弃我表弟，乃是认为医生这种职业，救人救己，积善积德，福报多多，哪是我表弟这种靠在外闯荡过日子的能比的。

我的妻子初中毕业考上师范学校当了老师。我的小舅子高中毕业考上了大学，成了广东汕尾一家石油公司的工程师。我想如果他们没有考出去，按照岳父的想法，铁定也是端上乡村医生的饭碗。

周三梅学成归来后不久嫁给了胡冬根。她很快就成了阜田镇有名的乡村助产师。岳父 2012 年决定退休，让我的大舅子周秋明接替了他的王位。大舅子个头也不算高，性格原本活络有趣，可接手岳父做了周家村的医生之后，立即变得沉默寡言和老成持重。人们都说，他的神情，与他的父亲完全是一个样子。

2

我们村医院几个人的合作并非铁板一块。先是药房的罗小平再次参加高考考上了某中专学校，几年后成了一名乡镇干部。后来他当了乡镇党委书记，又考取了律师证，辞职赴深圳开了一家律师事务所，成了我们当地最乐于被谈论的人物。剩下六个人继续抱团合作，终于到 20 世纪 90 年代中期宣告解体。

解体的原因并不是他们之间有何矛盾，而是随着改革开放深入，村里的人们纷纷去了城市。他们或者去了省外工厂打工，或者带着孩子在县城租房子做了陪读。一千多口人的村庄，只剩下一二百人，病患数量已经不足以让他们过上体面的生活。再加上医疗政策发生了变化，他们需要共同面对变化带来的各种问题：医护人员需持证上岗，无证的富英表姑姑就不宜再从事医护工作（许多得之民间传授的医者也因此永远告别了医生这个行当），乡村医疗资源需优化配置，他们扎堆办公已经被视为乡村医疗资源浪费而不被允许。

他们搬出了公房。孔野德留在了村里，在自己家办起了诊所，病人不多，他只好捎带着开起了小卖部。刘水根和他女儿去了三里路远的西沙埠小镇坐诊。药师曾仁子也去西沙埠开了一家药店，除了卖那些非处方药还兼卖春节期间人们爱买来孝敬老人的各种补品。检验师杨树生为考乡村医生资格证做着准备，之所以要考乡村医生资格证，是因为他在这个行当混了这么久，不干这个，他不知道他还能干点啥。

那座原本全村最为热闹的房子，从此陷入了沉静。一把不大的锁，让所有的繁华都成了往事。

被岳父视为理想婚姻的小姨子周三梅与妹夫胡冬根不久陷入了困顿。原因是农村合作医疗工程已经启动，病人们都选择去可以大比例报销的镇医院就诊，他们在镇上的诊所几乎可以用门可罗雀来形容。眼看生计都成了问题，孩子也到了读书的年龄，周三梅思考再三决定断腕自救，她把他们行医多年的积蓄取出，在离家百里的市区购了一套二手房，把他们的孩子带到那里读书，自己用空余时间在小区做家政服务来获得收入。她认为就是在城里做家政也比在镇上当乡村医生强。胡冬根带着母亲依然在原地留守，继续捡漏一般地给当地人看病，一面陪伴母亲在故乡安度晚年，一面静待乡医这一行时来运转的时刻。

我的大舅子周秋明也离开了周家村。周家村原有医生两名，另一名早过了天命之年，因人口减少，根据要求，他们村需要有一人离开，去别的没有医生的地方。周秋明年轻，离开的名额就非他莫属了。

周秋明被分配到的村庄叫林桥。那是离周家村七八里路，离圩镇大约三里，离公办的乡镇卫生院五里的地方。村子人口不多，可附近几个村庄都没有乡医。公办的卫生院收费高，看个感冒呼吸道感染什么的刨去报销部分说不定自己还要掏个几十上百，还得走个四五里路，而到最近的秋明诊所求医可能只需要自掏腰包的那部分。这就给周秋明的生存留下了空间。不冷不热的，秋明诊所就这么开起来了。因为秋明态度好，脾气和善，医术也还过得去，没过多久，他就得到了当地的人们的认可。

我的岳父仗着行医多年经验丰富，也常会骑着电动车去给儿子帮忙，比如换个药、量个体温、打个针什么的。可是岳父发现那里的人们根本不信任他。有时候周秋明有事出门，患者宁肯在那里久久等着，就是不让岳父给他看病。岳父向患者介绍自己，可那里的患者丝毫不买他的账，这使岳父尴尬不已。他想时间会改变一切，过不了多久人们就会接纳他，他将得到所有人的尊重——这是医生这个行业应有的待遇。

可不久岳父气急败坏地返回了村里。原因是他给一个年轻母亲怀里的婴儿打针，结果婴儿哭得厉害，那比他的儿女们都小得多的母亲怪罪于他，用了赣江以西最难听的话骂他。长年习惯了人们尊敬的岳父深感斯文扫地，从此再也不肯登儿子的诊所的门。他的行医生涯至此宣告结束。

可是不久周秋明出了大事。行医其实是一件十分危险的事情，疾病的背后说不定就隐藏着魔鬼与死神。岳父及他的哥哥行医多年从未失手，可周秋明没有他们的好运气。农忙时刻，有中年农民因普通炎症到周秋明的诊所就诊，周秋明按常规用左氧氟沙星给他输液。不料不一会儿，他就出现了过敏症状。周秋明急忙对他进行抗过敏处理，并立即打电话向镇卫生院求助。

患者到镇卫生院没多久就咽了气。左氧氟沙星过敏是极其少见的事情，所以用药没有皮试要求。可该患者是罕见的过敏体质。周秋明吓坏了，连忙关了诊所跑回了家中。患者家属不多久就抬着患者已经九十多岁的母亲追到了周家村。她在岳父家的厅堂捶胸痛哭。岳父原本清静的家中顿时声浪滔天。人死不能复生，他们这么做，除了表达痛苦，还是想借此向周秋明施压，要周秋明赔偿二十万元。

周秋明电话问我该怎么办。他说县相关部门组成了调查组来查过，整个事件他的处理方式并无不妥。即使他躲在房间，可从电话中我依然能听出苍老的哭声、吵闹声、辩驳声混成一片。我说办法有几种：一是按他们的要求赔款。二是咬牙扛着，等他们的精力耗得差不多了，再和他们谈判，参考全县以前同类医疗事故的额度进行赔偿。三是走法律渠道，由法院根据相关的法律条款来决定怎么赔和赔多少。你是医生，这一事故是医药造成，你也是受害者，法院肯定会考虑这些因素。

周秋明最后还是按死者家属的要求赔付了二十万。他告诉我说不是他不愿意扛下去，而是因为他是医生，他看不得这位九十多岁的老母老年丧子的悲伤。这悲伤因他而起，这使他有了强烈的罪恶感。钱没有了以后可以挣，但如果这位母亲再有个三长两短，他就会成为这个家庭十恶不赦的罪人。

周秋明掏光了所有的积蓄，还向他父亲借了一些，才凑齐了这笔对他来说巨额的赔偿金。

本着治病救人的目的病人却死在自己手里，多年的辛苦积蓄不仅化为乌有还欠着债，周秋明沮丧至极。他重新回到林桥村，寻思着准备卷铺盖回家。他想经过了这么一出，医生这一碗饭他是吃不成了。他的事在当地被传得沸沸扬扬，不再会有人相信他。他想以后需要干点别的。可是他错了。人们知道他回来了，纷纷来到诊所安慰他说，那件事他们都已了解了来龙去脉，他们知道那并不是他的错，而是死者命里的劫数。他们从不怀疑他的医术。他能给死者家庭赔偿二十万元，所有人都知道了他的菩萨心肠。把自己的病交到他这样的好人手中，是最放心不过的事。

村庄如此荒凉，幸存的人们，自然就成了命运共同体。他们被迫彼此相依为命，即使灾难也不能把他们分开。

3

我们村的刘水根关掉了他在西沙埠小镇上的诊所，领着老伴投奔了他在省城当牙医的小儿子，选择在南昌颐养天年。想想他已经是古稀之年的人了。他的大儿子是个博士，在广州从事科研工作。据人们的普遍观察，医生的儿女成才率普遍很高。我们村另一个医生孔野德的大儿子也是个博士，还是个留美博士。岳父家我当老师的爱人与当工程师的小舅子按赣江以西的标准也算是成了才的。这是不是岳父说的医生这个职业的福报？——孔野德也关掉了他在故乡的诊所和杂货店，摇身一变成了县城某社区的卫生室主任。人们都说，从乡医到县城社区医生，这里面的关系可不少，孔野德肯定是花了不小的成本。据说他的诊所就诊者巨多，大多是我们村及附近村进城购房或租房居住的乡亲，他们都笑称是他的老病号。在西沙埠接替刘水根坐诊的是杨树生。这个多年前在我们村医院做检验员的人，费了九牛二虎之力，终于通过了乡医执业资格的考试。他的医术到底如何，我不甚了了。按理他在我们村医院多年，长期看刘水根、孔野德他们治病，耳濡目染，应该也学到了不少东西，那些常见病治起来不会出什么岔子。遇上超过他诊断能力的病，他只要把患者往乡镇或更大的医院推就可平安无事。他也是五十多岁的人了。他之后将由谁接替他的工作，只有天知道。

原本医疗资源十分鼎盛的我们村迎来了无医时代。这没有什么尴尬的，村里常住人口大面积减少，再好的资源于它也是浪费，无医时代的到来乃是必然。接下来我们还迎来了无商店时代，买任何的日用品都要去三里外的西沙埠小镇。今年大年初一，我从县城开车回村里拜年，想在村里找一家商店买些东西去看望我的家族的几位老人，可没能如愿。一百年前，我的曾祖父在村里开了一家杂货店，生意据说还不错，他将村里的土产收购贩卖到了吉安府，又将城里的东西贩卖到村里，结果积累了一些钱财。他用这些钱财购买了一些土地，后来被打成了地主。如果他知晓当年他仅凭一家杂货店就可以活得体面的村庄如今竟然连一家卖日用品的杂货店都没有，不知会做如何感想。我们村还可能迎来无农时代。村里将没有一个人种地，门前所有的土地都由相关资本控制的机构统一进行经营。我们村还会有什么新的变化到来，鉴于我的浅薄平庸，我目前还无法做更多的推断。

但村庄并非都是荒凉的时候。比如每年清明，在外的人们像候鸟一样从四面八方回到了家乡。难得走动长满荒草的巷子里、机耕道上到处走动着人。他们对村庄的历史、山上墓地里的人们的生平了如指掌。他们扛着锄头，挑着担子，许多人一看就知道是老把式。他们用十分纯正的乡音相互问候，好像他们从来没有离开过这里一样。此时的村庄花团锦簇，绿草如茵，田地里的水光如灯明亮，简直就像是一个童话里的世界。

几年前，我清明回家，看到村子西口当年用于村医院运营的公房已经倒塌，一片残垣断壁。村里的干部们暂时还来不及将它拆除。但我们知道，随着乡村振兴的推进，这是早晚的事情。让我十分讶异的是，从倒塌的公房中间竟然长出一棵树来。那树不知是什么树种，竟有两层楼那么高。已是清明，它还没有长出叶子，可是在枝丫上竟然开出了朵朵白花。为何它只开白花不开其他颜色的花，我想肯定是这座公房曾经做过医院的原因。世间万物自有因果，这棵树就是一个明证。它仿佛是受上天委派来接替当年穿着白大褂的医生们，继续坐诊在这村西路口。而整个村庄那些已少人居住的破败不堪的老房子们，就仿佛是等待它诊断的一个个患者。

购房记

1

越来越多的人走到离家的路上了，我年迈的父母也未能幸免。八年前，已经年过花甲之年的他们用蛇皮袋收拾了部分被褥和日用穿着，乘坐一辆包租的旧面包车离开了我在赣江边名叫下陇洲的老家，来到了五十里开外的县城。

种种迹象表明，我的父母对这一次离开，进行了颇为周密的谋划。比如说，离开的几个月前，他们为款待回去的我杀掉了最后一只鸡，就再也没有续养过新的家禽。再比如说，出行的几天前，他们将两垄菜地托付给了邻居……可是，由此认定他们把这次离开当作永不回返的决绝之举，显然不够恰当。在他们心里，离乡不过是权宜之计，进城不过是形势所迫，要不了三五年，他们就要回到原来的轨道上，回到这赣江边他们认为是故乡的地方，把鸡鸭喂起来，把菜地要回来重新种上。风来闭户，雨来关窗，卧听风雨，闲看落花。他们以为，这才是他们该享用的晚年。

父母此去是陪我的大侄子读书。大侄子到了读书的年龄，而我的家乡的小学一共只有十一名学生，让孩子去县城读书成了大多数家庭的选择。我的弟弟弟媳在广东打工，陪读的任务，自然就落到了父母头上。

父母住进了姐姐和妹妹帮他们租好的民房里。他们首先购买了液化气炉灶，碗筷，以及基本生活所需的一切。他们精心计算好出租房到菜市场、学校的时间，妥善安排买菜、做饭、接送孙子上学放学等事项，小心与房东、来自不同地方的邻里处理好关系，认真积累超市积分卡上的积分，享受着积分兑现后超市给予的小恩小惠的快乐……这是与在乡村完全不一样的生活。他们开始可能有些笨手笨脚，甚至有些因年老造成的吃力，但时间久了他们也能勉强应付。况且，有同在县城陪读的姐姐和妹妹照应，他们在城里生活的难度比预想的要少得多。

一段时间之后，父亲母亲发现，相比在乡下，在城里的他们有大把的时间空出来……从来闲不住的父亲百无聊赖。他慢慢找到了打发时间的许多方式，比如向公园里的许多城里退休干部学习奔跑，那是他几十年的乡村生活所没有的体式。他奔跑的动作笨拙，失衡，跌跌撞撞。加上他因过重的劳作脊柱过早弯曲，跑起来就更难看了。可是他并不以为意。他每天清晨六点起床，然后从公园的入口出发，沿着公园的湖面来回奔跑。周长大约四百米的公园路，他每天早上都要跑上十圈。他跑得大汗淋漓，并且心满意足。他自以为从奔跑中得到好处，这个古稀之年的老头儿，爱上奔跑之后精气神好了不少。每次跑完之后，他会在公园旁边的广场玩几把单双杠。他是个干体力活的农民，臂力自然过人，比起许多同龄的城市老人，他的动作就有几分高难，比如他能一口气做好几个引体向上，在双杠上屈伸手臂十几次。他会招来许多旁观者的赞许，而这不免让他得意。

父亲还爱上了午睡。在乡村，一个人如果不是生病和醉酒，白天睡觉，是要遭人骂的。可是现在，父亲每天中午都要睡上一觉，谁也拦不住他。他入睡极快，几乎是一挨枕头就睡着，大约一小时后醒来。有了午睡之后，他发现日子不再像过去那么局促逼仄，而是变得丰盈、从容和舒展。照进出租房里的午后阳光显得格外明媚。他看着以前几乎天天与他吵架的母亲的目光也显得格外温柔。世界在他眼里，满满的都是善良与慈悲。

我的母亲常常在电话里向我抱怨，说父亲经常在外晃荡不回家。每当向父亲问起，他总是说今天到谁谁谁家里，明天又到了某某某家，路上又遇上了哪个熟人……过去要走四五里，甚至七八里路才能见到的亲戚们，现在只隔着三五条巷子、七八百米距离。在县城生活的父亲发现，走亲戚的成本变得无比低廉。我的亲人们，他们都纷纷关了乡下的家门，潮水一般涌到了县城，租住在以父亲为中心一两里半径的区域里。因为相距太近，父亲和他们的关系比起过去更加亲密了。

在县城生活的父亲爱上的事物还有不少，比如在报刊栏前读报，关心县里官员（我曾在县城工作，他们有些是父亲认识的我过去的同事）的升迁调动和知名人物的逸事……不仅父亲，母亲也发生了许多变化。比如她习惯使用煤气，穿着远比过去整洁得体，说起话来由过去的尖声厉气变成现在的轻言细语。她越来越安静，慈祥。而在乡下，她是一名性格有几分乖戾、容易动气的古怪老妪。

父母谈到要回到老家生活的次数越来越少。他们远没有我想象的那样热爱家乡。他们对家乡的感情越来越淡，终至无情。因为在县城住的是出租屋，我们每年必须回到家乡过年，他们从开始的载欣载奔变成了期期艾艾乃至怨气满腹。久不住的房屋需要打扫，他们老了，哪有这么多的力气？重新升起一支炊烟，哪是那么容易的事？住在老家的人越来越少，相比之下，他们会不会觉得自己寒碜？买个菜要走三里远，乡下哪里有县城方便？村里的医生都到城里了，家里谁有个头疼脑热怎么办？

八年时间过去了。父母从十足的农民变成了习惯和热爱城市生活的人。为他们在县城购置一套房产，以安顿他们的晚年，就这样成了我家刻不容缓的大事情。

2

受我的委托，妹妹一有空就奔走于县城的大街小巷，为父母找房子。她今天打电话跟我说看了一套房子在国道旁的县邮局后面，进出不错，离侄子读书的学校也近，可惜在五楼，不利于爸妈老胳膊老腿的攀爬，看来还是算了；明天告诉我有一套房在城中心的菜市场旁边，二层，三室两厅，不费爸妈腿脚，年份也不算久，可是菜市场环境有点儿乱，气味也不太好，可能也不合适……电话里的她，谈起房子头头是道，且比她自己当年看房买房还要积极。

妹妹已经是拥有县城房产的人了。可她的购房经历，说起来让人啼笑皆非。

十多年前，同样是为了让到了上学年龄的孩子受到更好的教育，妹妹领着她的孩子来到城里。她的丈夫去广东打工。她与她的家婆、两个孩子租住在出租屋里。为了安顿好一家人（最小的孩子还在襁褓之中）的生活，妹妹总是忙个不停。她要买菜，做饭，洗衣服，接送大儿子上学，给小儿子喂饭，去附近的手套厂领活回家做以补贴家用……生活就像一团糨糊，而她深陷其中。她只有小学三年级文化水平，而她的丈夫初中没有毕业，他们怎么有能力去设计更长远的未来？

可他们有我这样爱咸（闲）吃萝卜淡操心的哥哥。我自告奋勇充当起他们的生活导师。我经常向他们灌输城镇化、理财等方面的理念。我很早就向他们提出了在县城购房的建议。我常打电话对他们说，城镇化趋势不可逆转，房价自然会越来越高。把妹夫长年在广东打工积攒的钱全部存在银行是不妥当的。银行里的钱表面有利息但其实会不断贬值。把钱取出来买房，对他们来说是让钱保值的最简单方式。

我说，你们的孩子要在城里读书，陪读的日子会很长，你们怎么不需要房子？

你们花很少的钱买了房，住多年后房子不仅不贬值还会增值，你能碰上多少这样的好事儿？

你们以后必定要在县城安家的，乡下待的人会越来越少，你们怎么可以在县城没有房子？

我苦口婆心。我连哄带劝。我力图把我对乡村学理化的观察和思考说得通俗易懂。我的语气里，似乎藏着一只老虎，它正穿过森林，向着妹妹走来，张口露出了牙齿，可妹妹将信将疑。她看不到那只老虎，倒是每年都看到他们的存款在增长，她就像农妇看到栏里自己喂养的猪不断长膘那样踏实开心。再说了，她对我说的他们应该在县城安家的说辞不置可否。我凭什么预设他们的未来？可为了不让我失望，她装模作样地在县城看房子。那时进城的农民还不多，新开的楼盘前看房的人稀稀拉拉，房价也似乎并不高，涨幅也不大，妹妹有理由怀疑我是危言耸听，就一直没有下定买房的决心。

可是进城的农民开始增多，街头农民模样的人摩肩接踵，稍大一点儿的超市里人满为患人声鼎沸。房地产开发如火如荼，整个县城就像个尘土飞扬的大工地。县城的面积不断扩大，过去县城旁边的村庄纷纷拆除，建起了一个个高楼林立的小区。行政办公地点从城中搬到城北，立即把城北的房价炒高。城南不甘示弱，建起了工业区和学校，以带动房地产。街头到处是戴小红帽的人送发房产销售广告。社会上跟房地产扯上关系的人越来越多。我老家的几个只有初中文化的乡下泥水匠一跃成为了房地产商人，开着奔驰宝马在街上横冲直撞。我过去的县委机关同事将自己住的房子到银行办抵押贷款，贷出的钱款交给房地产商挣取利息差价，结果还真挣了钱。我的一个当老师的朋友在几个小房地产项目搭了干股，过去经济拮据的他现在也买了房和车，也人五人六一副有钱人的模样。

我老家的亲戚也纷纷来到了城里。在城市买房的亲人不断增多。我的舅舅在城里干的是与房子有关的装置水泥楼板的事宜，他成了我的亲戚中最早在城里买房的人。我的五叔仗着他的儿子在深圳开五金店挣了钱，也买了一套小区环境不错的房子。我的小姑父是跑长途货运的司机，他们把房子买在了距县城四十里外的市里。我的大伯四个女儿有三个在县城买了房。我的亲人们相见，问的都是在城里买房没。老家男女相亲，一个关键问题是在城里有没有房。

房价像春潮一样上涨。过去一平方米一千元变成了两千元、三千元，直到现在的四千元以上。新开的楼盘前人们排着队。那只老虎终于显露了形迹，露出了尖锐的牙齿，并且发出了让人心惊的咆哮。妹妹眼看着过去可以买两套房的存款，现在一套都买不了了，在银行里长出的那点儿利息，塞老虎牙缝都不够，她整个人都蒙了。

妹妹在电话里的声音仿佛溺水的人那样潮湿虚弱：哥，你说我怎么会这么笨这么多年都没听你的？哥，你说世界上哪有只涨不跌的东西？哥，你说房价会不会哪天跌下来一点儿？

我的语气不容置疑。我劝妹妹死了这条心。我告诉她房价不仅不会下跌而且还要涨。我要她看准了就赶紧砸钱。我恐吓她说不然到时哭都来不及！

我知道她还对回老家生活抱有幻想，我必须堵死她的后路，我告诉她，依现在的时局，几乎所有七〇后以后的农民都不可能回到土地上，过像我们父辈那样的农耕生活。在城市文明面前，乡村是无力的。我告诉她说，据我的观察，最少近期，城市才会是他们未来的立锥之地。

我的说法是不是有些武断？我的妹妹半懂不懂，但终于狠下了心。她看中了县总工会置换给开发商开发的一个楼盘。那里是县城中心地带，房子结构、采光都不错，房价也要四千多元一平方米。她把她们家所有的积蓄全砸了进去。

妹夫打工二十多年的存款一下子清了零。仿佛看到猪栏里空了的农妇，妹妹瞬间变得虚弱无比。

妹妹一家住进了新房。她在她家饭厅上方的墙上安置了一个财神。每到初一十五，她都焚香祭拜，祭品供奉。她祈求财神，要保佑他们家财路广阔，财源滚滚，让他们存折上清空了的存款重新长起来。——那财神的表情似笑非笑，天知道它在享受了供奉之后是否愿意给妹妹搭把手。

几年过去了。房价依然在上涨。我的妹妹对当年买房的决定毫不后悔。她告诉我，现在她的房子已经涨到一平方米五千元了。可她又不无懊恼。她经常说，哥，早听了你的，买两套房，一套住，一套捂着到现在卖出去，不就发财了吗？而每次听到她的感叹，我都不置可否。城镇化如同盛宴，可如她这样毫无准备的普通农民怎么可能分到这盛宴里的一杯羹？

妹妹终于在国道旁的某小区给父母相中了一套三室两厅的二手房。那是一家单位十八年前建的集资房。房子在二楼，离妹妹的住地、孩子上学的学校都不算远。房子离国道隔着办公楼，正好阻挡了国道车辆的喧嚣，就有了闹中取静的意味。它原来的主人，是一位在乡村中学教书的老师。

妹妹打电话跟我说，哥，价钱啥都谈妥了，你们回来看看，看中了就交钱办手续吧。

3

我和妻从南昌赶回了县城。弟弟和弟媳也从广东赶回。我们听从中介的安排，一大早来到了县房产局门口，等着中介领着我们去办房产过户手续。中介还没有到来。我们在门口说着闲话。房产局门口工程车来来往往，把道路上的灰尘一再卷起，整个县城混浊不清。不远处，是一个建筑工地，一个新的楼盘又将封顶。

闲着无事，看着街头。远近的街头到处是人头涌动，仿佛是一锅沸腾的水。不远处的街心刚刚露出了白色地面，又迅疾被人群占满。地面到处是瓜果皮、塑料袋和建筑垃圾。这些来来往往的人们，都说着不同的乡音，显示他们来自不同的乡镇。他们都是一副农民打扮。他们脱离了土地的供养，靠什么在城里生存？我进城的亲友们，舅舅在工地上干活，有高中文化的舅母在做着保险推销的工作，五婶做了环卫工人，妹妹做了一家私人办的针织厂女工。我父母的生活靠着我和弟弟的供养。眼前那些熙熙攘攘的人们，在这城里，都有哪些养活自己的法子？

我看到隔着我们几米远的地方两个中年男女在讨论着什么。那是两个看起来命运并不光鲜的中年人。男的早生华发，衬衣皱巴巴的，并且因为多次洗涤已经失去了本色，与他沉默寡言逆来顺受的神情正好契合。女的短发，干瘦，黧黑，看得出早年吃过很多苦，多年的风吹雨淋的劳作在她身上保留了清晰的印迹。她穿圆领短袖汗衫，和一双款式老旧的塑料凉鞋。她的脸凶悍，上唇有一道道深刻的竖纹，这使得她的嘴看起来像一个刀斧施暴后的遗址。她的目光散乱无神，并且充满了莫名的悲伤和怨恨，让我吃惊。

他们是我们要购买的房产的主人。男的是一所乡村中学教师，女的是他的乡下老婆，没有工作，是典型的家庭妇女。

妹妹告诉我，他们是小姑父村里的。小姑姑说女的有点儿神经呢，两夫妻经常吵架，全村闻名。

果然不一会儿，这一对男女的说话由轻声细语变变成了拌嘴。大概是男的一句话不小心没顺着女的，女的抓住了话柄进行纠缠，男人的辩解并不能让她满意，或者男人根本不愿就范，她开始生气。她的目光开始变得凌厉，嘴唇急剧开合，手势越来越夸张，动作的幅度越来越大——

她一会儿做扑上去撕咬状，一会儿又退回，似乎是要躲避某种我们看不见的东西的扑咬；

她的五官都变了形，脸色也变得寡白，大约是她的动作过于急切，体内的血液蹿动如乱兵，而头部成了布防最空虚的部位。

一定有一匹猛兽藏在她的身体里。现在，它已醒来，在她的体内奔突、冲撞，在急剧地寻找出口，而她身体的栅栏，被冲得东倒西歪，眼看就要倒了……

男的大概是习惯了她的莫名的暴怒，一直岿然不动，偶尔说上一两句。她见他并没有告饶的意思，顿时不顾一切，做出鱼死网破的样子，掉头就走。男的赶紧拉住了她，他说了一两句什么话，她余怒未消，可是已经回到了原来的位置。

她的眼球鼓突出眼眶，她的动作依然有剑拔弩张的紧张。他们在路边兀立着，轻声地说着什么。看得出他依然在讨好她，而她依然撑着没有原谅他。

我顿时忍不住对他们进行了猜想。这一对中年夫妇之间刚才发生了什么？来来往往的车辆声音太大，我没有能听清他们的交谈。——是怎样的经历，怎样的命运，让这个在城里生活的乡下女人，变成了这样一副容易狂躁的样子？按心理学分析，一个人的狂躁易怒往往因为他（她）对所处的环境缺乏安全感，那让她缺乏安全感的原因是什么？

在县城到处是农民的今天，举止莫名的她俨然是一个隐喻，一个警示。

还有，我想知道的是，他们为什么卖房子？就在昨天，我去看过他们的房子，老实说房子内的摆设给我的感觉是陈旧和寒酸的，近二十年历史的房子，房内却没有添置空调冰箱，电视也只是一台 21 英寸的旧电视，几个木门框已经残破，可见他们的家境。倒是随处可见乡村生活的痕迹，比如阳台晾晒着梅干菜，用的是乡村篾匠制作的竹团箕；阳台的墙角，有一把带着泥的锄头，让人疑心这城里的某个隐秘角落，有他们开辟的一块菜地；厨房里的锅盖，竟然是一块明显出自乡村木匠手艺的木盖板！——他们卖掉房子，是需要筹钱办急事，还是为了另买新房？

从妹妹的口中得知，他们有一个儿子，刚刚大学毕业，正在准备县城机关公务员的考试。可是昨天，我没有见到他。我不知道他的相貌和性格，是遗传了他的父亲，还是母亲……

4

过了好一会儿，中介才来到房产局门口。她骑着电驴子，从人群中裹挟着街道上飞舞的灰尘冲出，在房产局门口刹住了车。她的双手是握着电驴子的把手的，可她火急火燎的样子，让人感觉她是举着大棒在空中飞舞。

她还没下车，可是已经十分愉快地和人们打着招呼，丝毫没有晚到该有的歉意。她看到我，笑颜就要多一些，目光停落在我身上就比其他人要久一些。她叫着我的名字，问着诸如我何时回家的家常话，显得无比亲切和随意。

我回应着她。我也叫着她的名字，用着老家的方言。很早从妹妹口中就知道了，给我家购房做中介的，名叫张三英，是县城一家房产中介公司的老总。

她也是我的故乡赣江边的下陇洲村的女儿，与我同是七〇后的同龄人。

她的爸爸早年是村里的支书，寡言少语却目光威严，村里人人都敬畏他，不过已经死去多年。她的大哥是我父亲的同门师兄弟，同拜村里一个做篾的大师傅为师，是我父亲感情最好的发小，几年前随在县城工作的儿子成了城里人。她的二哥是个泥瓦匠，后来当上了包工头，20 世纪 90 年代初就在县城自建了房，是我们村最早进城的能人之一，不过也有了许多有钱人的毛病：离婚再娶，前妻依然与他们生活在同一个屋檐下——多少年后，性情开朗的她变得木讷，目光躲闪……她的三哥是我们村“文革”后的第一个大学生，现在在一个乡村中学教书。她的四哥是我小学同学，小学没有读完，后来当了泥瓦匠，他的近况，我不甚了了……

我对张三英出嫁到外村后的生活了解不多。听妹妹讲，她种过地，生了娃，到沿海打过工，后来在县城生活，摆过小摊，卖过保险。她与爱赌、家暴的丈夫离了婚，改嫁了他人。就在前两年，她看到楼盘价格层层走高，销售火爆带动了二手房市场，就办起了一个名叫“蓝天”的房产中介，自己当上了老板。

张三英领着我们，威风凛凛地走进了房产局。房产局办公楼走廊上走动的明显是职员身份的人纷纷殷勤地与张三英打招呼。我们跟着她来到了产权管理科。科里的人们纷纷停下手里的活计，笑容可掬地与张攀谈。我不免猜想，她要卖多少套房子，才能达到如此亲密无间的程度？要有怎样的销售成绩，以及怎样的沟通能力，才能配得上这样的友善？

张三英一面与科里管事的人说着甜蜜悦人的话语，一面指挥我们出示结婚证、身份证，复印相关材料，填写房屋买卖合同。期间她还要不断接听电话。她语速飞快，可毫不啰唆。房屋买卖手续繁复，可她调度有方，阵脚丝毫不乱。我不知道，是怎样的经历，怎样的蜕变，让这样一名只有小学三年级文化的乡村女子，变成了游刃有余的城市职场老手？

张三英又带着我们来到了银行办理贷款按揭手续。银行办理的人员快到退休年龄，可他恭敬地称比他辈分小的张三英为“张总”。他回答我们的问询，一口一声听张总的。最后还加重了语气：一切听张总的！听他的口气，好像张总，根本不是只有一个人的皮包公司的负责人，而是掌管了千军万马的义军首领。

我们当然听张总的。在张总的引导下，买房的事有序进行。

5

从广东赶回来的弟弟叼着烟卷，按照快到退休年龄的银行职员的吩咐，与弟媳一起忙于在借款合同上签字，按手印。房是以我们两兄弟的名义买的。他的那部分需要贷款按揭——他们在办理按揭手续。手续颇为烦琐，弟弟看起来就很忙，都抽不出空照顾他叼在嘴上的烟卷。为了躲避烟熏着他，他歪着头，一只眼睛眯起。他嘴上的烟灰已经很长了，但一直不肯掉落，他也不弹，甚至头故意不动，以配合它的野蛮生长。

这完全是一副奈何不得的泼皮模样。

我的弟弟比我小七岁。二十年前他高考落榜，离开了村庄和学校，跟着打工的人们去了广东。他上过工地，进过厂，像许许多多普通打工仔一样，他吃过很多苦，遭了不少罪。一个偶然原因，他应聘到一家彩印厂做了业务员，从此进入了彩印包装这一行当。

他结了婚，妻子是一名在广东打工的湖南妹。他生了娃，两个孩子都丢给我在老家的父母。他买了房，房子在东莞的石龙——他在东莞购房置业，是不是想在那里扎根一辈子？他的妻子开了店，是在东莞石龙一个服装批发市场里的一家成人服装店。他做了老板，办起了一家小型的彩印厂。他的坐骑，几年前是一辆海南马自达，今年换成了高大威猛的北京现代SUV途胜。

弟弟看起来混得不错。他经常在他的微信里晒他的车，他忙碌不已的小工厂。他还经常在微信里发一些十分励志的段子、语录，不明真相的人，会以为他是多么了不得的一个人。

我就是不明真相的人之一。我从不过问亲友们的生意、收成。今年春节的某个晚上，我召集全家开个会，商量给父母在县城买房的事。我的意见是我与弟弟各出一半，买套二手房。尽孝是两个人的事，我岂能一手包办？之所以买二手房，不仅因为二手房普遍地段好，生活方便，还因为我和弟弟都在外地，二手房可以省去装修尽快让老人入住。

我以为他会赞同我的意见，可是我错了。

弟弟低下了头，很久没有作声。烟在他的指间明明灭灭。然后他抬起头，脸上换成了泼皮的表情：

——没必要在县城买房的。老家养老就不错，可以种点儿地，锻炼身体。

——要不，我把他们带到东莞，他们在东莞生活，不是比我们县城更好吗？

——买什么二手房，要买就买新房。

——我没有在县城置业的打算，我这辈子还不就在广东待着？

他终于说出了他不想买房的真正原因：我没钱，我东莞的房子贷了款，我买的车也贷了款，我开的工厂也贷了银行的钱。每个月我要还银行多少钱你知道不？厂子开四年了，可现在经济环境不好，我根本没挣到钱。我拿什么去买房？

他说，是不是逼我把东莞的房子卖了？要么让我缓缓。等我缓过来了，买什么套房，买座大宅子！

我的弟弟胡搅蛮缠。我的父母一言不发，但神情黯然。弟弟的话让我吃惊：这个住大房子开SUV外表光鲜的新式农民，这个名片上印着“某某彩印公司董事长”头衔、一副老板派头的人，真实的状况竟是如此！

爸妈曾经有过随弟弟去他们十分陌生的东莞生活的经历。可那是监牢一样的让他们无比难堪的经历。他们去东莞度晚年是不可能的。家庭会议不欢而散。

春节过完，弟弟和弟媳又回到了东莞。而我买房的计划并没有停止。我委托妹妹在县城抓紧看房子。我还向许多过去的同事打听哪里有合适的二手房出售。我要我的父母自己有机会也去看看房子。回到县城，我也会抽出空来去房产中介转悠。终于几个月后，我的妹妹找到了现在的房子。

我给弟弟打电话。我说房子找好了，你回来看看吧。房子还是要我们俩人来买。钱太多了我一个人也顶不下来。

我帮他想好筹钱的办法：找他的两个姐姐借一部分，需要的话我也帮凑点儿。他再办部分按揭。耽误不了他多少事儿。

我的弟弟终于开着他的SUV从东莞回到了县城。他衣着光鲜。他威风凛凛。他嬉皮笑脸。这一次他没有胡搅蛮缠，而是十分配合地跟随着中介去办理各种手续。在银行的柜台前，他在几份借款合同上签字按手印。他的嘴上，长长的烟灰终于掉落了下来。

6

房子买成了。我们全家人都兴高采烈。爸妈不善言辞，可当晚颠来倒去地说着让我们不安的客套话。整个事件中妹妹出钱出力，功劳可谓不小，当我夸赞她，她脸上的笑意是由衷的。在广东打工的姐姐打来电话，向爸妈表示祝贺，语气是喜悦的。两个侄子，为有能够安心写作业的房子高兴得手舞足蹈。为庆祝这一件事，他们还当着我们的面装模作样地打了一架。小侄子到父母面前告状的哭声夸张而喜庆。我想弟弟弟媳也该是高兴的，房子是不动产，而购房并没有影响他们的生活质量。

我想我也应该是开心的，我安顿好了父母的晚年。以后他们可以在县城开心地生活，奔跑，安睡，走亲戚，老去。同村的人们和我的亲友都会羡慕他们。我付出极大努力尽了孝道，许多人知道我为父母买房的事，纷纷向我竖起了大拇指。

可是我不仅没有开心，相反心里还涌起了悲伤的情绪。我想起这些年来我做了我的故乡的逆子。那个叫下陇洲的赣江边的村庄养育了我二十多年，可我不仅没有报答她，反而与她离心离德。

这些年来，我不断鼓励我的亲人们离开土地，离开乡村。我通过各种的关系把家乡适龄的孩子一个个送到县城的学校读书。我不断给孩子们训话，要他们好好读书，以后到更大的城市去工作。那些读不进书的孩子，在读完规定的九年义务教育之后，我会安排他们去读各种职校，掌握一门技艺，以便更好地在城市生存。我不断告诫我在广东模具厂打工的外甥，要尽力向城市学习，要有在城市待下去的本领。我给我学做白案在深圳蛋糕店打工的外甥女说，一定要想办法生活在城里，不然你的手艺就白学了。我一再催促我的姐姐和妹妹在城里买房。当妹妹一直以没有找到合适的房子来回应我时，我竟用讥讽的话来刺激她，我说，早晚有一天，大东山（县城旁边的山，全县最高峰）会开发新楼盘的，你到那里买去。我要我的姐姐放弃在乡村建房的打算，把钱投到县城买房。我的姐姐妹妹最终都听从了我的劝告，拥有了县城的房产，如我所愿开始了她们的城市生活。

我背叛了我的村庄，可是我并不是不爱她。我永远不会忘记她对我的养育。她赐给我生命，并告诉我我的来路。村中的曾氏祠堂忠恕堂，以及族长家精心保存的族谱，告诉我我是读书人的后代，是被称为宗圣的山东曾参的后裔。每年春节贴满祠堂的长长短短意蕴丰富的对联，向我传递着先祖仁孝礼义忠恕的告诫。故乡教会了我勤苦、慈悲和忍耐。我在她的怀抱里学会了劳作，学会了敬畏自然和生命，学会了像草木一样坚韧。她是我姓氏、容貌、性格的赐予者。

她教给了我最初的美学。我热爱她春天的田野，像一本本书一样整齐的绿色，细雨里燕子横飞的景致，水洼里蝌蚪的墨意。我热爱她夏天里的村口老樟树下可以容不少人纳凉的浓荫，池塘上方成群飞舞的蜻蜓，夜晚的满天繁星，以及竹床上古老的凉意。我热爱她秋天的田野肆意的金色，斜阳晚归的牧牛图。我热爱她冬天白雪皑皑的屋檐，早晨裸露的大地上的霜迹和太阳下蒸腾的水汽……我的文学，就是在如此美的启蒙下开始的。

可是故乡日渐荒芜。村里的人们一个个离开了村庄。她就像一个衰老的母体，无法给她的子孙更多的营养。我们离开了村庄，没有多少人会感到悲戚。我们总是安慰自己，我们随时可以回到故乡。我们以为我们可以在城市和乡村之间往来无拘，可是，那条回乡的路已经越来越窄。就像今天，当我在县城为父母办妥了养老的房子购置手续，我突然发现，我回家的路断了。

我知道随着父母在城里定居，我再也没有理由动不动就回到故乡，以主人的身份向依然留守的乡亲们问候，与巷子里溜达的狗交朋友，查看田野里草木的长势，晨起在赣江的堤上跑步健身。

我再也没有理由因婚丧大事接受同村亲友的邀请，与众乡亲一起坐在一张热气腾腾的酒桌上喝酒吃肉，听送葬的唢呐声牵扯心肠，看着大家对娇羞的新娘品头论足。

时间将改写一切——包括先人的坟头，祖母墓碑上亲人们的名字，我老家遗存的楼房的样子，村里人心中的我的样子……

当我们将故乡放逐，故乡也放逐了我们。不管以后我走到哪里，都注定我离故乡会越来越远。这是谁也阻止不了的结局。

我开着车，向着我工作的省城奔驰。看着道路两旁一个个崭新却喑哑无声的村庄，我仿佛无家可归的孤儿。车内，约翰·丹佛在歌唱。他的歌声，仿佛子弹，击中了我：

简直是天堂啊！西弗吉尼亚，兰岭山，谢纳多阿河。那里的生命年代久远，比树木古老，比群山年轻，像和风一样慢慢生长。乡村路，带我回家，到我生长的地方——西弗吉尼亚，山峦妈妈，乡村路，带我回家。

我的全部记忆都围绕着她，矿工的情人，没见过大海的人儿。天空灰蒙蒙的昏暗一片，月光朦朦胧胧，我的眼泪汪汪。乡村路，带我回家，到我生长的地方——西弗吉尼亚，山峦妈妈，乡村路，带我回家。

早晨她把我呼唤，我听到了她的声音，无线电广播使我想起遥远的家乡，驱车沿路而下，我感到我本应昨天就回家，昨天就回家。

乡村路，带我回家，到我生长的地方——西弗吉尼亚，山峦妈妈，乡村路，带我回家。乡村路，带我回家……

——［美］约翰·丹佛《乡村路带我回家》

怀罪的人

1

在三生出事之前，赣江以西的人们都愿意认为，县城那条主要街道中文峰路上，那个名叫“烦恼丝”的理发店的老板三生，是个有大本事的人。从赣江以西起身去县城办事的人们打理发店门口经过，都愿意向店门口不断旋转的理发标识投去怀着敬意的一瞥。人们早就在私底下传颂他的功德：他师从乡村理发师，却把理发店开到了县城，并且成为县城最知名的理发师。他小学文化，却能和县城的大小官员打成一片，亲如兄弟。他为人仗义，乐于助人，通过与县城官员的熟稔关系，为赣江以西的许多人办成了不少烦心事。如果说这样的人都不是有大本事的人，那什么样的人才算有大本事呢？

赣江以西的不少人对三生的底细如数家珍：他是下陇洲村著

名的大善人曾宪喜的儿子。他从小是一个性格孤僻、沉默寡言的孩子。他小学毕业没考上中学（这在当年是许多乡村少年共同的命运），父亲领着他去拜了村里的篾匠师傅为师。岂料他对篾匠毫无兴趣，学师两年不成，又改学理发，拜村里理发师傅刘蠢子为师，学有所成。三年师满，本该出摊去挣一口吃食，父母觉得他尚且年少，且过于内向，缺乏见识，如此出门混吃，怎么可能养活自己？寻思良久，把他送到了武汉他的早年因考学离家的伯父身边接受历练。他在那里待了整整十年。他所从事的工作，从他偶尔的语焉不详的介绍中得知，大概有饭馆传菜生、酒店管理等。他在那里经历了什么？这些工作，给了他怎样的历练？武汉在他的生命里，占据了怎样的位置？没有人能说得清楚。反正是，十年后，当他回到家乡，已经不再是当年孤身一人出门的少年郎，而是一名江苏籍女子的丈夫，一个满口普通话的小女孩的父亲，也已经不再是当年沉默寡言、土头土脑、脚上好像装了猫蹼走起路来悄无声息、最容易被人忽略的乡下孩子，而是一个梳着分头、能说会道、和颜悦色、精明能干的有为青年。

三生来到了县城，摆出一副要大干一场的架势。他郑重其事地进行了一番考察，然后决定重操起理发的手艺。他在县城租了一家店面，挂起了名叫“烦恼丝”的牌子。没多久他就租下了旁边的两家店面，并招募了几位手艺不错的理发师和洗头生。并没有花去多长时间，他就积攒了相当的名气，“烦恼丝”成为了整个县城生意最好的理发店。

2

三生在县城的名气首先来自他的手艺。三生真是一个天生的理发师！他有一副几乎让所有人都喜欢的面孔：眉目清秀，鼻子挺拔，皮肤白皙，笑意温和得体。他说起话来轻声细语，声音富有磁性。他的手指修长灵巧，有个在中学教音乐的女顾客说这样的手真适合弹钢琴。他理发的动作干脆利落且富有美感，电动推剪、剪刀在他手里发出的声响就像它们是一件件微型的乐器。他理出的每一个发型都十分符合理发者的头型、年龄和身份。他也能满足几乎所有人提出的要求，只要对着他店里的墙上贴出的众多发型图案中挑选出自己中意的那一款，他就可以理出一模一样的发型来。他的手艺很快得到了人们的认可，女人们相邀到他的理发店做头发，孩子们到了该理发的时候，都向自己的家长提出非去烦恼丝不可。那些大小官员，在参加他们认为重要的活动之前，为让自己显得精神些，都选择到烦恼丝理发。全县最大的领导，那个相貌威严的刘姓县委书记，是个头发不多几近秃子的人。他却经常向他的下属抱怨找不到合适的理发店理发，有人向他推荐了烦恼丝。自从光临过一次烦恼丝之后，他终于停止了抱怨，对着镜子露出了满意的笑容。他因此成了烦恼丝的常客。这样一来，去烦恼丝理发的官员就更多了。

整个县的大小官员在三生的理发店里进进出出。他们进去时面目憔悴，出来时容光焕发，天知道三生给他们施行了什么法术。在理发过程中，三生和他们愉快交谈。毫无疑问，三生有相当出色的交际能力。他谈吐得体，所谈内容丰富有趣，足球、股票、养生等等无所不包，离县城几百公里外的大城市武汉的资讯更是了然于胸。他能够把握住交谈的分寸，所有与他交往的人，都能从他的身上获得满足（爱抽烟的客人，他会殷勤递烟，并随时从口袋里掏出打火机为顾客点上火。打火机的造型和发出的悦耳声响在当时的县城都是稀有）。他与官员们的关系越来越亲密，最终超出了理发师与顾客的范畴，更仿佛是亲友、乡党和同僚。他们的交往早已不只限于烦恼丝理发店，有人在比较私密的饭局、牌局上，也看到三生与官员们谈笑风生，不分彼此。他称呼官员们为“领导”“局长”“书记”“主任”，而他们称呼他为“老板”。

3

三生与官员们打成一片，这一切被赣江以西的人们看在了眼里。人们普遍称许三生的本事，为赣江以西出了如此人物感到欣慰无比。却有人惦记上了三生的人脉，抱着病急乱投医的心理闪进了烦恼丝理发店，悄悄向三生说出了自己的烦恼，渴望三生能利用自己的关系给他搭一把手。也许事情比较棘手，他对三生能否办成并不抱多大希望，可三生三下五除二就让他心想事成。

三生能办事的消息立即像长了翅膀传遍了赣江以西。找三生办事的人多了起来。县城中文峰路上的烦恼丝理发店成为赣江以西的人们与三生的秘密接头地点。他们拐弯抹角找到三生，在三生停下手中剪刀的当口，用十分巴结讨好的口气向三生倾诉着他们的烦恼，希望三生用他的关系网络，像理发一样将他们的烦恼一剪了之。

20 世纪 90 年代算得上是一个人心躁动的时代。世界依然陈旧、暗淡，就连县城最繁华的中文峰路到处都是坑坑洼洼尘土飞扬，可空气中已经充斥了许多不安的因子，有了许多新的滋长：几百公里外的广东成了传说中捞金的宝地。县城的水泥厂已经建好，招工在即。乡镇企业方兴未艾。乡村的孩子，纷纷涌向县城的学校，指望有一个好的学习环境。房地产开发开始兴起，灰蒙蒙的县城，逐渐盖起了一些名号洋气的崭新小区。白天的街上，不断响起录像厅里传出的枪炮声、打斗声，乃至女人的呻吟声。夜晚灯光绚烂的舞厅里，有钱的人以向歌手献花的方式斗富。……因为越来越不安分，人们的烦心事就越来越多：出外打工丢了身份证要补办，乡村户口想转城镇户口，孩子到城里读书要转学，到医院看病要找好医生，创业办企业要贷款，超生的孩子要上户口，打麻将被警察逮住了希望少罚点款，春节期间跑长途客运要审批，做生意想少交税……

三生燃起烟卷，一改他平常的和颜悦色，十分郑重其事地摊开一个笔记本，一边听着来人的倾诉，一边将对方的要求用笔详细地记在笔记本上。他因为才小学毕业，字写得当然歪歪扭扭，可这有什么关系呢。他的样子，根本不像是一个单纯的手艺人，更像是县城机关里坐办公室的干部。听完来人的倾诉和要求，他会要来人回家等消息（如果没有办成把握，他会明确拒绝）。少的时候几天，多的时候十天半月，请托之人就会得到事情结果的消息。天知道他用了什么手段，很多让人感到无比棘手的事情，都会在他手上迎刃而解。

4

办事是需要钱财的。一件事需要多少钱财，什么时机交付才算合理，三生把各种事情都做好了分类，并进行了明码标价。比如办一个转学，需要两三千元。超生的孩子上户口，一万块是少不了的（三生说，这可是违规有风险的事情）。找个好医生动手术，视手术大小，再定红包内的金额多寡。找银行贷款，那是按贷款金额的比例支付费用的。交付的时机，他也做了规定，就是托付之前交付，事情如果没有办成全部退回。

三生每每信誓旦旦地告诉请托之人，他过手的费用会全部交给帮忙的人手上，而他分文不取。他之所以愿意做这种劳心劳力的事情，完全是他这个人看不得乡里乡亲的有难处。有难处没找上自己可以不管，找上门来却袖手旁观，就会让他良心十分不安。他希望通过自己的微薄之力为大家排忧解难，为自己这辈子积善成德。他并不屑于从中挣一分钱好处。他是一个理发匠，手艺才是他的养身之本。

赣江以西的人们相信了三生的话，更加卖力地宣传三生的义举。人们说到三生，不免会说到他的父亲、有名的大善人曾宪喜。宪喜一辈子积德行善，泽被乡里。村里的孤寡都能得到他的照顾，村里谁有困难他都可以搭把手。他做得最著名的一件事，是多年前义无反顾地收容了从浙江永康到赣江以西讨生活的一群锡匠。他们蓬头垢面，异乡人的口音让人戒备，他们只能在凉亭野庙栖身，形同乞丐。宪喜毫不犹豫地把他们从野外请到家中，他的家因此成为了永康锡匠每年必到的落脚点。外省锡匠因此对他感恩戴德，他们集体称他为“义父”。人们想起宪喜的善举，都说三生是继承了他父亲的仁义。仁义之风代代相传，这真是赣江以西这块土地上的大幸。

在赣江以西的人们口碑中，三生成了《水浒传》中及时雨宋公明式的人物——一个急公好义、古道热肠的人物。他少量抽烟和饮酒，尊老爱幼，敦亲睦友，看起来没有不良嗜好。他天资聪慧，很会办事；双目沉静，深藏不露，性格稳重，值得信任。他深谙江湖道义，严守江湖规矩。这样的人，就是为人间解除烦恼而生，为襄助他人而活（他理发的手艺，也是为了解除人们头上的烦恼）。对这样天生热心肠的人，还有什么不放心呢?

既然三生的人品不容怀疑，人们托三生办事就没有任何顾虑了。人们像预订酒店一样，很早就把钱交到三生手上。比如孩子读书转学，本来是八九月开学前一段时间办理即可，可有人年初就把费用送到烦恼丝理发店里。违反计划生育怀上的孩子还在肚子里没有落地，孩子的父亲就把办户口的钱交给了三生。他们这么解释自己的举动：什么事都会讲究个先来后到。谁知道有多少事在三生的本本上排着队？自己先把钱交给了三生，就可以让自己的事儿在三生的本本上排前一些。有件事情老搁在心里可堵得慌，把事儿提前一天交给了三生，自己也就提前一天省心。

5

可是人们对三生品行的判断还是出现了偏差。正当人们满怀期待等着三生通知托办之事的结果时，有一个消息给了他们当头一棒：三生不见了。

三生不见了。烦恼丝理发店已经人去楼空。门口原本日夜不停旋转的理发标识已经停摆——它一动不动的样子，多像一条软塌塌的死蛇。关闭的卷帘门上张贴着招租的白纸。有人跑到他的住处查看，发现他在县城的租赁房也已经搬空，房东说房子已经到期，三生没有续租。有人通过联系他的父亲大善人曾宪喜及他的其他兄弟姐妹，他们都对三生离开的消息表示惊愕和痛心。三生和他江苏籍说普通话的妻子与女儿人间蒸发，谁也不知道他们去了哪里。

三生不见了。托三生办事的人们如丧考妣。其中下陇洲村的退休干部、已六十多岁的三生堂叔曾叔宝闻讯立即晕倒在烦恼丝理发店门口。他的两个孙子计划在今年转学，经费早就交到了三生手里。那可是他省吃俭用积攒了好多年的退休金。前头村的杨培根在理发店门口骂骂咧咧，用尽了全世界最难听的话语。他也算得上是三生家的亲戚，是三生妹夫的堂哥。为了拿下赣江以西一个镇政府新办公大楼的建筑项目，他交到三生手上的经费有数万元。还有想办超生儿子户口的李麻子，渴望从乡镇调到县城学校的小学老师毛志祥，想从银行行长手里办贷款的西沙埠塑料厂厂长刘长子……他们都是托了三生办事的人。有人统计，他们交给三生手上的金额，在十万元以上——这个数字当然并不全备。一定还另有人托了三生，可因为这并不是什么光彩的事儿，他们选择了默不作声。

三生为何悄无声息地离开了县城？后来他们从同是赣江以西的客运业主张小海与在县城开钢筋店的杨春龙嘴里得知，三生其实是个赌徒。他与他们经常聚在一起赌到天亮。三生的运气并不好，这几个月来他输了二十多万元。他大概支付了其中十万元左右的赌债，还有一半没还给他们。估计是他想赖掉这欠下的十万元，干脆就来了个一走了之。

都是乡里乡亲的，又还没到伤筋动骨的地步，没有人想到要报警。但他们都想找到三生的下落。他们托人四处打听。他们有人特意到武汉三生大伯家寻找，也有人访到了三生在江苏扬州的岳父家中。可是，他们和三生的父亲、兄弟姐妹一样，都对三生的消失表示了惊愕，都不知道三生一家去了哪里。

很长时间里，赣江以西的人们依然常常谈起三生，只不过口吻已经从赞赏、推崇变成了谩骂和贬损。他的赌友兼债户、客运业主张小海和钢筋店老板杨春龙，每每说起他就怒气冲冲，扬言“躲得过初一躲不过十五，欠债不还，早晚要卸掉他的一条腿”。有人事后诸葛亮，说早就看出了他来路不正。一个在武汉这么大的地方待了好几年的人，怎么就跑到这么小的县城来做个理发匠？此中难道没有蹊跷？他的消失，是不是从来到这座小城起就精心设计的伎俩？人们说起三生，再也不会贴上“大本事的人”“大善人”这样的标签，而是统一用“罪人”代替——开始他们说的是“那个剃头的罪人”，到了后来，这个短语有所缩短，只要有人说到“那个罪人”，大家立即知道，他要指的，就是那个因赌博欠债悄无声息地外逃的人。

……很多年过去了。赣江以西的人们依然指称三生为“罪人”，可是怨恨的情绪有了大幅的减少，对他下落的追问却与日俱增。人们都想知道，这个一夜之间消失的人，这个看起来有大本事但其实只是理发手艺不错再加上有几分江湖气的人，到底去了哪里？他又能去哪里？

6

从故乡成功金蝉脱壳后的三生其实并没有走远。他携妻子女儿来到了上海，这个离故乡只有几百公里远、他早在武汉时就造访过的城市。它庞大，容易生存，又因为与他过去的履历无关，也没有谁认识他，他根本无须担心故乡会有人通过某种蛛丝马迹找到他，是他认为从故乡出逃后理想的藏身之所。安顿好家小后，他找到了一份在一家小工厂做工的工作。他当然不敢涉及酒店管理、理发这样需要跟很多人打交道的职业。就像从武汉回到故乡的县城一样，并没有花费多少时间，他就在小工厂站稳了脚跟，一家人的生活因此有了保障。

成功逃离了故乡，三生有了如释重负之感。生活走上正轨后他开始对他几年的县城生涯进行复盘。他认为鸟儿归巢，鱼儿回渊，自己离开武汉回乡创业没有问题。他的确是抱着以武汉所学回乡大干一场的心愿。他起早摸黑操持理发的手艺，他善待每一个顾客，努力打理店面。他与官员结交，利用宽广人脉为家乡父老办事，为自己积善成德。几年来他也的确没有截留任何一笔款项。他一直希望自己做一个像他父亲一样的好人，凭借着理发的手艺，他的日子过得还不错。可是后来他染上了赌博，并且越陷越深，抓在手里的一手好牌打得稀巴烂，生活因此变得不可收拾。

通过秘密筹划，他安全离开了故乡。并没有消耗多大的成本，他就成功地截断了那段糟糕的过往。他为自己感到庆幸。他依然是以前故乡人眼中稳操胜券的那个人。随着自己的成功离开，他与故乡的恩怨从此可以一笔勾销。他回故乡的时候两手空空，离开故乡的时候依然如此（那些预支给他的费用，他全用于抵了赌债），他没有带走故乡的分文，所以并不认为自己对故乡有何亏欠。哪里的黄土不埋人，他认为只要自己这辈子删除了那些不堪的过往，他的生活就可以重新来过。

他决定把上海当作一个全新的起点。他要吸取以前生活的教训，做一个崭新的自己。他要依然善良、本分、刻苦、勤劳，依然善待家人，尊老爱幼。他小心地管理着自己的欲望，不让它有任何的出轨可能。他再也不打牌赌博。他变得比以前更谨慎了，不再广交朋友，不再做《水浒传》里及时雨宋公明式的人物，只是安心在一个并不出名的工厂做毫不显山露水的小工人。他想唯有如此，他才能不让自己的行迹暴露，才能让自己真正与自己的不堪过往斩断。他希望自己的后半生风平浪静，为此他把自己的生活半径一缩再缩，直到只剩下家和工厂之间的往来。他要开始全新的、毫无风险的生活。他要全面吸取家乡小县城的经历给他的教训。他只有三十出头。在一个崭新的城市，重新塑造一个崭新的自我，一切都来得及。

7

几年内他的确过得心安理得。他的收入省着花是够的，他的妻子也有了工作，他们的孩子在上学。他们开始有了一些存款，一切都在向好的方向走，就像他最初构想的那样。他以为只要继续维持现在这种局面，他的生活就会无懈可击，可是他错了。

他的身体开始有了状况。他的心经常一阵慌乱。他会整夜整夜睡不着。他的头发白得很快。他的眼前，会经常飘过那些旧日时光里的人们的面容。他们是他的父亲、兄弟、姐妹、侄子外甥。——他的母亲早已去世，他的独自在老家下陇洲村生活的、被人称作大善人的父亲宪喜，现在怎样了？几年前他发现了肝脏有点儿问题，是否恶化，是否有去看医生？他不告而别，并且音讯全无，不能在父亲膝下尽孝，父亲是否会原谅他？他有兄弟姐妹九人，他排行第六。他们有过怎样甜蜜的亲情！他的成长中，有哥哥姐姐们怎样的呵护！可是现在，他与他们隔着厚厚的一堵墙。他们现在都还好吗？他是否让他们蒙羞？他得不到他们的任何信息。为避免麻烦，他不敢跟他们任何人联系。

他时常想起他的故乡，那个叫下陇洲的小村庄。山上有不少亲人的墓地，墓碑上该填写子嗣的位置上，写着他的名字。他的母亲生下了他们兄弟姐妹九人，一生辛苦劳顿，才六十多岁就因为癌症死去，她的墓地，是否会荒草覆盖？村庄的许多树木，他小时候掏过鸟蛋，夏天里给他撑起过浓荫。不远的赣江，是夏天他游泳的好地方。四周的田野，每到秋天，金色的稻浪翻滚。他在这里出生和成长。出外谋生后，他经常在春节、清明和中秋回到这里。可是现在，他成了回不了家的人。

他还会想起武汉、扬州。它们虽然不是他的故乡，但是在他生命的履历里，它们跟故乡一样重要。武汉的大伯大妈，以及堂姐堂弟，从来就把他当作真正的家人。在武汉，他还有许多同事、朋友，是他社会关系的重要部分，也是他生命的重要部分。扬州的岳父岳母及亲人们对他的善待，是命运给他的慷慨馈赠。这两座给了他无数滋养的城市，有着他最为重要的亲人，和最为重要的人生记忆。可是，因为他的出走，他也回不去了。

他发现他因此成了一个没有来路的人，或者说，是一个被迫封存了来路的人，同时也就成了一个没有归途的人，一个哪里都去不了的囚徒——他精心选择的避难所上海，就是一座囚禁他的牢狱。一个没有来路的人怎么算得上是一个完整的人，就像一棵没有影子的树怎么能算是一棵真正的树？

他再次审视自己的过往，他发现他远不是无辜的。他过去以为他两手空空走进故乡，然后又两手空空离开故乡，他没有亏欠故乡一分，现在看来全是错的。作为赌徒，他欠着别人的赌债没还不对，用别人出于信任托他办事交给他的经费支付赌债更是不对。他不仅是江湖的浪子，更是家乡的逆子。他不仅是个债户，更是个罪人——他犯下的罪，有赌博、欺诈、肇事逃逸、不孝……

作为债户，他要还债。作为罪人，他要赎罪。不然，他将永不得安宁。在赣江以西的人们的传统观念里，有债还债，有罪赎罪，否则，报应是早晚的事。惩罚已经开始，他常常睡不着就是早兆。如果他不赎他的罪，他不知道后面还会有什么在等待着他。

8

有错改错，欠债还钱，有罪赎罪，这是人世间的天条，更是赣江以西的真理。

三生的故乡赣江以西，远非寻常之地所能比，自古以来就是个崇德尚义的地方，培养造就的很多彪炳史册的人物，都是毕生践行圣人之学、维护高尚道德的典范，如黄桥镇云庄村金兵攻城被俘后誓死不降、被剖腹取心的北宋臣子杨邦乂，他的族孙、南宋大诗人杨万里，起兵抗清因劳成疾而死、离三生家乡下陇洲村两里路远的老屋村明朝崇祯年间状元郎刘同升，盘谷镇谷村的李振裕一家明清二朝八尚书，阜田镇一生研究王阳明致良知学说终成江右王门代表的嘉靖状元罗洪先……他们或清廉为官，或勤政为民，或诚信不欺，或以身许国，或著书立说。这些道德近乎完美、人格堪称楷模的人物，是赣江以西这块土地崇德尚义精神的最好例证。

一方面，赣江以西要求仁人志士崇尚道德和节义，做圣人和完人，另一方面，对普通人的要求却并不严苛，罪在赣江以西的观念里并不是一个可怕的词，相反，赣江以西自古以来认为人人皆有罪，罪是生活的一部分，或者说，罪就是生活本身。谁都会有遇到沟坎过不去的时候，或者不懂事猪油蒙了心走个弯路的时候。生活过不去了，如果犯个小罪就能让生活继续下去，只要不是罪不可赦，没有人认为有什么不妥。所以赣江以西的人们说到罪，口气往往是温和的，平心静气的，乃至是有点儿戏谑的，再严重一点儿，顶多是有一点恨铁不成钢的。

在三生的记忆里，不要说整个赣江以西，就是他的村庄下陇洲村，犯下罪的人可真不少：他的堂嫂刘足子，就犯下过弃婴的罪。她曾经生了两个女娃，偷偷怀第三胎的时候，他们多希望是个男娃。然而他们失望了。在赣江以西，一个人家没有儿子，怎么能抬得起头来？刘足子就对这新生的女婴，有了故意的怠慢，饿了也不及时喂，冷了也不及时添衣，终至其夭折。他们之后再怀一胎，终于如愿以偿生下了儿子。他的堂哥曾足苟，一个能背起三百斤重的油桶行走的人，受本能驱使，乘着邻居孔余生出去广东打工，他的妻子留守在家，与她勾搭成奸，是犯了通奸之罪。年纪七十多的玉婆奶奶，儿子媳妇不孝顺，生活形同孤老，就偶尔会去偷邻居家屋下的腊肉、菜地里的菜蔬，犯的是偷盗之罪。而她的儿子媳妇，犯的是虐待罪。孔家贵生的女儿，去广东打工，后来实在受不了工厂里的苦，仗着有几分姿色，进了夜总会，挣着陌生男人的钱，那是犯了淫乱之罪……

然而承认人人有罪，并不意味着赣江以西就有了对犯罪的纵容之心。在赣江以西的观念里，欠债的人要还钱，有罪的人要赎罪。人之为人，就是要干干净净来，干干净净走，犯下的罪，欠下的债，自己应该主动清算，不然的话，自会另有冥冥之中的力量（上天）进行清点，要么疾病缠身，要么祸及子孙。这是颠扑不破的法则，人人唯有尊崇，人人都必须走在赎罪的路上。

三生的堂嫂自从生下儿子之后，就开始走上了赎罪之路。她选择的赎罪办法是种树。这些年来，她在故乡的山上种下了各种各样的树。这些树至今已经成林，让原本的荒岭充满了生命气象。她后来并没有什么不顺利，人们认为是老天爷看到了她的诚心。

周家庄叫小玉的男子不慎从自家楼上摔下来成了残疾。为了赎他的罪，他的母亲到几里外的一个叫磨盘洲的庙里住了十年。

犯了偷盗罪的玉婆奶奶每月初一十五都会去村里的土地庙祭拜，向老天爷告知自己缺衣少食的难处。玉婆奶奶依然身体好好地活在世上。有人猜可能是她的祷告感动了上天，上天赦免了她的罪。也有人认为，让她继续活着就是上苍对她实施的微小惩罚。

在县城汽车修理店当学徒的三生堂侄曾繁富偷了一捆电缆出售给废品收购站，结果以破坏通信罪判处有期徒刑三年，那等于是，他用三年自由为自己赎了罪。

三生的堂哥曾足苟自从被邻居孔余生捉奸在床行为败露，因为不仅不思悔改，而且到处吹嘘，好像这样的事并不是一件耻辱，而是他好不容易获得的一枚勋章。结果，原本身体强壮的他早早就得了癌症，人们都说，那是上天的审判之力。

玉婆奶奶的犯了虐待罪的儿子在广东打工出了车祸，活生生地丢了一条腿，他的媳妇才四十多岁头发就脱得精光。孔家贵生犯了淫乱罪的女儿得了艾滋病。有一个很久以前的事件说明了上天的威力：某个貌似温良的妇人生生遭了雷劈，后来人们发现她竟然是一件没有破获的杀人案的凶手——她出于妒忌杀了邻居家的幼儿，自以为把证据销毁得一干二净。

…………

犯了罪经常睡不着觉的三生当然不希望受到上天对他的追剿审判，或者说，作为赣江以西的子民，他当然要遵循赣江以西的道德法则。他要尽早行动。经过了一段时间的思索，他的心里暗暗有了底。

9

离家十五年后，三生终于踏上了回家的旅程。

从上海到赣江以西并不遥远，火车只要数个小时就可以抵达，近年交通的发展使这一时间还要缩短，可三生花了整整十五年时间。

这些年来，决定赎罪的三生更像是变了一个人。他主动把枷锁戴在了头上。他对他的生活进行更大幅度的改革，比如在生活开支上做大幅度的削减。他只有小学文化，能力说起来其实不大，应付许多新鲜事已经十分吃力，挣钱的渠道和本领其实不多，要赎罪只有节俭一条路。他把自己的兴趣一减再减，连抽了许多年的烟也完全戒除。他的衣着越来越马虎，他给自己的理由是，反正不需要到哪里去，无须穿得那么正式。他的剃须刀是最简易的那种。他的交际几乎为零，因为交际需要花费，而且容易暴露自己的行迹。他几乎不旅行，不娱乐。他维持最低成本的生活。

而在另一面，他又积极做着加法。他省下的每一分钱，都被他精心存在一个存折里。上面的数字在不断增长。这个存折有一个副本，那就是当年那个记录赣江以西的人们托付事情的本子。他一直把它带在身边，即使纸张发黄变脆，依然不离不弃。它是他以前生活的功劳簿，也是他的罪行的记录本。他在生活开支上所做的一切减法，都是为了能偿还上面的罪。他不断计算着自己省下来的存款的增长，估算着自己洗脱罪行的时间。

而岁月以加法的方式统计着他的生活。他在上海已经有了十余年的时光。他从一个逃亡者最终成为上海的准市民，城市近郊一个两居室房子的主人。他的女儿已经长大，到了谈婚论嫁的年龄。然后他成了岳父、外公。这也就意味着，他不再需要做他的生活的主宰。他的存折上的数字已经差不多够了。他想，他向赣江以西负荆请罪的日子到了。

当他来到当年他凭一手理发的好手艺成为知名人物的小县城时，他惊异于县城的变化：几乎所有的建筑都已经更新换代了。他当年的店面已经拆除，原本狭窄的马路得到拓宽。城市变大了好几倍，高楼大厦楼也增加了好多。当年的陈旧、暗淡已经一扫而光，到处是鲜活的色彩、宽阔的街道、拥挤的人群和叫卖的声音，到处是欲望蒸腾、人声鼎沸的景象。就是当年路边的梧桐树，至今也好像长大了好几倍的样子，枝叶也比当年张狂得多。

他找到了那些把钱交到他的手上托付他办事的人。当他出现在他们面前，他们压根儿就不敢相认。人们发现，当年那个能说会道、和颜悦色、目光坚定、被认为有大本事的三十出头的年轻人，变成了一个双目无神、沉默寡言、唯唯诺诺的中年男子。他的背已经有些驼了，这让他看起来像是随时都在向人鞠躬。他的头发快全白了，这使得他看起来更加虚弱无措，让人怜悯。有人悄声说，他多像一个刚刚刑满出狱的犯人！

他从他带去的行李箱中掏出装了本钱与经过精确计算的利息的信封，交到了他辜负了的人手上。他翻来覆去地说着道歉请求宽恕的话语。他是那样的真诚，以致有人十分不忍提出钱并不多都多少年前的事儿要不算了，他依然不依不饶，十分执拗地要对方收下，好像那信封里装的不是他辛苦积攒下来的钱，而是让他恨不得早日甩出去的魔咒！

他由此知道了那些托他办事的人们的近况：

他的堂叔曾叔宝，一个从镇食品站退休的老人，其最老实本分的儿子在广东做室内装修，结果从十七层楼上不慎摔下，留下了一对没有成年的儿女。没有人知道他们一家得罪了哪路神仙，老天又为何如此安排；

他的赌友、开钢筋店的杨春龙，发了大财后不仅不思戒赌，还变本加厉多次去澳门赌博。最后一次，他输光了全部的家产，还欠了澳门赌场两千多万，从此一贫如洗，仅靠一些以前朋友的施舍度日；

而另一个赌友、跑客运的张小海，因酒后驾车撞死了人后逃逸，至今依然还待在监狱里，成为他此行唯一找不到的债主；

前头村的杨培根，成了全县知名的房地产商人，赣江以西的人们嘴里新一代有大本事的人物，县里很多有名的楼盘都由他所建；

托办超生儿子户口的李麻子十五岁的儿子已经有一米八了；

原西沙埠塑料厂厂长刘长子后来转到苏州办起了绣花机厂。他生产的绣花机，据说销售到东南亚不少国家。他本人也成了江西苏州商会副会长，可因为他没有提防财务，其女婿秘密掏空了他的家底，他现在的日子据说也不好过……

——他发现这个世界几乎所有人都被更大的浪潮裹挟着，在罪与罚中奔波不已。没有人知道他们将去往何处。

只有他还待在原处，背着沉重的罪责。他不知道，这对他是幸还是不幸？

10

他回到了他的故乡下陇洲村，这个赣江以西的小小村庄，他的一生出发的地方。村子当然有些变化，比如新居增多了，但与记忆里的村庄大抵相同。当然，与十五年前不同的是，曾经人声鼎沸的村庄静默无声，几乎没有什么人走动。人们都去了城里，就像他那样。

他来到了村庄的墓地，跪倒在他父亲的坟前。他回来后知道了，他的父亲，那个赣江以西知名的大善人宪喜，已在八年前去世，临终前一直带着未见到他的不甘。

他以为他还清了债务，自己的罪就洗得干干净净，他与世界就从此两不相欠。可是现在他知道了，不是所有的罪都有偿还的一天。不管他怎样努力，在父亲面前，他永远是那个百身莫赎的罪人。

他的父亲从小教他仁义、善良。他开始的确是这么做的，在县城慷慨帮人解难就是证明。可最终他不慎染上了赌博，从此被命运押解到了一条万劫不复的路上。他犯的是离经叛道之罪。

他是父亲的儿子，按理应该对父亲行人伦之礼。可是，他老了，他不能为他尽赡养之责，他病了，他不能侍候左右，他去世，他不能为他送终。他是犯了不孝之罪。

他犯下了永远不可饶恕的罪责，他还要用余生来赎罪。他再也没有犯错的权利了。他知道接下来的日子，他都要做一个好人，一个像他父亲那样乐善好施、善良仁义的好人。

他对着父亲的墓碑号啕大哭。他的身体瘫倒在父亲的坟前。他的白头磕在了地上。——他把这些年来岁月对他的伤害完整地呈现在了父亲的坟前。十五年来，他从没有掉一滴泪，而此刻，他的身体里似乎有一条河流得到开掘，他的泪水挂满了衣襟。

哭过之后，三生在父亲的坟前坐起。他感到身体有了一种从未有过的轻松。那是十五年来都没有过的轻松。有一种奇妙的崭新的力量在他的体内缓缓生长，那些隐形的绳索正在徐徐解开。他顿时有了新生之感。

风轻轻地吹着，似乎是一双看不见的手拍打在他的身上，要对他进行劝慰。远山如抱，似乎要把他抱在怀中。

11

我必须承认关于三生回乡还债的书写出自我的臆想和杜撰，或者是对我某次梦境的全真记录。事实的真相是，这个被我称作堂叔，真实名字叫三生的人，这个从小与我一起长大的人，已经从我的视野里消失有十五年了。

堂叔三生家和我家隔一条巷子，他只比我大两岁。我们是小学同班同学。从小到大，我们是那么要好。无论他跟着村里的篾匠学做篾，还是他去学习理发，乃至去武汉投奔他的伯父我的堂爷爷，我们从来没有停止过联系。他在县城开理发店时，我正在县城机关上班，为让他的烦恼丝理发店有更多的人知晓，我在闲时还为他发过传单，资金上也搭了一把手。我在县城时候的发型都由他打理。

可我对他的近况几乎一无所知。十五年来，他的哥哥姐姐只在近期才有他的一点点音讯。他们偶尔说起他来也是躲躲闪闪。我只是隐约知道他带着一家三口在上海做工。

我不知道他是胖是瘦，头发是白是黑，额上的皱纹随着年岁渐长，是否会增加了许多。我不知道他的背脊是变得挺拔还是依然有点驼——以前因为理发，他的背稍稍有点驼。我不知道他的胸中依然是江湖浩荡还是从此变得谨小慎微。我不知道他是否还会与人打上几把牌。我不知道他是否抽烟，牙齿是否被烟熏黄，而以前，他在理发间隙，总会抽上一两口。我不知道他欠下这么多钱一走了之，是寝食难安，还是心安理得。

我不知道岁月给了他怎样的印迹。他把自己掩藏得太好了。十五年过去了，赣江以西没有人见到过他。他留在我心中的印象，已经渐渐模糊，有时他出现在我梦里，竟然是少年时的模样。

他好吗？几乎可以断定，在上海这样对个人素质要求很高的大都市，这样一个读书少的人的境遇肯定好不到哪里去。——没有人脉，没有资金，没有信息，异乡人的他，肯定是上海弄堂里阴影中最黑的那部分。

然而我依然怀着他会沿袭赣江以西赎罪的传统回家还债、向那些当事人请求宽恕的善良愿望。如此，这个可怜的人就可以洗脱自己的罪，成为一个被赦免之人，从而解除自己心灵上的镣铐，重新找回那条回家的路，把头磕在故乡他的父母的坟前。如果有需要我依然愿意为他搭一把手，就像当年他回县城开理发店那样。

我依然希望我的家乡——有过丰厚文化传统，养育过杨邦乂、杨万里等猛士与诗人的赣江以西能善恶有报，恩怨分明，交替有序，永世流传。

我希望这让人爱恨交织的悲喜人间，天地辽阔，云淡风轻，走在风中的人能一身清白，怀着铤而走险念头的人能早日幡然醒悟，那些漏洞百出的伤心往事能有大团圆的欢喜结尾，被迫逃亡的人能早日回到家中。

不系之舟

1

我们村——赣江以西的下陇洲村人普遍认为，住村子南边、四十出头的曾善春，是个头脑相当得转（方言，意为“活络”）的人。不然，何以那么多人从村里出来，大家同样是读书不多，同样是在南方城市工厂的流水线上做工，唯独他成了跑遍全国做买卖的小商贩，成了领着老婆孩子住进县城一百多平方米的房子里，整天吃香喝辣的主？

如果说人生如牌，曾善春开始抓到手里的牌并不好。他的老子细五，是离下陇洲三里路远的西沙埠街头铁匠铺里抡大锤的中脚，一辈子没挣到抡小锤的份儿（师傅抡小锤）。这样的老子，在别人手下当差，靠给人打锄头、镰刀、犁耙什么的过日子，能给他带来怎样的荫护？他老子，瘦得很，因为长期在火炉边工作，他的瘦又与他人不同——是那种近似烤焦的、让人十分不安的瘦。这么瘦的老子，能指望他给自家的孩子们挤出几两肉来？他的母亲，一个普通的、并没有多少见识的农妇而已。他们家有四兄妹。他有两个哥哥，一个妹妹。从小，他吃的穿的，都是两个哥哥剩下的。他从适学年龄开始读书，可是看不出什么慧根，再加上村里的教育条件就这样，能读成的有几个？和很多村里孩子一样，他读到初中就读不下去了，就跟着村里人去了广东，成了某工厂一名流水线上的工人。

曾善春开始进的电子厂，每天重复着给电极管插上零件。后来，他去了玩具厂，每天重复着组装玩具。再后来，他去了毛织厂……他就像赣江以西的乡村一块闷头闷脑的铁，在南方城市这个砧板上被反复锻打，渐渐地打出了锋刃，打出了棱角。若干年后，这个铁匠的儿子慢慢开悟了。他由一个懵懵懂懂的人，变成了一个能说会道懂得盘算的人，一个脑子好使的人。再加上他命里的好运气，他成了一个人们口中过上了好日子的人。

被赣江以西的人们认为曾善春头脑得转的第一件事就是，他不花分文从广东带回了一个女人。在赣江以西，男人讨老婆是一件很让人头疼的事情，它需要房产、不菲的彩礼……铁匠细五有三个儿子，他到哪里弄那么多钱去给他们盖房子当彩礼？人们都等着看细五家的笑话，看看他的三个儿子中到底谁会成为光棍。可是看笑话的人最终失算了。他的大儿子和平、二儿子细平成了家。正当人们认为细五为两个儿子讨媳妇已经用尽了全部力气，某年春节，他的三儿子善春直接把一个年轻女子从广东工厂里带回了家。许多人赶到细五家里，看着善春带回来的女子，只见她长相姣好，目光正派，皮肤娇嫩吹弹得破，就知道是好人家的孩子，大家也都放了心。通过问话，大家知道了，她与善春是同一个厂里的打工妹，她不嫌弃善春暂时的穷困，她看中他的聪明和体贴，并且对能和他一起过上好日子充满信心。她说她也是乡下人，家在本省北部的鄱阳湖边。村里大多数人不知道鄱阳湖在哪里，但又要装出恍然大悟的样子，说难怪皮肤这么好，原来是湖边上吃湖水长大的人呀。

曾善春被人认为头脑得转的第二件事，是他离开工厂开始单干，没过多久就成了事。曾善春从来不满足于做一名流水线上的打工仔。他热爱交际，工作之外喜欢交朋结友。他的朋友，有走南闯北的业务员、小企业主、小饭馆老板、厨师、小区保安……他与他们打成一片，经常一起在廉价的夜宵摊上喝啤酒吃烤串。他听他们说话，捕捉从他们的口中传出的南来北往的各种信息。很多人看来，那些信息就像大河里的泥沙一无是处，可在曾善春眼里，它们都是金子。或者说，曾善春有一个十分奇特的功能，那些人们眼里一无是处的泥沙，经过曾善春的冶炼，就都成了十分珍贵的金子。

他终于从这些信息中找到了一条路。之后，他辞了工，成了一名追着全国的金脉奔跑的人。他做的不是金子生意，那需要很大的本钱，而他不过是一个刚刚辞职的流水线上的打工仔。他要的是淘金的副产品钨砂，他把钨砂卖给有需要的不同厂家。不得不说，那是一门十分不错的生意，钨砂可以提炼钨，而钨因为能耐高温，被广泛用于国防工业、航空航天、信息产业等方面。有句话说，钨是工业的牙齿。而对于淘金这一行来说，钨砂乃是废弃之物。他从中找到了一条几乎无人关注的路。那条路让他没过多久就尝到了远比流水线上做工要大得多的甜头。

曾善春走南闯北。曾善春时来运转。他成了我们村见过世面最多的人，他自己说，除了西藏与台湾，全国没有哪座三线以上的城市他没有去过。他也成了我们村人们眼中的成功人士。当人们得知他前不久用挣下的钱在县城买了一套一百五十平方米的房子，领着老婆孩子住了进去，对他的赞美就更加不遗余力。

每次酒足饭饱后，剔着牙抽着烟躺在自己家的沙发上（曾善春现在在走南闯北的间隙会经常在县城的“豪宅”里待上几天。也就是说，县城的家成了他现在的根据地），回想起自己咸鱼翻身的过往，曾善春总会生出无限的感恩之情。感恩呀。他感恩自己的父母，能让他生得如此健健康康，全身有一股子力气，不像隔壁洪川家的三巴子，因小儿麻痹双脚钉在一个矮凳上，即使有冲天之志也是徒然奈何。他感恩他碰上了好时代，如此，他才能从这个赣江边的村子里走出，有了见大世面的可能，不然，不就跟他瘦骨嶙峋的老子一样，一辈子守着三里路的西沙埠小镇铁匠铺一块发烫的砧板过日子？他感恩有了广东这样的一个地方，收留了他这个毫无见识、一无是处的乡下人，让他一点点地脱胎换骨，获得了思考和捕捉机会的能力，从而有了现在这样的好时光。他甚至感恩自己的妻子，能在人群之中将他慧眼识中，她的信任，让他有了去挣取好生活的勇气和信心。他也感恩自己的两个孩子，是他们让他成了父亲，有了向前走的顽强动力。他感恩所有经过的路上，善待他的所有人——乃至对他并不友好的人们，因为他认为，或许是他们的为难，让他有了更多丰富的经历。他还感恩他命里的好运气。他不知道冥冥之中有哪路神灵在保佑他，不然，何以其他人还在流水线上机械地干着活，他却有了这么好的运气？如此一想，他竟然会莫名地涌起一种劫后余生的感受。他会紧紧地把头埋在沙发上的靠枕之中……

2

可生活并不全是人们祝福的那样圆满与一番风顺。曾善春还是遇上了一点儿麻烦。或者说，他的生活还是出现了一点儿漏洞：他的二哥细平死了。

才比他大两岁、四十出头的二哥死了。比起善春，他算得上是一名循规蹈矩的人。他也在广东某个工厂里打工，但脑子里全没有他弟弟那样的不安分。他满足于一日三餐可口的饭食，每月固定的日子发到银行卡里紧着花够用的工资。他总希望自己用最小的成本生活，比如手机总是用被人淘汰的款，走路能到达的地方绝对不去花坐车的钱，喝酒总是小口小口地喝，说话的声音也是轻轻的。按理他这类人的日子应该是细水长流型，因为长期过着低成本的生活，他应该储备极强的耐力，他的人生长度要超过许多人，可天知道哪里出了差错。如果说是因为打工的工厂环境不好（许多工厂车间有刺鼻的、明显是化工原料的气味），可为何同样在工厂做工的人们极大多数都没有事？说一千道一万，还是他的命，远没有硬到百毒不侵的程度，他的运气，比起他的弟弟善春，总要差好大一截子。

细平生病开始无知无觉。他跟他的铁匠父亲一样瘦。他病了，可是没有人能从他的体形上看出他的不好。可到后来，细平实在瘦得完全不成个样子了，他的家人才开始警觉起来。他们陪他去了医院，一检查发现已经到了癌症晚期。

细平不到两个月就死了。铁匠细五一家长时间陷入了悲伤之中。善春的母亲更是悲痛欲绝，人们发现，她经常坐在细平的坟头痛哭不已，拖着长长的声调。很长时间，村里就都是善春母亲让人不安的号叫声（而在细平的坟头不远处，就是已经死去多年的细五的坟，她根本不管不问）。

哥哥死了，曾善春的难过不言而喻。这个一直心怀感恩的人，因此对命运有了短时间的怀疑。他不知道，老天爷何以在给他好生活的同时，让他一母所生的兄弟过早地成为黄泉路上的人；在给了他一条好路的同时，给了他的兄弟一条死路。他不知道，是不是老天爷为了栽培他，就把他哥哥的好运气匀给了他。如果答案是这样子的，那他不就成了二哥的罪人？

可是不久，他恢复了对命运的感恩之情。他觉得他还是参透了老天爷的心。他认为他二哥的死只是病死，不像同村住南边的叔宝儿子晓星，在广东东莞某座高楼做室内装潢时不慎失足，从十七层楼上摔下，当场摔死。同时二哥只是他们三兄弟中的一个，不像晓星是叔宝的独子，晓星只有三十来岁，而二哥活了四十多年，相比之下，老天爷已经是开了天大的恩。他认为二哥的死并不是无和空，他还是留下了子嗣——一个十六岁的已经像大人的女孩子。相比那些更年轻就死去的人来说，二哥是在这世上真正活过了的。他认为二哥的死，是老天爷的有意安排，说不定本来有涉及全家人的灾祸，因为老天爷的慈悲，就仅仅用二哥挡了事。他与家人接下来要做的，就是顺应天意，处理好二哥的后事，让这个家庭，尽量减少因二哥的死带来的伤害。

曾善春和大哥一起安慰了悲伤的母亲，送别了决意改嫁他乡的二嫂。曾善春把十六岁的侄女接到了县城的家中。他与大哥商量，二哥不在了，以后他和大哥就应该共同担当起孩子父亲的角色。她的母亲改嫁了，那他们的妻子，就是她的母亲。他们将一起呵护她，给她足够的爱，以免她小小年纪的心因父死母嫁而变得寒凉。他们愿意把最好吃的给她吃，最好看的给她穿。她过生日，送最好的生日礼物给她，过年，他们包厚厚的甚至超过自己孩子的压岁钱给她。她初中毕业没考上高中，也没有读书兴致，那就要详细和她谈谈，如果她想学一门刺绣呀化妆呀美甲呀白案厨师呀什么的技术，就送她去参加相应的培训班，或者相关的培训学校。县里没有就去市里，市里没有就去省里，江西没有就去广东，反正只要她有合理要求，他们就尽量满足，以让她有个学有所成的平台，有个可以让自己食有余的未来。到她长大，谈婚论嫁的年龄，再挑上一家好人家，风风光光、体体面面地把她嫁出去，嫁妆一点不比有爹有娘的人少，婚礼当天，他们同时做她与丈夫跪拜的高堂。她生儿育女，他们会按至亲的礼数走动，尽自己最大的努力帮衬。他们相信，只要大家彼此关爱，就没有什么坎过不去，没有什么难对付不了。而善春自忖自己比起大哥和平要有办法得多，生活也相对优渥一些，应该承担起更多的责任。

打定了主意，善春看着在自己家里的侄女——一个看起来不到十四岁，十分瘦弱、忧心忡忡的小女孩，不禁油然生出了一股柔情。他想要不了多久，因二哥的死出现的生活的漏洞，就会得到全面的围堵，终至严丝合缝，那些命里的坚冰，就会迅速融化，伤口会愈合，泪痕会风干，悲伤会稀释，生活会在感恩与祝福中不断攀爬展开。

3

然而生活有着其自身的轨迹。生活远不是可由导演掌控的剧本，永远没有人能预料下一步会发生什么。正当善春的侄女在他们家生活一段时间后开始有了笑颜，这个可怜的孤儿因为亲情的眷顾暂时忘记了自己的身世，突然有一天，侄女不见了。

小侄女不见了这件事起初并没有让曾善春有一丝一毫的警觉。因为她是跟着她的婶婶善春的妻子一起离开的，离开前善春妻子还与他说起。那时善春正在外省与人洽谈一桩钨砂的生意，妻子跟他视频说她的老家有亲戚办酒邀请了她，她想带侄女一起去老家玩一下。家里两个孩子已经托付给了在县城的亲人，不会有任何问题。婶婶带侄女回娘家会有何不妥之处呢？这么大的孩子需要出门见世面长见识，婶婶自然是最合适的监护人。视频中妻子的表情轻松自如，言笑晏晏，根本看不出任何破绽。善春压根儿没有提出任何疑议。他只随口说了句快去快回，就挂掉了电话。

可几天之后，妻子与侄女依然没有回来。善春办完事回到家里，看到家里乱成一团，两个孩子也因母亲走了好几天已经快成野人，他盘算着早过了妻子说的回家的日子，连忙拨打妻子电话想催促她们早日回家。他的妻子在电话里推三阻四，口里含了一颗汤圆一样支支吾吾。她十分笼统地说自己娘家出了点事需要她协调处理，她可能还要几天才回得来。至于是什么事，牵涉到怎样的人，必须她这个嫁出去的人留下来，她并没有要说的意思。问起侄女在那边玩得好不好，她也就用一切都好这样的话来搪塞他。

几天之后，善春感觉不对了。他一面催促妻子早日回家，一面要他的侄女接电话。他的妻子明显在故意推诿，不是说侄女跟什么人出去了，被谁带着去看鄱阳湖的水了，就是说手机快没电了，然后挂了电话，善春再打就怎么也不肯接听。善春通过微信方式与她交流，对她恩威并施，要她迅速把侄女带回家，她要么不回，要么就回“放心，侄女没有事情”这类虚头八脑的话。善春在微信里的语气越来越重，可她完全置若罔闻。他的感觉很不好。他想着赶到鄱阳妻子家探听个究竟，有一天他接到了妻子打给他的电话。

她告诉他说，他十六岁的侄女在这段时间已经看上了她伯父家三十多岁的未婚儿子。他们已经住在了一起，生米已经煮成了熟饭，她已经成了她们家的人啦。

她说，侄女有归宿了。全家人对她好得很，跟宝贝似的！一个女孩家家的，早也是嫁人，晚也是嫁人。现在嫁了，是她家的人，该踏实了对吧。

她说，十六岁一点儿不小，我奶奶，当年就是十六岁进了我们家的门呢。

她说，我嫁给了你，你侄女嫁给了我家的堂弟，扯平了不是。

她说，现在我们是亲上加亲，这是多好的事儿。多好的事儿呀。

她说，事情已经是这个结果了，你看该怎么办吧。

他一听顿时愣住了。他感到全身的血拼命往头上涌，他才知道他的妻子带侄女去老家的用心。他很早就听她说因为贫穷，他伯父的儿子已经三十多岁了还依然单身。他不知道她对侄女用了什么手段，是连哄带骗还是暴力威胁。他的侄女，面对这样一件事儿，有着怎样的反应，受了怎样的委屈。

他原本最为得转的脑子里乱成了一锅粥。他不知道事情怎么成了这个样子。他不知道为何他如此善待自己的妻子，给她自己所能给予的最好的生活，她一点儿也不像他那样，对生活怀着感恩之心，反而对他的侄女打起了坏主意。他不知道同样是普普通通的人们，已经到了一家人的地步，为何还不相互搀扶，还要相互拆台。对侄女的去向，他不知道该怎么向母亲和兄长以及已经改嫁的二嫂交代。

他感觉生活戏弄了他。他过去认为不错的、让他时时感恩的生活，现在看起来完全是个笑话。这些年来，他拼命努力，奋斗，他以为只要凭借自己好使的脑子和吃足够多的辛苦，就可以挣脱不堪的过往。他的生活，也的确看起来不错，这让他一度产生了现世安稳的错觉，可事情的真相是，它漏洞百出，阴影重重，险象环生，随时都有解体的可能。

他不知道自己接下来该怎么办。妻子已经把球踢给了他，让他做主。没有了女主人，他的家已经完全失序乱得像个狗窝，两个孩子整天闹着要娘。他是接受妻子所说的“亲上加亲”的事实，好言好语劝妻子回家，还是等着妻子幡然悔悟，她自己回来向他们家的人认错？——可是，这事情难道是妻子认错就能了结了么？他的小侄女，已经在她的老家与堂弟生活了两个月的尚未成年的小侄女，该怎么办？她因此被设置的人生，该由谁来负责？

4

我是在县城遇上善春的。那是我姐姐居住的文水大道上。善春是我家在下陇洲的邻居，他家在我们家左边，与我们家隔一条巷子。他的大哥和平和我是小学同学。我们和他们家，就像亲人一样亲。而现在，他又和我姐姐做了同在一条路上、同样只隔一条巷子的邻居。

近些年，我一再地从我工作的省城，折回到县城去。除了看望和陪同已经居住在县城的我日益衰老的农民父母，我还想在县城的街头巷尾，听到更多我的赣江以西的乡亲们的消息。

这是一个新的悖论：要了解赣江以西，却不是去赣江以西，而是在县城。随着城市化进程的加快，原本住在乡村的人们至今已经星散，而县城是他们新的集散地。就拿我们村赣江以西的下陇洲来说，一千多口人，已经有近八成的人买了房或者租了房居住在县城。随便站在超市门口，或者盲肠一样的小巷子里，都可能遇上曾经与我朝夕相处的故人。那些坊间流传的事情，我的乡亲说不定就是其中的主角。比如说，去年全县高考生前十名中，就有三个是赣江以西我的朋友的孩子，其中一个还是我堂妹的儿子；去年端午前后三天县城暴雨城区内涝，有一个十二岁的孩子早晨跟着父亲在家门口捉鱼，不慎掉入被水掀开的窨井中，至今下落不明。消息后来得到证实，这个悲伤故事中的父子俩，就是我们下陇洲刘姓人。

二十多年前，我在县城工作。我们这个近五十万人的县，当时县城的人口，大约只有三万人。而现在据统计，县城的人口已经超过十八万了，其中增加的十五万人，大多是进城的农民。——他们都有各不相同的悲喜。

见到善春的时候，正是傍晚，他穿一件红蓝相间的 POLO 衫和料子不错的灰色夏裤，头发微卷，指间燃着烟，看起来跟一个城里人没什么两样。送我下楼的姐姐跟他打着招呼，对他开着玩笑说，小时候是邻居，想不到大了还做邻居，这真是前世修来的缘分呀。

善春一面回应着姐姐的玩笑，一面回答我的问话。我问他的大哥、我的小学同学和平的近况。与我多年没见的和平也和他父亲一样，有一个像被刀凶狠劈过一样的精瘦身材。他说和平一直在广东打工，生活也就是刚刚过得去。我问起他的母亲，一个爱开玩笑十分乐观的老妪。他说她一直一个人在老家下陇洲的老房子里生活，哪怕用绳子捆着也不愿意到城里和他们一起生活。现在七十多了，身体还算不错。我问他的情况，姐姐抢着告诉我说，善春当着大老板呢，跨省做着去淘金地贩卖钨砂的生意，挣了大钱呢。

我当然听得出姐姐语气中的夸张成分。善春能过上好的生活我自然高兴。我发现善春并没有因姐姐的夸赞而变得心花怒放，他的眉宇间结着极深的忧愁。暮色在他的脸上显得格外浓郁。接下来姐姐与善春的对话宛如暗语，我听了半天也没能听个明白。

姐姐问他老婆还没回家吗，都两个多月了。善春说没呢，管她回不回的。姐姐说一个家缺了女人可不行，孩子、洗衣、做饭啥的男人长时间怎么干得了。善春说，她自己犯了错哪里好意思再回来，我就当她死了。姐姐说，侄女在那边还好么？善春说，天知道好不好，一点儿信息都没有，她连手机也没有，怎么联系得上她。他妈妈都为这个气出病来了。姐姐问你不去那边看一下吗？善春说去了可是见不着人，他们说去外面做客了，他知道是他们故意藏起来了，可他能怎么办呢？

姐姐与善春结束了交谈。我和姐姐继续往前走，路上姐姐告诉了我善春家里的事情。几乎没怎么出过远门的姐姐问我鄱阳是个什么地方，我将我关于鄱阳的知识一股脑儿向她倒出。我说鄱阳首先是个湖，在我们赣江的下游，离赣江以西大概有四百公里。那里水域浩大，江西包括赣江在内的五条大河的水都流向那里，形成了全世界最大的淡水湖，涨水的时候面积有四千多平方公里，比我们县的两个面积还要大。古代没有火车、汽车、飞机，水路就相当于现在的高速公路，江西人要进京赶考、到北方做生意、做官都必须走此水道，只有过了鄱阳湖才能进入长江然后去其他的地方。因为五条水系在那里盘旋交缠，那里的水情格外复杂，潜流暗涌不可形容，特别是一个叫老爷庙的地方更是凶险异常，历史上不知道翻沉过多少船只，抗战时期曾经发生过几艘日本军舰突然消失得一点痕迹也没有的让人毛骨悚然的事情。所以自古以来，所有的船只过境必须小心谨慎，再不信神的人都会祈求神灵保佑（老爷庙就是一个给人提供信仰的地方）。因为水情复杂并且经常涨水，鄱阳湖周边的十多个县十年九涝，且资源匮乏，田地不多，人们主要靠打鱼为生，生活普遍不富裕。几百年前那里发生过重大的移民事件，人们纷纷从那里离乡，留下来的人们，村与村之间经常为争夺水上打鱼资源大打出手死伤无数，年轻女子纷纷外嫁寻找出路，男人找不到老婆是常有的事情。而善春的妻子老家鄱阳是鄱阳湖周边最典型的一个县。

姐姐大概被我说的话吓住了，久久没有作声。她大概是担心起善春小侄女的命运——虽然姐姐对这么小的孩子不一定熟悉，但因我们与善春一家从小是邻居的关系，姐姐一定已经把她当作自己的亲人。

我也沉浸在我自己对鄱阳的描述之中，我疑心我无意间说出了一个隐喻。这个世界从未有过的动荡不羁，那些乡土中的人们都被押解着离开故乡踏上命定的旅途，火车、飞机、汽车都人满为患，特别是春节期间铁路部门动不动就声称发送旅客几亿人次。繁复交错的旅途，多像鄱阳湖的水域，表面平静的湖面下，河流交汇水势复杂潜流暗涌，每一次航行都危机四伏，稍有不慎就会有船覆身亡的危险。

每个人都有自己命运里的鄱阳湖。大多数人的航行都能化险为夷，沿着既定的航线在异乡与故乡之间从容往来。却也有一些小舟被命运湍急的水流仓促推入了令人不安的深水之域，比如善春二哥细平，细平已经改嫁的妻子，以及他已经作他人妇的十六岁的女儿。他们没有方向，没有故乡。他们心怀隐疾，天生孱弱，无所依傍，茕茕独立。乡土已经在他们的背后坍塌，而他们前面的路荆棘丛生。在这浩瀚的令人不安的水域中，他们都是古籍中所说的不系之舟，是这个世界属于阴影的那部分——是这乡土中国向工业化城镇化艰难转型过程中被损耗的那部分。

他们最终会漂到哪里？哪里会是他们最终的归宿？无比浩瀚仿佛永无尽头的水域潜流暗涌、岔道众多，他们有多少获救的可能？

唯愿这世上的风浪小些，从天而降的雨水打在船舷上的声音不至于过于暴烈吓着了他们。唯愿每一条小舟都会有一颗古老的星辰守护和照亮，让他们的梦境不至于漆黑一片。唯愿水下的暗流漩涡不至于追咬住他们不放，或者有好心肠的潜流会悄悄推动引导着他们，最终让他们找到可以安顿他们灵魂的岸，找到他们可以称为故乡的心安之地。

告别了姐姐，我走在这夜晚的县城街道上。灯火游走闪烁，人车川流不息，整座县城仿佛不安的水域。想起死去的细平、他远嫁他乡的妻子以及女儿，想起善春，我感觉自己也成了一条不系之舟。我不由得加快了脚步，双手划动如泅渡之姿。

临渊记

1

人有故土之念，自然也会有出走之愿。出走与返乡，自古以来就是乡土这枚镍币的两面。二十年前，我的故乡赣江以西，就发生了一件出走之事：在有着一千五百多户人家的、据说是全省最大的村庄谷村里，一个名叫李瑞水的刚刚高中毕业的少年，在毫无征兆的情况下突然人间蒸发，没有人知道他去了哪里。

这件事情的发生并不蹊跷，谷村的人们传出的有几分靠谱的消息是，李瑞水离家出走的原因大致有二。一是高考失利，李瑞水那年正是高考生，考试成绩通过预估离录取线有些远。考大学是没有希望了，落榜是板上钉钉的事。乡村少年，想告别土地，最理想的路就是考学，可是眼看着这条路临时被堵死了，自己多年的辛苦等于白费，家里多年用于读书的钱都打了水漂，李瑞水的心情当然好不到哪里去。心情不好，又恰逢似乎永无尽头的毒日头下的双抢，就会感觉天地之间有了让人窒息的凝重坚硬之感，李瑞水就在某一天趁人不备，背起背包乘车逃离这沉重故土，去了只有他一个人知道的地方。

李瑞水离家出走的另一个原因，还可能是挨了他父亲的骂。正是赣江以西的乡村一年中最为忙碌的时候，人们要在立秋前把田里长熟的早稻抢收进家门，又要抢着翻转泥土把晚稻种下去。中间的时间只有二十来天，太阳毒辣，对任何人都是一个极大的考验。李瑞水高考失利，心情不好，表现在双抢的参与度上，就有消极怠工的嫌疑，割禾呢有一蔸没一蔸，有一行没一行。拉个板车，背个麻袋，脚步就显得不甘不愿。太阳毒热，可他的脸上，始终是像在严冬，挂满了冰霜。他的父亲，十里八村都熟悉的、长年在镇上卖肉爱开玩笑的屠户老李，看着儿子如此垂头丧气，顿时一点儿玩笑之心都没有了。他就忍不住对李瑞水叱责了几句。不难想象，屠户老李对李瑞水的叱责，并不激烈，因为发生在田地里，在农忙季节，哪里会有大块时间来叱责人？屠户老李的叱责，应该还有用上激将之法，激发李瑞水早日振作的意思，这叱责里就明显裹着关切，家里其他人都听出来了。可结果，李瑞水根本不领这个情。他把手里的镰刀往空中一抛，一言不发就离开了田地。看着李瑞水在田埂上越走越远，所有人都没有在意。他们认为，老子骂儿子天经地义，事情并不复杂，过不了多久就会翻篇，他想生会儿气就让他生去吧。

可李瑞水不见了。

当天晚上，李瑞水没有出现在饭桌上，全家人并没有把它当回事。双抢正进行到关键时期，没有人有心思理会一个心情不好的人。几乎所有人认为，腿长他身上，他爱去哪儿去哪儿吧，要不了几天他就会回来的。

三天之后，李瑞水依然没有回家。全家人也没有觉得有啥不对劲的地方。他们大概以为，他可能是去哪个亲戚家做客了。——赣江以西人多田少，村庄密集，亲友们在四周围成了一道由血脉构成的围墙，那厚厚的围墙，会是失意的人最适合舔吮伤口的温柔乡。

十天后，李瑞水还是没有回家。全家人翻遍李瑞水的房间，除了不见了李瑞水的几件换洗衣服，并没有什么异样。他们去镇上问起长年跑镇里到县城的班车司机，司机说十天前的下午李瑞水搭乘他的车去了县城，之后就再也没有见过他。

李瑞水去了哪里？没有人知道。他没有给这世界留下任何线索。那时候电话还没有普及，没法通过电话拨号向更多的人打听李瑞水的下落。正好双抢忙得差不多了，屠户老李赶紧派出亲友团出门去找李瑞水。

然而，李瑞水就像一滴水被蒸发了一样。他的家人通过种种方式找了他整整二十年。可他们都一无所获。李瑞水是死是活，他们一概不知。

2

有人离家出走这种事情，在我的家乡赣江以西的历史上并不新鲜。五百多年前，就有一名姓刘的人离开了赣江以西，怀着无比决绝的心思一路往北。

之所以知道他出走的方向是北，是因为五百年后有人沿着他留下的点滴印记来寻他的祖籍地。那是20世纪90年代中期的一天，正在家乡江西吉水宣传部门工作的我接待了一名叫黄祖琳的人。他自称来自湖南宁乡，是一座名人纪念馆研究员。他说他此行是来寻找一个五百多年前从这里走出到湖南宁乡扎根落户的人。他的名字叫作刘时显。

黄祖琳先生约五十岁，个头不高，相貌并没有什么特别，表情也不算活泛，但他的一口湖南普通话，在我们这个外地人不多的机关里就特别惹眼。他的口音吸引了我的诸多同事。他在他们的围观中掏出了一些纸片，那是一些族谱的复印件。通过他的介绍，以及族谱上的说明，我们大致明白了，他所说的刘时显明显标记为“世居江西吉水”，因儿子刘宝在湖南益阳做知县遂跟着去了湖南，之后领着儿子宝、楠、恩，和孙邦益、邦义、邦礼等，举家搬迁到湖南宁乡定居了下来。但其生平记载模糊，清代康熙年间修的族谱标示其“出生没葬俱逸”，就是说出生与死去的时间都不详，但是他的儿子名叫刘宝，因曾当过湖南益阳知县有着清楚的生卒记载：“公（刘宝）生嘉靖十八年（1539年）己亥，没万历三十一年癸卯。”黄祖琳先生按照古代大约十九至二十年为一代的说法，推算出刘时显生辰大约为明正德十五年（1520年）。他来访的意思，是要我们给他提供必要的帮助，领着他在整个吉水县翻箱倒柜，找到那个1520年左右出生的刘时显，从而确认他真正的故乡，以为湖南宁乡刘氏续上他们的根源。——领导把陪同黄研究员的任务派给了我。

吉水有大大小小的村庄两千多个，到哪里找得到这个叫刘时显的人呢？据我所知，明代就存在的刘姓村庄，多是汉景帝刘启的第六个儿子长沙定王刘发的后裔，大约在吉水赣江以西——我的故乡所在的乡镇枫江镇的上陇洲、下陇洲、北坑、老屋等几个村子里。这几个村庄相貌老迈，古迹众多，且基本上一脉相承，一笔写不出两个刘字。说不定黄祖琳要找的1520年左右出生的刘时显的踪迹，就隐藏在这几个村庄的族谱之中。

我领着黄研究员杀向了这几个村庄。我们认真翻查这几个村庄的族谱。我们共找到了六个叫刘时显的人，但他们分明与黄研究员要找的刘时显身份不符。他们有的生于永乐，有的生于宣德，还有的是崇祯时的子民。他们跟大多数普通本地人一样，在这块土地上出生，又在这块土地上死去。族谱上根本没有他们出外开枝散叶的记载。

那到底是哪里出了岔子？会不会因为过早离开家乡，刘时显的名字和生平，赣江以西的族谱没有来得及记载？——然而这几乎是不可能的事。族谱的伦理，即使幼年夭折的人，也会仔细记录在案。

正当我们一筹莫展之时，有老屋村的老人提醒我们，他们村曾在明朝时分出一支到了五里外的钟家塘村。只是过了好几百年，钟家塘村数姓杂居，刘氏香火不旺，血脉不显，也就不那么被人关注。要不你们去那里看看？

我们立即驱车来到了钟家塘村。那也是离赣江不远的一个小村庄，一百来户的样子。村庄房子之间犬牙交错、凌乱不堪，因为与我的村庄只隔了三里路，我与村里的不少人都有过来往，我知道村里的人们多普通少见识，看不出这个村子有何特别的地方。它会是那个刘时显的故里吗？在一本《南岭粉溪刘氏重修族谱分徙边溪支派》的纸张簌簌作响的老谱中，我们找到一个叫“庆连”的人生有三子，其中次子名叫“时显”，字柏引，关于他的身世只有一句话：“出外世系不能悉载。”——这个人出门了，从此再没回来，关于他的子孙后代，没有消息记不了。

他是不是黄研究员要找的刘时显？我与黄研究员进一步对族谱进行分析比对。古称边溪的钟家塘村的刘姓一世祖忠俊到时显共有六代，但因明末李自成为首的农民起义及清兵入关后，反清复明的激烈战争，江西和湖南都是重灾区，南塘刘氏与赣江以西的刘氏，生存都成问题，祖先们的生卒，自然就顾不上了。但边溪始祖忠俊的父亲宗安在其源头古称南岭粉溪的老屋村的族谱中有明确的生卒记载：“明永乐四年丙戌八月初八日酉时生，明成化五年乙丑十一月二十日亥时没。”永乐四年即1406年。如果算一九至二十年为一代,《南岭粉溪刘氏重修族谱分徙边溪支派》里记载的“出外世系不能悉载”的刘时显，其生年就应该是明正德十五年（1520 年）前后。这个生年，与黄研究员所示湖南宁乡刘氏族谱里的刘时显的生辰十分吻合。黄研究员用十分肯定的语气说，这个刘时显，就是湖南宁乡南塘刘氏的始祖无疑。

——这位五百多年前“出外，世系不能悉载”的乡党，他的去向，终于在 20 世纪末浮出了水面。

坐实了刘时显这个人的存在，我与黄研究员走出了村子。我看见村外的阳光古老又簇新，村口通往外面正是一个大坡，有人拉着装满了形状可疑的物品的板车上坡，后面的人极力在推动着板车。他们的远方，是无穷无尽的路。正是热天，他们的背上满是汗水和盐霜。地上是板车清晰的辙印。我想，当年执意奔往湖南的刘时显，也是这样走出村庄的吧？

我看到黄研究员脸上荡漾着笑意。我知道这一寻找结果对他意味着什么。我们不是为五百多年前的那个益阳知县的父亲寻找故乡，而是为黄研究员所在的纪念馆寻找血脉的源头。他所在的名人纪念馆叫花明楼，纪念馆的主人是曾任中华人民共和国主席的刘少奇，他原名刘绍选，正是这位刘时显的第十代孙。

3

在赣江以西，刘时显并不算走得最远的一个，金滩镇白石村的邓汉黻，就要比刘时显走得远一些——他去了广东，把家搬到了当时依然属于东莞管辖的九都桂角山下。后来，这块地方归香港管辖，名字换成了锦田。

金滩镇白石村坐落在赣江之滨，一百来户人家，单姓一个邓字，跟大多数赣江边的村庄一样，白石村资源短缺，田地面积少，且常被水淹，村里人的生活好不到哪里去。改革开放伊始，人们纷纷离开村庄出外打工。

可谁也没料到，就是这么普通的一个村庄，竟然有着整个县乃至整个吉安市最为显赫的海外关系——香港的名门望族、有三万人之多的邓氏家族，就发源于这个名不见经传的村子。

白石村有显赫的海外关系的说法，并非白石村一厢情愿的吹嘘夸饰，而是通过香港邓氏家族主动前来攀扯得以坐实。20世纪90年代中期，大陆与香港的关系趋于稳定，香江那边的邓氏家族，立即派出十余人组成的亲友团，在本地市县乡三级官员的陪同下驱车来到白石村。他们说着夹着白话的普通话。因改革开放，这样的腔调已经让我们熟悉，县里的文工团演员，为表现当代内地与沿海开放地区的交往就经常在舞台上操着如此腔调。但他们远不是我们县文工团演员表现的那样滑稽、装腔作势，而是神情郑重，举止如仪。他们见娃儿就给红包，见祠堂就拜，见乡亲就拉着叙齿序，论辈分，排字号，称叔呼伯，不亦乐乎。他们集体跪倒在几座天知道是否还有骨殖的几近荒芜的古老坟墓前，泪水滂沱，口里喃喃说，列祖列宗，不肖子孙们终于回来了！——他们跪在祖坟面前集体哭泣的样子，多像一群幡然醒悟的浪子！

他们并不仅仅是来行礼认亲的。他们还与白石村的族亲们商议村庄许多重要的如祖坟、书院、祠堂、学院等设施的修建计划，详细讨论了方案，核定了预算。一到香港，他们就如数汇来了修建所需的所有称得上巨额的资金。

从关心支持白石村生产生活开始，他们逐渐成了吉水乃至整个江西的义人。他们成立了基金会，通过内地官方的推荐，为诸多深山里的学校捐建教学楼，给孩子们送上学习用品。遇上水灾、冰雪灾，他们必踊跃向官方捐款捐物。他们频繁与内地往来，与白石村所在的吉水、吉安乃至整个江西往来。有人统计，这些年来，他们捐赠的资金，多达数千万元。而他们的行为，毫无商业上的任何回报——据我所知，他们在江西没有过任何跑马圈地的商业举动，没有利用与官方的关系在内地拿哪怕一个房地产项目，建哪怕一座属于他们的楼。

他们大多是受过高等教育的人，是香港社会有影响力的人士，不少是知名企业的法人，也有的栖身于香港的政界、法律界和教育界。作为香港人，他们普遍有国际视野，其工作往往要与全世界打交道。他们肯定知道他们的所行意味着什么，那是肯定是与他们的学识、眼界和价值观高度吻合的义举。

作为赣江以西的后裔，我一直默默关注着他们。我渴望知道他们作为义人的逻辑。终于有一天，我遇上了香港邓氏家族的代表人物邓声华先生。

那是20世纪初，江西省政协组织想协同我所在的文艺创作部门，为部分境外的委员撰写一部纪实文学作品，记录下他们的创业历程及慈善义举，以慰他们对江西的乡梓之情。我接到的任务，就是采访前来参加政协会议的香港邓氏国际有限公司董事长邓声华先生。

邓先生时年七十多岁，身材瘦长，穿着一件皱巴巴的白衬衫，留着平头，样子就像是小县城街头随处可见的邻家老伯，根本看不出一点儿实力雄厚的香港知名企业董事长的派头。他一听我介绍说我是吉水人，立即表现出十二分的热情，和我拉起了家常，问我家在哪个乡镇，是否去过他的老家白石村。恍惚间我竟以为我和他并不存在巨大的地理差异，而是两个真正的老乡坐在一起。问答之间，我知道了邓先生早年也颇多苦难，可他凭着生意人的精明，白手起家，抓住了香港的几乎所有发展机会，规避了香港经济的几乎所有风险，一步步把香港邓氏国际做成了融房地产、酒店、商业等为一体的大型企业。

我向邓先生表示祝贺，同时我也说出了我的疑惑。我说吉水并非他的成长之地，这些年来他与族人何以对吉水投入如此多的心血？他沉吟了一会儿，说起了他的家族故事。

他从先祖邓汉黻开始说起。北宋开宝六年（973年），赣江以西的白石村培养出的官员邓汉黻受朝廷之命来到广东任职，官当得好不好不得而知，可解职以后，他没有回到那个生他养他的地方，而是沿途察访，寻找着自己的安身之地，最后定居在今天的香港锦田。那时锦田并无多少人居，几近荒芜之地，可邓汉黻甘之若饴，抱着耕读传家的信念，一边开垦荒地，一边教孩子读书。后来，他的曾孙乃至曾孙的曾孙，不断有人高中进士，其子孙在香港渐次繁衍开来，成为香港当地的名门望族。

从邓汉黻到1930年左右出生的邓声华，近千年时光翻过。一千年的时光，天下多次易主，河流都可改道，一条纤细的血脉，更容易在时光中稀释，可在香港，邓氏家族的人们互相支持、通力合作，近千年不改，可谓其乐融融。邓声华先生告诉我说，他们之所以能保留如此强劲的凝聚之力，乃是源自邓汉黻的教诲。他给子孙后代留下的祖训，就是勿忘自己是吉水白石的子孙——他可能认为血缘并不足以笼络子孙的心，但故乡正如圣域，不管历经多少年，依然会让子孙后代怀着单纯的朝圣之心。

邓汉黻在锦田建起祠堂，祠堂的风格，正是中国南方的风格。他给祠堂拟下对联，首句就是“吉水流芳频馨藻结”。他把吉水的习俗移植到锦田，如每年农历正月初一至十五，族人必聚到宗祠点丁灯，饮丁酒，就是凡在过去一年内添了男丁的，都燃亮花灯，悬挂于祠堂横梁之上。灯上写上诸如旨福归堂、状元及第、引儿扳桂、添丁发财等用以祝福新生儿的吉祥语句；元宵当晚，添丁者以盘菜形式宴请族人饮丁酒。一桌八人，围坐共享一盘食物，象征团圆……这些与香港当地完全迥异的习俗，无时无刻不在提醒邓氏子孙他们的家在江西吉水。邓声华先生说，种种教诲，让吉水这个地名，小时候起就在他们心中扎了根。他们从小就有了一个信念，一定要代替他们的祖先争取早日组团回家看看。他们的祖先一千多年前离开了吉水，就意味着这一条血脉亏欠了家乡一千多年。他们要还债，要多多地回报故土。于是，就有了他们这些年的义举。

4

因为自己在广东做了官，邓汉黻退休之后，索性就近选址，定居锦田；因为儿子赴湘做官，自己呢跟着去了湖南客居，看着湖南环境不错，土地资源丰富，然后回家与家人商议，举家搬迁至湖南宁乡。粗看起来，邓汉黻与刘时显，离乡的理由都十分堂皇，一点漏洞都没有。然而仔细分析边溪的刘时显与白石的邓汉黻的出走，他们告别故乡的背影，都多少显得冷漠与无情。

我没有翻看金滩白石村邓氏族谱，不知道邓汉黻的出走在他们的族谱上有着怎样的表述。我知道宋时做官一般必读书，邓汉黻首先是个读书人无疑。凭我对故乡的了解，我知道一个村庄一个家族要培养一名读书人，会是如何的不易。如果是商贾之家或地主家里还好些，如果是普通的农民家庭，那是要举全村全族之力来供养的。赣江以西属于丘陵，人口众多，然而每人可供种植的田地面积并不多，平均每人不足一亩地，当时的农业技术远不算发达，是否得温饱都很难说，要从自己的嘴里省出一口吃食来供养一名读书人，对全村全族来说都不是一件小事。

而如果供养之事一旦开花结果，那获得功名的读书人，就应该铭记全村全族人的恩德，用一生来做全村全族公序良俗的维护者，公共利益的代言人。村里的宗祠祖坟修建，他要捐资在前；村里有人不孝敬老人，他要出面教育；村里的地界被邻村无理侵占，他要暗中施援手；村里有人要吃官司，他要疏通打点。他就是举全村全族之力树立起来的一根顶梁柱、旗杆石。他注定要为全村全族而活，就是退休致仕也应该告老还乡，成为守护乡村道统的乡绅，为乡村争权益谋福利的遗老。在赣江以西，身居高位退休之后依然回到乡里的大有人在。南宋大诗人杨万里，官至四品（宝文阁学士），退休之后，依然回到离白石村约二十里远的黄桥镇湴塘村，饮酒作诗，养花种菜，“日常睡起无情思，闲看儿童捉柳花”“酒新今晚醉，烛短昨宵余”，直到八十岁去世；明朝著名外交官陈诚，官至广东布政司右参政（从三品），五次出使西域，是中国历史上行路最远的官员之一，为国家的边疆稳定立下了汗马功劳，晚年依然回到离白石村四十里的阜田镇陈家村，与当地文人唱和，与乡亲们一起喝茶吃肉“开轩面场圃把酒话桑麻”，直到九十四岁而终。邓汉黻怎么可以把全村全族撇下不管，放弃自己应尽的责任，一个人远走他乡，独享个人清静过自己的逍遥日子呢？

再说刘时显。他本是赣江以西的一个农民，理应抱有故土难移的观念。可是，因为跟着做官的儿子刘宝去湖南客居了一段时间，他竟然像变了一个人，一候刘宝任期结束，就迫不及待地回到家乡，呼儿唤孙，装车驾辕，把该带上的都带上，头也不回地去了湖南。

说他受制于儿子刘宝肯定是不合适的。根据宁乡族谱记载，那时他已经有了三个孙子。他应该是五十开外的人了。他年富力强，是当仁不让的一家之长。他的一家应该有十余口人，要把这十余口人全部搬迁到几百里外的异乡去，是一个巨大的工程，这个主只有他才做得了。而要做下这个主，他是要下天大的决心的。那是一股怎样的力量，让他不管不顾，让整个家连根拔起，不留余地的？他凭什么就认为，到湖南去重新开始一家人的生活，就要比在赣江以西自己生活了多年、有着稳固的社会关系的家乡会更好？根据《宁乡南塘刘氏四修族谱》记载，刘时显一家在湖南的安居之地也并不见得有多好，“卜筑宁邑南乡距城六十里许之古名六十三都即今五都十二区茅田滩居焉”，不过是长满茅草的河滩之地而已。而且，此去肯定再难回还，如果父母还健在，他怎么安顿已年迈的他们？怎么向自己的兄弟姐妹乃至族人乡党们解释？

他有三个儿子。他跟着当官的儿子刘宝去湖南时，另两个儿子应该在老家的。因为明朝中期一个小小的县令，俸禄并不算高，根本安顿不了那么多人的生活。据有关记载，刘宝在益阳期间官声不错，颇有政绩，肯定不可能是胆大妄为贪污腐化之徒，更是不可能有条件照顾这么大的一家子。那刘时显从湖南回到赣江以西，他怎么向他在家的儿媳介绍他的举家搬迁之念？他会把湖南夸饰得像天堂一样吗？他会说那里田地多得想开垦多少就多少，想怎么吃饱就怎么吃饱吗？他为什么一定要举家离开故土，为何不给自己留一条后路，在故乡留一个念想，把自己的一个子嗣留在故乡？元末明初从吉水赣江以东龙城走出去的毛太华（湖南韶山毛氏开基祖），到云南永胜参战有了战功，最后受到封赏到湖南湘潭韶山冲落户，尚记得把他四个儿子的两个（二子清二、三子清三）留在给予了他滋养的云南永胜，以让自己时时对那块并不是故乡但胜似故乡的土地翘首回望。他怎么不可以学学这个其实离他并不远的乡党，作一份回望之想？

——江西填湖广是贯穿整个明朝历史的重大政治事件。我去湖南，经常听人说起自己是江西人的血脉，据说有 70% 的湖南人的祖籍来自江西。数百年前，因受朝廷的土地优惠政策或其他政策的鼓励，无数江西人都奔赴因战争人口大幅减少的两湖两广安家落户。我想，刘时显的举家迁徙至湖南宁乡，大概就是受到这个历史事件的裹挟与蛊惑。

迁徙本就是人类的常态。可我怀疑刘时显举家搬迁连根拔起的举动，赣江以西的故乡颇有不快。《南岭粉溪刘氏重修族谱分徙边溪支派》对刘时显“出外世系不能悉载”的记载就是明显的证据。“出外世系不能悉载”，里面包含了多少怨恨，多少不屑。这个人把整个家都搬出去了，他们去了哪里我们可管不着。暂且把他的名字记在这里吧，也算是故乡对这一不肖子孙存了一点儿恩德。

5

然而，无情与冷漠，难道就是给邓汉黻与刘时显们离家出走再不回到故乡举动的唯一解释？事情的真相，会不会有着另一种可能？

比如说，故乡留给他们心中的记忆，并不那么美好。

自古以来，中国人对于故乡的情感浓烈又复杂。我们谈起故乡，既有“君自故乡来，应知故乡事。来日倚窗前，寒梅着花未”的美好思念，也有“近乡情更怯，不敢问来人”的怯弱与无措；既有“葬我于高山之上兮，望我故乡；故乡不可见兮，永不能忘”的渴望和向往，也有“无颜见江东父老”的挫败与畏惧；既有“举头望明月，低头思故乡”的缠绵悱恻，亦有“未老莫还乡，还乡须断肠”的酸楚悲怆。

通常意义上的故乡，是祖母唱着童谣的摇篮，让舌尖怀着永恒乡愁的灶台，让身心放松、月光围绕的床榻，但对不少人来说，那由祖坟、宗祠、村庄等构成的坚硬而封闭的名叫故乡的建筑群，有可能就是高高筑起的债台，是灵魂的审判台，是沉重的枷锁，是巴不得冲出去永不回头的坚硬围城，乃至是命运的深渊之地。

贺龙一生不敢回故乡。他曾从故乡举着两把菜刀在故乡湖南桑植闹革命，无数湘西子弟跟着他汇入了中国革命的滚滚洪流之中。可革命成功后，贺龙再没有回湘西一次。他害怕家乡的父老乡亲，父母向他索要儿子，寡妇向他索要丈夫，儿子向他索要父亲。据贺龙的女儿贺捷生将军回忆，20世纪50年代初，共和国刚刚诞生，从贺龙故乡湖南桑植寄来的寻找亲人的信件，就像雪片一般飘落在贺龙的书桌上，而贺龙每读这些信，都会眼睛湿润，叹声连连。因为信件里要找的亲人，大都已经牺牲在了革命的道路上。

赣江以西的我的故乡，属丘陵地带，又是远离政治文化中心的南方边缘之地，气候湿润温和，土地肥沃适合植物生长，历史上较少战火，人们纷沓而来，造成人口极为密集，村庄连着村庄，田地稀少，资源极为短缺，且因处赣江之滨，不时有洪灾水祸，生存就变得逼仄，人人脾气火爆，个个都有一颗不甘示弱的心，因一点点小事大打出手、亲友乡人间相互倾轧算计的事情就时有发生，以血缘为条件向子孙变本加厉索取之事也不算少。如此的逼仄，如此的不可理喻，许多人对故乡的情感，自然会大打折扣。

出生于1912年、离我家五里路远的上陇洲村刘春，在家乡长大到二十多岁，早年因在上海读书开始参加革命，参加了抗日战争和解放战争，新中国成立后，历任中央人民政府民族事务委员会委员、内蒙古分局党委副书记、中共中央统战部副部长等职，是新中国处理民族问题的行家里手。他于21世纪初在北京逝世，享年九十岁。

可是因为他的成分很高的父亲新中国成立之初被村里人批斗过甚，最终承受不住投井而死，他从此再也不肯回故乡。过去他经常与村里人有书信往来，尔后，他不再与故乡发生联系。

离我家十里路远的江头村人肖文玖，同刘春一样也是赣江以西十分知名的人物。1930年，十五岁的他跟着指挥第一次反围剿之余到赣江以西搞调查（《东塘调查》）的毛泽东参加了革命，一生南征北战，历经抗日战争、解放战争、抗美援朝战争，多次获朝鲜一级国旗勋章、二级国旗勋章、一级自由独立勋章，历任67军军长、北京军区参谋长、副司令员，1955年被授予少将军衔。

可是他从十五岁走出家门，直到2001年去世，再也没有回到家乡。村里人猜测，这个六岁丧母、十岁丧父的孤儿，这个从小就给地主家放牛的、因长了连眉被人讥笑为傻子的人，肯定对家乡没有多少美好记忆。因为故乡给予他的，只有孤儿的身世、地主的刻薄表情、众人对他相貌的讥笑嫌恶、饱一顿饿一顿的凄凉不堪……

北宋初年宦游至粤然后选择在粤定居的邓汉黻和明朝中后期举家搬迁到湖南宁乡的刘时显，在故乡会不会有着与贺龙、刘春、肖文玖相同或者相仿的遭遇？

6

不管怎样，邓汉黻与刘时显终于告别了那让他们百感交集的故乡，找到了属于自己的桃花源。按照常理，摆脱了故乡这一长期压在心头的负资产，从此再也不会有人以血缘的名义对他们进行变本加厉地索取，再也不会有人因对他们知根知底而肆无忌惮地欺凌嘲讽，再也不会有天灾人祸降临在他们身上，各种合理不合理的摊派可以不用交了，各种欠下的恩仇义理都可以一笔勾销。他们与故乡从此井水不犯河水。他们要做的，应该就是牢牢守护着新的地盘，以一种创世的激情，与周围的山川河流、土地生灵建立起和悦美好的关系，全力建造起一个理想的根据地，一个完全有别于赣江以西故乡的家园。在那里，一切都是新的，包括乡邻、语言、习俗、成长、生死、情爱……那属于赣江以西故乡的一切，他们完全可以全部放下不复谈起。

可是，深究他们抵达异乡后的种种轨迹，他们对故乡根本无法做到弃之如敝履。那让他们爱恨交加的故乡依然在他们的生活中有着极深的烙印。这不能不让人匪夷所思。

邓汉黻来到了锦田安家落户。他一方面努力向当地人学习生产生活技术，全身心地融入当地生活，另一方面，又在生活中强行植入关于赣江以西的文化记忆，比如他盖起宗祠，把宗祠当作教化子孙的重要场所，把血缘在江西吉水的信息，编成对联深深镌刻在宗祠的大门上，让未来的邓氏子孙，一望就知，长记心间；比如他编撰族谱，在族谱中详细记载自己的故乡白石村的地理方位；比如完全移植故乡的年俗，每到春节，必饮添丁酒，凡前一年生下男丁的人家，必须到宗祠宴请族人饮酒，族人则以书写了祝福的话的花灯回报；比如安排在祠堂摆下刀、剑、戟、弓，教导子孙习武，而其武术招式，与当地并不相同，后来人们知道了，那正是赣江以西的吉水世代流传的南拳之术……

我们从邓汉黻苦心孤诣留下的种种印迹可知，他的内心有着多么沉重的、蛮不讲理的乡愁。20世纪90年代初期，香港邓氏家族的回乡之路，其实在邓汉黻时就已经开始铺设。

举家搬迁到湖南宁乡的刘时显同样为保留自己的来路处心积虑。湖南宁乡县《南塘刘氏重修族谱》载曰："乾隆甲午（1774年）孟陬之月，族人修象鼻山祖坟，得志石于喻氏始祖母圹中，始识始祖时显公之名，而登之谱首。"从这段话中可知，为了让后世子孙知道他们的始祖是谁，从哪里来，刘时显这个老农民左思右想，琢磨出在石头上刻字（"刘母喻孺人，生居江西吉水，适时显公为室""夫妇随男宝出宰于楚之阳（今湖南益阳），落业宁邑南乡六十七都茅田滩"），埋于妻子的墓中。他希望让死亡封存他们，他知道也只有坚硬的石头与同样坚硬的死亡才可以长久珍存他们，不让他们被时光埋没。他相信，总有一天，这一镌刻了他们信息、证明他们存在的石头，会大白于天下，死将会变成生的路标，那时他们的子孙，就会根据石头上的信息，找到他们的来路，续上他们的根脉。

一方面对故乡悲观失望远走他乡，另一方面又在故乡视力所不及的地方对故乡魂牵梦萦；一方面把回故乡的路完全斩断，另一方面又不断在新的驻地暗中埋设关于故乡的信息通道。这是一种十分矛盾的情感。对那样一种与故乡既冷漠又炙热，既绝情又深情，既放逐又吸引的现象，我尝试着命名为"临渊"。

是的，故乡在邓汉黻和刘时显们的眼里，是一座无比危险无法见底的深渊。他们熟知这座深渊的属性，当然知道靠近就可能失足，凝视就可能被吞噬（“当你凝视深渊，深渊也在凝视你”）。他们远离故乡，当然是为了解除自己的失足吞噬之患。可这深渊倒映着自己的前世今生，仿佛磁石，又让他们欲罢不能（那深渊的圆形之弧，对他们的灵魂构成了永远的包抄与围剿之势）。这些自我放逐的天地之间的孤儿，唯有远远地守望着这深渊，既不让深渊将自己吞噬，又不让自己的灵魂因远离深渊而失重失衡。他们的守望之姿，仿佛星空中银河旁边光芒微弱的星子，与银河看似彼此孤立，实际上处于相互吸引又永恒对峙的特殊态势之中。

这种守望无比脆弱，隐含着巨大的悲情，即使时光日久，依然让我们唏嘘不已。

这种守望却也十分坚韧，有着与时间对抗的力量，蕴含了巨大的可能。

西晋“永嘉之乱”和“五胡乱华”，数百万中原汉人纷纷南迁。至今在赣南、闽南、岭南的他们的后裔，依然把自己称作“客家人”，把居住了一千七百多年的迁徙之地当作临时安身之所，把中原当作自己其实永远回不去的故乡，舌尖上依然保留了许多中原古音，就是这种“临渊”之境的最好例证。

从赣江以西出发的邓汉黻和刘时显，以各种各样的方式保留着故乡的信息，不屈不挠地通过血脉传递着故乡的体温，也是这种“临渊”状态的生动写照。

7

今夜，我所在的“赣江以西”微信群里，一个自称是“谷村人”的网友发出消息，说寻找自己的弟弟李瑞水。他说他的弟弟李瑞水自从20世纪90年代末的一天突然离家出走，至今二十多年来，依然下落不明。

这一消息迅速激活了许多人的记忆，毕竟当年那件十八岁高考少年失踪的事情在赣江以西闹得声响不小。人们纷纷围着谷村人问这问那，迫切想得到这件事的更多信息。谷村人有问必答，关于李瑞水失踪的后续，随着谷村人的讲述，渐渐有了眉目。

谷村人说，这二十年来，他们一家从来没有停止过对弟弟的寻找。他们想了很多办法，比如通告李瑞水当年读书的每一位同学和老师，恳请大家一有李瑞水的消息就立马告诉他们；比如通过发传单的方式，持续把李瑞水的信息广泛发送给出门在外的乡党，希望有一天能通过他们捕捉到李瑞水的蛛丝马迹；比如多年来都保留了拜菩萨的习惯，希望无所不能的菩萨能有一天以托梦的方式给他们透露哪怕一丁点儿关于李瑞水的信息。可是最终，他们的愿望都落了空。

他有没有可能已经不在这世界上了？毕竟生命脆弱，人生无常，报纸或电视爆出的误入传销、染上毒瘾、加入犯罪组织，以及疾病、车祸等等都可能让人消失得无声无息。当他们已经对他依然活在这个世界上不再抱希望，可十年前的一天，他们村一个在广东东莞打工的人在石碣镇的一个夜宵摊上看到了他。

在东莞打工的村里人的确没有看错，他看到的是李瑞水而不是别人，他说出的许多特征，比如高矮、胖瘦、左眼下的一颗泪痣，都与李瑞水的特征毫无二致。开始他还不敢确信是他，尝试着用家乡话叫他的名字，结果得到了他的积极回应。他们有过一段短暂的交谈，村里人说十年了家里人到处都在找他，他怎么就不回去看看？他问了家里的一些情况，比如屠户父亲以及母亲的身体，兄弟的婚姻生育，然后说处理完手头的一些事他就回家，其轻描淡写的样子，好像他刚刚才从故乡离开。他们交谈了几句之后，他就迅速回到自己的桌子上，那上面坐着的他的同伙，在夜宵摊的灯光下面目模糊，看不出是恶是善，也几乎不发一言，听不出是本地人还是外地人。一会儿之后，趁着村里人上洗手间的工夫，他们就倏忽不见，他们坐过的桌子上，杯盘狼藉，座椅上似乎还留着他们的体温。

同村的年轻人立即给李瑞水的家里打电话，详细告诉了他的所遇，告诉了夜宵摊的具体地址：某某镇，某某街道，某某门牌号。等到做哥哥的连夜坐火车赶到东莞石碣镇，来到同村人昨夜见到弟弟的夜宵摊前，可哪里还有弟弟的影子？听着应声赶来的同村人翻来覆去地回忆昨晚的相遇，想起弟弟如此绝情，而全家人因他的失踪忍受的诸多苦楚，做哥哥的再也忍不住，在异乡的街头失声痛哭。

——微信群里的南昌乡友们纷纷热心地讨论着。李瑞水为什么不回家？他是对故乡心怀人们所不知道的怨恨，多年了这怨恨还没到放下之时，还是因为他一事无成，无颜见家中父兄，或者是已被迫走上了一条与返乡背道而驰的不归之路，他自认为已经失去了回家的资格？他结婚生子了没？他是否改了姓名与籍贯？与他一起的那一群人，是萍水相逢的同伴，还是绑架他的命运的凶手？

可是，李瑞水不现身，这些问题是没有答案的。

没有李瑞水的踪影，李瑞水的一家依然没有放弃对李瑞水的寻找。当然，又是十年，他们依旧是落了空。毫无疑问，要找一个费尽心思躲起来的人，是一件多么不易的事情。

可是现在，他们一家开始加大了对李瑞水的寻找力度，几乎所有的近亲都开始加入到这无望的寻亲队伍之中。因为李瑞水的屠户父亲快要死了，这个可怜的人，二十年来一直把自己当作一名罪人，一直认为是自己的几句责骂把儿子逼出了家门。他认为落到今天的地步乃是老天爷因为他杀生太多给予了他惩罚，从此再也没杀死过哪怕一只蚂蚁。这个一贯爱开玩笑的人，二十年来也再也没有说过一句有趣的话。他迅速消瘦下去，只剩下一把老骨头。他快要死了。他告诉家人，他死前的唯一愿望，就是见到他养大到十八岁的儿子。他想当面请求他的原谅，不然他会死不瞑目。

谷村人说，你们有谁看到我的弟弟李瑞水吗？如果看到了就请帮我转告一声，说我爹快要死了，能不能请他回一趟家！请告诉他只要能见上我爹一面，他想去哪儿我们谁都不会拦着他。他有啥过不去的，我们全家帮着他！

说完，谷村人发出了几张照片。

照片有些泛黄，照片里的人依然是十七八岁时候的样子。他的头发很长，遮住了前额。他的表情充满了他这个年龄段惯有的桀骜不驯。他的眼神不可一世，充满不屑，又仿佛心怀怨恨，有如刀片般锋利。

那眼神如此年轻，在无数的少年眼里，我们都看到过这样的眼神。

可那眼神又如此古老。我想"永嘉之乱"后南迁的人群，从赣江以西出发的、一千多年前的邓汉黻，和五百年前的刘时显，都会有一副如此的眼神。

夜深了，围观的人们都如水散去，微信群里一片沉寂，那几张泛黄的照片，在微信的窗口，仿佛大海上飘着的几张命运无着的落叶。

我却没有睡着。我想起五百多年前拖家带口离开家乡的刘时显，以及一千多年前"宦游至粤"的邓汉黻。我想起他们与故乡的关系。他们让我对李瑞水并不绝望。我想不管什么原因，不管李瑞水背负着怎样不堪的命运与怎样沉重的负罪，他的乡愁都会是永远的在。他永远会在心底给自己的故乡留一个角落。毫无疑问，即使现在有诸多不便，若干年后，他会以属于他的方式，或者以衰老不堪的肉体，或者以历经苦难的灵魂，或者以此生，或者以来世，踏上回乡的路。

而故乡，仿佛一名性情乖戾却不失慈蔼的母亲，不管经历多少岁月，总会对她在外久久不归的游子，怀着永恒的守望之心。

第二辑

返回

磨盘洲

1

吃过早饭，何袁氏就筹划着去磨盘洲拜菩萨。她考虑到自己年事已高，去磨盘洲的路程并不算太近，因此就希望能尽量轻装前行。她知道拜菩萨用的香烛鞭炮磨盘洲可以现请，随身只需带足香火钱就行。正月元宵刚过，按理天气依然寒冷，早上的霜依然铺了一地，可平日里冷冷的太阳到今天却有些火热，刚刚到树梢就把还贴着红彤彤的春联的村子晒得暖和，村子里留下的几个老人已经争先恐后地把被褥抱出来晒了。她还没走到村口就感到身子在冒热气，考虑到要不了几个时辰就可以回转，于是又返回家中脱下了儿子媳妇买的她本来就嫌笨的羽绒服，同时落下了媳妇留给她她却觉得用不着的手机。她就这样轻轻松松地上了路。

何袁氏走在去磨盘洲的路上。从她的村庄杨家岭到磨盘洲有七八里，一个来回也就十五六里，如果换作比现在年轻几岁，她并不需要太多时间。现在虽然已经八十岁了，可她耳不聋眼不花，腰板称得上硬朗，腿脚也还灵便，虽然体力不比当年，可包括往返加上在磨盘洲敬香逗留花上三四个小时也绰绰有余。中午饭食，只要口袋里装上一点还来不及吃完的年货就足可以对付。太阳朗照，天地间宛如编织着万千金线，金黄的油菜花在路两边绽放，满目的金黄让走在拜菩萨路上的何袁氏有一种居身光明广大、菩萨塑金的庙宇之中的错觉。许久没有亲近和打量的田园景色如此怡人，何袁氏的心情不免愉悦了起来。

从杨家岭到磨盘洲，要过几个村庄，走一座桥，上下几个小坡，要穿过一大片旷野，直到远远看得见村庄……这段路，何袁氏走了三十多年，她当然是再熟悉不过。三十多年前，她遭遇了一场天大的变故。她的丈夫，一个看起来身体壮得像牛的庄稼汉，顿顿吃得下三碗干饭的中年男子，突然病亡，丢下四个大大小小的孩子给她。命运给她开了一个残酷的玩笑，让她这个无辜的人，承受了最为严酷的刑罚。她感到天都塌了。死去丈夫的可怖面容，镜中自己急剧消瘦不成人形的样子，孩子们因父亡而变得病态的、隐忍的、可怜巴巴的眼神，都让她产生一种命运里有恶鬼随行的错觉。她当然义无反顾地挑起生活的重担，把汗水摔在地上，指望几亩薄田能淘出金子，一块硬币恨不得掰成两半，自己身材再瘦小，两手一无所持也要挣扎着把孩子们抚养成人。

可是，她需要命运给她一个说法，她到底有何错，为什么把这么重的惩罚给她。她需要天地间有一个依靠，一个信念，在她每次快扛不住的时候能支撑她继续。她更需要一个保护神，保佑她的生活再也不要出什么纰漏，保佑她的孩子们平平安安没病没灾地长大。这个可怜的人把日子过得风声鹤唳、草木皆兵，已经到了一根稻草都可以压死她的地步。她的孩子一有头疼脑热，她就茶饭不思、夜不成寐，窗外一声乌鸦的聒噪，饭桌上一只饭碗的失手打碎都会让她疑神疑鬼，一颗偶尔出轨的火苗，都让她怀疑是一场火灾的索引。她多需要有谁能给她搭把手！在村里同样苦命人的引导下，她开始走向了磨盘洲。

村里同样苦命的人说磨盘洲的菩萨最灵验，并且对乡下人最为慈悲。村里人举例说谁谁谁向磨盘洲的菩萨求子得子，谁谁谁久病不愈，向磨盘洲的菩萨祷告结果不出一周竟奇迹般痊愈，谁谁谁家的牛不见了也向菩萨问询结果牛自行回了家，谁谁谁长期到磨盘洲拜菩萨全家没病没灾，儿孙出入平安，老人颐养天年。在某年春节过后，何袁氏跟着村里的苦命人，第一次来到了磨盘洲，站在了被传得神乎其神的、一言不发的菩萨面前。

何袁氏记得她第一次到磨盘洲的情景。在菩萨面前，她有些慌，好像她是一个做错事眼神躲闪的孩子，而菩萨就是威严地盯着她看的爹和娘。因为是头一次来，她还不能做到从容，头也是磕得潦草不堪。她在心里把自己的苦楚向菩萨说了一遍，因为苦楚太多，她在蒲团上待的时间就有些长，让村里与她同来的人颇有些不耐烦。她还斗胆在心里询问了菩萨，为什么让她遭遇那么多的苦，给她这个从未作恶的女人施以如此重的惩罚。她当然也向菩萨求了福，祈望菩萨能保佑她的生活不要再出什么差错，儿女们能平安健康长大。她祈愿她那死鬼丈夫的死抵消掉她家命运里该有的不幸，如果这个家还有她所不知道的孽债未还，如果还要有报应，就请全部应在她的身上。到了最后，她担心菩萨没听清楚她说的，就在心里把所有的话复述了一遍。也许是她的苦过于沉重，也许是她担心菩萨因为她的祈求太多无法全部满足，她发现自己泪流满面，直至失控哭出了声。

从磨盘洲回来后，何袁氏隐约感觉到菩萨应了她的祈愿，成了她的家庭中隐形的成员。一些细微的征兆可以证明这一点：她的失眠变好了。她的头发不再大把大把脱落了。她的只有两三岁的儿子让她揪心的咳嗽自行止住了。她家的牛怀上了小牛崽她也认为是菩萨的功劳。她种的一棵南瓜苗少有地结下了十多个硕大的南瓜，她也认为是菩萨暗中施了援手。因为自觉与菩萨搭上了关系，她的心不再是整天空落落的，而是没来由的有了安慰。有一天她从镜中看到，她的那张曾经在突如其来的厄运中如纸惨白的脸又恢复了些许红润，嘴角不由得绽开了笑意。

从此每一年春节过后，她都要去磨盘洲拜菩萨。每年观音菩萨六月或九月的生日（传说观音菩萨有三个生日），如果她有闲暇，也会去磨盘洲拜一拜。她有时和村里同样苦命的人去磨盘洲，有时候她会孤身一人去磨盘洲，为的是能让菩萨见证她的诚心，能更清楚地听到她的苦辛和祈愿。每次去磨盘洲，她会首先还上前一次许下的愿，感激菩萨应了她的请求，然后重新许上一个新的愿。由于经常去拜菩萨，她已不再是初次时的潦草和慌张，而是从容，笃定，庄重。她把香插得整齐，比往自己头上夹上发夹还要认真，头也磕得端庄有序。每一次跪拜，都可以看出她要低到尘埃里的决心，每一次双手合十的祷告，她的眉宇间都充溢着把自己完全托付给菩萨的虔诚。

几十年来，何袁氏感觉自己从菩萨那里得到了太多的好处。她的孩子们缺衣少食却个个长大成人。他们并没有因为父亲的缺席就心虚气短缺精少神。她的三个女儿都先后成了妻子、母亲。她的女婿都是本分人。她们的孩子个个都聪明伶俐。她最小的幺子福米早在十多年前就跟着村里的年轻后生去了广东打工，成了广东许多公司争抢的高级模具师。他也早在十多年前结婚生子。她这个苦命的寡妇，先后成了外婆、奶奶，成了由她衍生的大家庭的头面人物。那是一个祥和的大家庭，这个大家庭里的所有人，都富足有余，平安有余，积善有余，身体康健有余。村里当年一起与她去磨盘洲拜菩萨的苦命人经常笑说她是一根苦藤上结了甜瓜。想想三十多年前的疾苦，看看今天儿孙满堂的好日子，何袁氏有理由认为那都是菩萨给她的馈赠。

何袁氏应该对磨盘洲的菩萨感恩戴德。何袁氏应该经常去磨盘洲走一走，多向菩萨嘘寒问暖，像任何一个知恩图报的人那样。可是何袁氏已经有三五年没有去过磨盘洲了。何袁氏感到自己对磨盘洲的菩萨亏欠得太多了。她的心里常常涌起天大的不安。今年春节刚过，她根本不听媳妇和孙子要她一起进城的苦口婆心的劝告，独自一个人留在了家中。趁着这难得的艳阳天，她从家中走出，不紧不慢地走在了通往磨盘洲的路上。

空气中的油菜花香让人迷醉。路边的水渠中流水潺潺，十分悦耳。鸟的叫声让人疑心春天已临。走了七八里的何袁氏也没觉得太累。她来到了磨盘洲，心满意足地又跪在了菩萨的面前。她虽然已经是一个八十岁的老妪，可是在菩萨面前，她感觉自己依然是一个爹娘怀中需要呵护的孩子。她燃香，磕头，煞有介事地在心里向菩萨和盘托出她的念想。她首先当然要感激菩萨这么多年来对她这个苦命人的支撑、护佑，是菩萨的援手让她有了相对安稳的今天。她依然祈求菩萨能继续保佑她一家老小命里风调雨顺，脚下出入平安。她祈望菩萨能给她的已成家庭主妇的三个女儿的命里再加点蜜，让长期在广东打工谋生的儿子福米多一点好运少一点风雨，她那十来岁的孙子还要多有三分聪明，她与一起陪读的儿媳瑞英能多一点相互理解和宽容就更好。因为想到自己可能要得太多，有一会儿她的脸变得红了起来。然后她祈求菩萨的谅解，因为自己年事已高，到了风烛残年的地步。她的生活这几年也发生了不大不小的变化：形势逼迫，乡村教育不成样子，她只好离开了村庄，与儿媳一起去了几十里外的县城，做了孙子的陪读。她已经再无时间和精力年年来磨盘洲拜菩萨。以后的她，只能把菩萨装在心里，只在每月初一、十五，燃香向着磨盘洲的方向遥祝祷告。及至末尾，她看看时间还充足，还和菩萨说了好一阵子的话，比如乡下没人种地，村庄没人留守，村子里空荡荡呀，早上鸡叫听起来都有几分瘆人，菩萨怎么不管管，等等等等。她想这话说给儿媳听儿媳会嫌她啰唆，但在慈悲为怀的菩萨面前，一切都无须遮掩，即使她说错了菩萨也是会原谅的呀。

何袁氏肚子有些饿了。她向守庙的人讨了一碗水。和着水吃完了她带到路上的年货，她慢慢起身走出了磨盘洲。一路上她都不停地向着磨盘洲回望，直到磨盘洲在视线中变小、消失，才心满意足地往家的路上走。拜过了菩萨之后，她的心情是愉悦的，有一种如释重负的轻松与坦然。她想她的心愿已了，明天她该乘车去县城，一心一意与儿媳一起在某间简陋的出租房里做孙子的陪读。在孙子的诵读声中终老，其实也会是一件不错的事儿呢。此刻在空无一人的路上，油菜花香在空气中飘荡，鸟的叫声里没有丝毫不祥。她不知不觉来到了一条水渠前。那是一条其实不宽也不深的水渠，多少年来她往返磨盘洲能轻松迈过自不在话下。她满以为这一次也一样不会挡着她，结果她的运气并不是太好。她掉下去了。水渠两边的土块纷纷坠落。

2

吃过早饭，瑞英把照料孩子读书的事托付给了熟人，就急着与丈夫福米以及相关人等一起去磨盘洲拜菩萨。种种迹象可以表明这是非同寻常的一次出行：人人知道瑞英是个节俭成性的女人，在县城再远的路她都舍不得花钱坐车，上菜市场她总是与菜贩子将价钱讲了又讲，可是这一回她竟舍得花上三四百元一天的巨资租车去磨盘洲，并且到今天为止已经租了三天了。车上坐着的人福米三个姐姐家皆有代表，福米也千里迢迢从广东赶回，这只有过年过节娶亲嫁女才有的阵势，在不年不节的今天竟然发生了；车厢里几乎所有人的脸上都忧心忡忡，虽然有人间或地起些貌似轻松的话头，也有人故意附和着说些不咸不淡的话，其实不过是改善车厢里压抑得人人想跳车的气氛。他们何以如此兴师动众不计成本忧心忡忡？熟悉他们的人知道，他们摊上大事了。他们的母亲、婆婆、岳母，那个叫何袁氏的八十岁的老太婆，在几天前突然与他们失去了联系，至今下落不明。

这件事的前因后果瑞英祥林嫂般说了多次，大家早已耳熟能详。元宵刚过，到了儿子寒假结束学校开学的时候，老太婆本应同往年一样随她一起坐车到县城做她孙子的陪读，一家老小在一起也方便相互照料。可老太婆临期说自己要在乡下多住几天，理由是她要腾出时间去磨盘洲拜菩萨，给出远门的儿子、读书的孙子祈福。老婆子身体尚好，腿脚还利索，耳不聋眼不花，神清气爽，生活自理毫无问题，也没有什么会骤然发作的暗疾让人担心。磨盘洲也不算远，她去磨盘洲也是熟门熟路，平日里听她说起磨盘洲都要听起茧来，瑞英觉得她独自一人在村里待上几天和去磨盘洲拜菩萨应该是一件可以放心的事。为以防万一，她给她留了一个手机。开头几天每天早晚两次和她通话都很正常，可是四天前瑞英反复拨打手机都无人接听，瑞英感到头一下子变大了。她匆匆从县城坐班车赶回家发现手机落在了家中，上面数十个未接电话都是她拨打的，同样留在家中的还有老太婆可能嫌热脱下来的羽绒衣裤。她赶紧打电话给十多天前才去了广东打工的丈夫，三天来她与赶回家的丈夫租车跑遍了磨盘洲方圆数公里的地方，可是他们没有得到老太婆的任何消息。

他们带着放大了的老太婆的照片，找遍了磨盘洲方圆数里的所有村庄，询问了留在那里的人们。他们给那些村庄里的陌生人或者熟人留下电话，请他们一旦有什么线索就立即告知，如果线索有价值他们一定酬谢。可是春节过后村庄能留下来的人已经少得可怜，除了少量因为有事还没来得及离开村子的中年男女，剩下的就都是神情呆滞、耳背眼花、弯腰驼背的老人。那些年轻的人们都已经坐着火车、汽车去了大城市打工，那些孩子们大多数都到了县城读书，许多老人和妇女做了他们的陪护，就像瑞英和福米一家那样。过去人声鼎沸、人口密度大得惊人的磨盘洲区域现在几乎成了废墟。他们因此并没有得到多少有价值的信息。他们在每个村庄的池塘、坟堆、井台、颓圮的老房子、荒废了的礼堂甚至臭哄哄的茅坑里搜寻，就连大量空置的乡村学校也没有放过，可是没有找到关于老太婆的蛛丝马迹。他们搜遍了磨盘洲方圆数里的每一个可疑的草丛、土堆、树荫处，甚至差不多把每块油菜花地都翻了一遍，可是连老太婆的影子都没见着。

这种漫无目的的寻找让他们快要虚脱了。他们已经有了不祥之感。可是他们依然没有放弃。他们认为没有找到老太婆，老太婆平安的希望就一直存在。他们幻想着老太婆是不小心迷路了，磨盘洲处于一块有着数个平方公里的旷野中央，也是两个县的交界处，她往来磨盘洲正是太阳朗照时候，她不慎走岔迷路也是可能的事。说不定她正被本县或邻县的好心人家收留，媳妇和儿子电话她并没有记住，她用方言土语介绍自己别人可能无法弄清，只能等着他们找上门去。或许因为太阳热烈，正患感冒发烧的老太婆路上不慎晕倒，正好有好心人路过将她送到附近某座乡村诊所之中，尚没有进入他们的搜寻视野。等不久他们找到她的时候，世界会还给他们一个脸色红润的康健的母亲。或许正好在路上，他们的母亲突发老年痴呆症，或者遭遇了传说中的鬼打墙被路上厉鬼窃了魂，眼前风景来时道路自己是谁她已经全然忘记，只能一个人懵里懵懂信马由缰地走，即是如此也不至于这几天就会糟糕到极致，往来间只要有人迹就会赏她一口吃喝，这个世界肯定还没坏到见死不救的程度。他们这么想着，沉重的脚上就又有了几分力气，就连慌乱跳动的心也显得平稳了一些。

他们的母亲生死不明，一切都悬而未决。他们在情急之下想到了要去磨盘洲拜菩萨。他们尚年轻，又自诩是这个社会里的新人，还没有到需要拜菩萨的程度，但这件事让他们有了信菩萨的愿望，因为下落不明的母亲信菩萨，并且在走失之前到过磨盘洲拜菩萨是确凿无疑的事。他们相信母亲的失踪与菩萨有了瓜葛，说不定母亲就是菩萨故意藏起来的，目的是要他们反省自己对母亲的孝顺程度，并且引领着年轻的他们来信菩萨。以前屡屡听母亲说起，磨盘洲的菩萨是他们一家的保护神，他们遇到了难题，自然想到向磨盘洲的菩萨来问计。

他们来到了磨盘洲，跪在了菩萨面前。母亲的失踪让他们把头低到尘埃里。他们感恩菩萨这么多年对他们一家的护佑，表示他们其实在心里早就认下了菩萨的恩泽。然后他们开始了忏悔。他们悔恨自己在往昔曾经对母亲有过怠慢，比如打工的儿子每年都很少因为陪伴母亲留在家中多些时日，为了生计疏忽了对母亲的关怀，并不知晓母亲内心是否孤单，做儿媳的与她相处还没有到母女般的亲热程度，已经几年没有买过一件喜庆的衣衫给她。那些做女儿女婿的至今不知母亲的生日和喜好，过起年节每次都是塞些钱财了事。此次母亲失踪，肯定是菩萨的良苦用心，他们已是心领神会。他们一旦找到母亲一定视母亲如神灵，把母亲当作菩萨精心供养。他们渴望菩萨给他们一点儿暗示，为他们寻找母亲指一条明路。他们定当感谢菩萨的大恩大德，从此拜倒在他的面前，跟随母亲做他永远的信徒。

拜别菩萨，他们又踏上了寻找母亲的路程。他们边搜索边商量着如果今天还没有消息，明天将扩大搜索范围，并且在本县与邻县两县电视台做寻人广告，沿途的村庄的电线杆上都要贴上有母亲相貌的寻人启事。可不多久他们接到了一个电话。电话里的人自称是磨盘洲某个村庄的捕蛇人。他说他在某条水渠里看到了一个老太婆，不知道是不是他们要找的母亲。

他们没有想到磨盘洲的菩萨这么快就显了灵。他们驱赶着面包车没命一样地赶往捕蛇人所说的、他们没有来得及搜寻到的水渠，远远地看到了茅草丛里的母亲—— 她低着头，脸盖在土中。头上被风吹起的白发与茅草混迹。她的后脚还搭在水渠的这一头，前脚落在了水渠的下面。这相隔不宽的水渠，仿佛是故意设置在她面前的专为拘押她的用心险恶的刑具：她既不能抽回前脚退回到水渠的这一头，也不能收回后脚让自己落入其实并不深的水渠之中，然后找到低洼处爬到对面。她太老了，完全没有力气挣脱这一枷锁。或许她的脚摔折了，动弹不得，巨大的疼痛，让她挣扎一下都要晕过去。

要让她化险为夷的可能性只有一种：有人正好经过施以援手——那其实并不需要花多少力气。她肯定喊过救命。肯定在心里祈求过菩萨。可是这曾经人声鼎沸的乡村，现在没有人。他们都到城里打工去了。他们都到城里陪孩子读书去了。她所有的喊叫，找不到一双能接纳的耳朵。这数平方公里的旷野，宛如坟场一样死寂。

手机这唯一的救命稻草被她留在了家里。天黑下来了。脱掉了衣服的她肯定又冷又饿。她在这饥寒交迫叫天不应叫地不灵的状态下坚持了多久？然后她绝望了，把脸埋在了土里，渴望从这土层里吸收到一点温暖，又是唯恐田鼠或其他兽类趁她临终后毁了她的容。

他们一起号叫着“妈妈”，齐齐对着她跪了下去。他们把头低在尘埃里。他们尖锐的哭声，在这大地深处传开，并且渐远。

3

再次从广东回来，福米就迫不及待地要去磨盘洲拜菩萨。南方四月，正是草长莺飞的季节，所有的草木都抽出了新叶，仿佛世界都用新漆漆了一遍，空气中弥漫着一种蓬勃的让人愉悦的腥气。可是雨水也多了起来，昨晚雨水就下了一夜，伴随着轰隆雷声让人心惊，闪电在窗台前游走，仿佛是要将窗玻璃拆卸下来。雨水到早晨似乎也并没有减弱的意思，因为这遍地流走的雨水，让天地间变得潦草不堪。这本不是适合出行的天气，可是福米根本不管不顾。他说今天即使天要塌下来也要去磨盘洲拜菩萨，谁也阻止不了他。

福米往年都是一年回来两次的样子。一次是春节期间，作为一家之主他要回家与母亲妻儿团聚，时长一般七八天，另外就是清明节期间回来给他早亡的爹上坟。可今年春节才过了两个多月，福米就已经回了三次，第一次是为寻找失踪的母亲，并为母亲办葬礼，第二次是照例在清明节回来，不过往年都是为他爹的坟培土，今年增了为母亲扫墓这一件。这一次距清明节才半个月。可是他快支撑不住了。他仿佛是一个被困在水中的孩子。他匆匆从广东赶回，急着要去磨盘洲拜菩萨。俗话说，病急乱投医，磨盘洲的菩萨，或许就是他溺水后可以救他上岸的那根最后的稻草。

母亲死了。并且以这样的方式离世，这让他无法接受。从水渠里抱起母亲，他感到瘦小的母亲是如此的沉重。他背着母亲回到杨家岭，一路上大放悲声，路旁的油菜花都低下了头。死在外头在乡下是极不吉利之事，死者尸骨不能进村是多少代的规矩，他只好在村外搭起了棚子，把棺木放进了棚子之中，把母亲放进棺木之中。他请了乡村道士为母亲超度，那患红眼病的土道士念起经文结结巴巴，他因此担心母亲在黄泉路上走得磕磕碰碰，但据说这道士是这行当里最有名气的一个人，能请到他已经是天大的面子，他才放了心。他请了全县最有名望的风水先生到杨家岭的坟山上细细察看，给母亲选了一处干爽宽阔风水宜人的阴穴，希望母亲在地下不再受苦。出殡之日他扶着母亲的棺木，一路喊着妈妈，过沟沟坎坎时嘱咐母亲此处有沟有坎要小心避让，爬坡时提醒母亲脚要用劲，入穴时要母亲躺好无须惊慌，一切都有儿子贴身扶护。出殡时候的天气是好的，整个葬礼并无任何纰漏，也没有出现让人疑心不安的坏征兆，他因此长舒了一口气。清明时候，他又给母亲烧了多多的纸钱，希望能贿赂地下恶鬼不为难母亲，也让母亲在地下不再受穷。他还给母亲烧了三层楼的纸房子，纸做的空调、冰箱和洗衣机，怕母亲寂寞他还烧了一台很大的纸做的电视机。为了母亲，他能想到的都做下了，整个杨家岭就他的祭品最为隆重，人人都认为他为母亲尽了孝心。

母亲死了。这无疑是一件让人痛苦的事情。福米很长一段时间都沉浸在悲伤之中。可是福米相信随着时光的流逝痛苦会慢慢稀释。他不断地安慰自己，母亲八十岁，算得上是长寿之人，生老病死乃是自然规律，并无必要过度悲伤，而且母亲子孙多吉，人生并没有留下什么遗憾，想来母亲离世前是欣慰的。她殁在外头，并且遭受难以想象的苦，不过是一场意外，并没有其他的玄机。这是命运的安排，自己无须做过多的解读。逝者已矣，生者如斯，绝对服从冥冥中的这一安排，好好活着，履行好自己做人的职责，不做对不起母亲的事情，才是自己接下来要做的，才是对母亲的最好告慰。

可是母亲落葬至今两个多月以来，福米并没有得到他想要的安宁。两个多月前他在水渠旁把母亲从土层里翻转过来时，那只在母亲脸上游走的蚂蚁一直在啃噬着他的心！安葬完母亲，福米回到了广东。他以为他可以将因为母亲离世乱了套的生活重新续接到母亲没有出事前的齐整程度，可是他发现远不能够。在广东东莞某镇一台湾人开的模具公司的宿舍里，他总是翻来覆去难以入睡。只要他睁开眼，就看到母亲那张毫无血色的有几分变形的脸，还有脸上那只仓皇游走的蚂蚁。当困意袭来他勉强合上眼，脑海里就都是母亲的脸上他从没有看到过的表情。哭泣的母亲。狂笑的母亲。半眯着眼的母亲。吐着舌头的母亲。面瘫样的母亲。翻白眼的母亲。向着他吐口水的母亲。张大嘴巴喊救命的母亲……每次醒来，他都发现自己满脸泪水。

他的生活越来越乱了套。失眠折磨着他。他已经两个多月没有睡过一个好觉。每到夜晚他的脑子就会越来越乱。有一天晚上他看到母亲脸上游走的那只蚂蚁竟然越来越大，最后变成了一辆锈迹斑斑的拖拉机奔驶而去，并且发出巨大的砰砰砰的让他害怕的响声，在另一个晚上，他那死去三十多年的父亲出现在了他的面前，怒气冲冲地责怪他怎么没有保护好母亲。如此夜晚真是让人生不如死。他感觉自己快要疯了。

他的身体急剧瘦下去。他看到镜中原本壮实的自己，头发变长，眼睛深陷，双面耸立如刀，脸色惨白似纸，完全跟鬼魅一样了。他感到身上没有一丝力气。世界在他面前变得恍惚，疑惧。他去向医生问询，医生给他开了安眠药，可那些能把无数人拖入梦乡的白色药片对他不起任何作用。他也曾向他打工的镇的周边寺院求神拜佛，可是这个地方的神灵似乎并不保佑这个来自外省的打工仔。他的失眠依然在继续。母亲一直在他眼前演绎着古怪骇人的变形记。

他希望能得到解脱。他开始在往事中翻箱倒柜，找到许多曾经愧对母亲的地方，比如少年时因为踩死过邻居家的一只小鸭子，让母亲遭到邻居恃强凌弱的辱骂，偷过母亲辛苦攒下的钱买一些毫无用处的东西。因为成长过程中缺乏父爱，他从小寡言少语，并不懂得多与母亲交谈，去体贴寡母内心的苦楚，用彼此会意的笑和甜蜜的语言去安慰和取悦母亲。他十六岁开始离开家乡，跟随村里人去了广东，从此更是与母亲聚少离多，每次回家，也是很少向母亲嘘寒问暖，除了买一两件于母亲并不合身的衣服，对母亲没有更多的赠予。娶了媳妇，生了孩子，母亲就更是处于从属的被漠视的位置上。从小到大，他没有给过母亲一个拥抱，没有给母亲洗过一次脚，倒过一杯水。他从来没有在意母亲对饮食有什么偏好，没有记住母亲的生日是多少。他有时甚至会嫌母亲对某件事情多了嘴，粗声粗气地对母亲说话，根本不顾及母亲的感受。想到这些他不寒而栗：他可真是一个不孝之人！还有，他有过多少时候，违背了母亲关于做人的教导，出于被迫，有过多少次对这世界的欺骗和伤害？

他陷入深深的忏悔之中，以此来求得久违的安宁。可是他的睡眠并没有得到改善。他依然在消瘦下去。他内心的恐惧逐渐加重。他担心再这样下去自己会形销骨立，没有人形。他感到自己正在承受一场他所不知的惩罚。有一只看不见的手，在推动着他的命运的多米诺骨牌，它首先夺走了他的母亲，现在正夺走他的睡眠、健康。他渴望得救，渴望能有一种力量阻止更坏的结局。他想到了磨盘洲的菩萨。那是对他知根知底的、自己家乡的神灵，他想或许菩萨能为他做主，帮他解除痛苦，让他回归正常的生活。

……他脱下了雨衣，为的是让菩萨能认出他来，不至于把已经消瘦如纸与以前判若两人的他认错。他浑身湿漉漉地跪在了磨盘洲的菩萨面前。雨水顺着他潮湿的额头往下流淌，这使他看起来更加虚弱无助，仿佛他是一个可怜的无家可归失魂落魄的孩子。他燃香，磕头，开始在心中向菩萨倾诉自己的心声。他首先向菩萨表达了对母亲不孝的悔恨，母亲死后身受失眠折磨的他知道了自己是如何的罪孽深重。他恳请菩萨看在他母亲多年信仰的份儿上能对他网开一面，他将带着这有罪之身勤勉感恩面对生活以赎罪。他恳请菩萨能助他脱离苦海，保佑他的一家平平安安。从此以后他将继承母亲对菩萨的信仰，成为他的忠实信徒，每年不管多忙都会到磨盘洲把菩萨当作母亲供奉，世上一切的所得都将认定是他的赐予。说到后来，受苦多日的福米情绪有些失控，像个受尽了委屈的孩子，抽抽搭搭哭出了声。

说也奇怪，从磨盘洲回来，福米的心有了神灵归座之感，变得安宁、平静。折磨福米两个多月的失眠症开始逐渐好转。有一晚他甚至少有地睡了一个好觉。他又一次梦见了母亲，可再也不是过去的厉鬼模样，而是低眉善目颔首微笑，完全是磨盘洲里的菩萨的慈悲表情。她告诉他无须为她担心，她过得挺好。她的死其实并没有不幸，乃是菩萨的旨意，她没有跨过去的那条水渠其实原本是给他们留下的，是他们命运里的劫难，坎宽沟深，即使没有生命之虞，也将会让他们元气大伤。她自告奋勇，以自己老迈之躯为全家填沟铺壑，消灾免祸，他的失眠之症，不过是命中这一大难的余威，他无须恐惧，从此全家只要小心谨慎处世，自有平平安安，眼前皆为坦途。她告诫儿子从此要信奉菩萨，她得以以身为桥渡全家涉险过关，全是菩萨被她长期信菩萨的虔诚打动助她化解。这是她没有来得及说出的遗嘱，要福米一定要牢记在心。福米从梦中醒来，不免再次为母亲哭了几声。

4

越来越多的人加入到去磨盘洲拜菩萨的队伍之中。越来越多的人们在我面前说起磨盘洲。我的许多亲人也都成为磨盘洲的菩萨的信徒。我的母亲隔三岔五就会去磨盘洲走一走，为几乎都出门在外的我和姐姐、弟弟、妹妹祈福。她说起磨盘洲，就像说起她的娘家一样亲切。对在县城守着儿子读书的我的妹妹瑞英来说，磨盘洲更是非同小可。今年春节过后，她的八十岁的婆婆，她的离家出门打工的丈夫的母亲，在老家去磨盘洲拜菩萨返回的路上，不慎跌入根本谈不上是深渊的水渠无力爬起，曾经人声鼎沸的赣江以西在几天来却找不到一根施救的手指头，最后活活死于饥饿和寒冷之中。这件事情在赣江以西流传甚广，人们纷纷以为那是磨盘洲的菩萨显灵。但菩萨想借此说明什么，表达怎样的警示，人们众说纷纭，最终莫衷一是。而何袁氏的死对我妹妹瑞英一家，几乎就是一场天大的灾难。他们以为那是菩萨借此对他们施罚。但菩萨为何要给他们施加如此重的惩罚，他们噤若寒蝉却茫然无知。他们唯有从此敬畏神灵，供奉菩萨，出入谨慎，举步拘谨，以期免于更大的责罚。从那以后，他们去磨盘洲更勤了。

何袁氏离世的消息传到离故乡几百里外的我的耳中。我的悲伤是难免的。无须隐瞒，我把自己关在卧室里哭了很久。于我看来，那不仅仅是一个乡村老妪个体的偶然性死亡，也不仅仅是我妹妹一家的灾祸，或许是我的故乡赣江以西共同的命数。我不无伤感地发现，我的故乡，一直以强大的生殖力闻名的、血性的南方乡土，已经连一个老人也无力施救了。我的故乡，那是乡党杨万里在八百多年前有官不做要返回终老的地方，是养育过面对强敌无惧挖肝剖心的杨邦乂、面对李自成攻城从容赴死的李邦华的厚土，是出产诗人和猛士的沃野。可是现在，她正遭大变。我的亲人何袁氏的死，就是这块土地在大变面前无措的隐喻。

我想去磨盘洲看一看了。我想知道我的乡亲们向往的神坛，到底是个什么样子，是否如我见过的许多寺庙，光明广大，金碧辉煌？我想知道里面供奉的神灵，到底是怎样的路数，与深奥的禅宗道法，有怎样的龙脉瓜葛？我想知道如果故乡真的在衰老，是否可以向那传说灵验的菩萨讨一个让她返老还童的妙方，当我站在他的面前，他是否能认出我是这块土地上的纯种的子嗣，并且能果断清点我早年因年少轻狂在故乡犯下的那些其实无伤大雅的过错？如果他真的灵验，他会给我怎样的暗示？如果那磨盘洲的气场的确足够强烈，我倒是愿意拜一拜他。我有父母无法安顿之苦折磨我心，我有亲人平安之虞让我心忧，我有万顷乡愁需要有一个卸载安放的地方。

国庆期间，我从省城折返故乡，向朋友借了一辆车，叫上一个同伴，向着磨盘洲驶去。磨盘洲仿佛深不可测。磨盘洲似乎遥不可及。经过了反复向赣江以西的人们问路，我与同伴不断修正行驶的路线才慢慢向它靠近。它在一个叫谷村的庞大村庄的后面。我们把车停在村外，穿过几乎空无一人的巷落，远远地就看见磨盘洲——

那的确是一块有几分异禀的地方。方圆数公里的一块平坦的旷野中间，无由隆起一块有四五个足球场那么大的孤岭，宛如茫茫的沙漠之中升起的一座生命绿洲，非常适合让人产生与救赎有关的想象。那磨盘洲上竟然树木参天，无数棵品种不一树龄大多有一两百年的乔木树干粗壮树冠蓬勃，让磨盘洲有了非同一般的气象。在赣江以西的人们的观念里，每一棵逾百年树龄的树都是住进了菩萨的庙宇，是人们要点烛烧纸敬献的偶像。那荒原上升起的气度非凡的磨盘洲，那无数棵参天老树生长的磨盘洲，在我的许多运命不济的乡亲们眼里，当然很容易被附会为上天刻意造就的适宜神灵栖居的地方，演绎成我的乡亲求神拜佛的朝圣地。

沿着无数人的脚印踏出的一条泥巴路，我登上了磨盘洲。那古木参天的深处的确有供奉着神灵的庙宇，但整个庙宇的构造和陈列都与磨盘洲的庄严气质颇不协调，充满了乡间普通民宅里惯有的凌乱无序，不免让辗转前来的我啼笑皆非——

这是两栋前后相连的、极其简陋的农舍模样的建筑。农舍的匾额位置，书写着“磨盘寺”三个字，用以指证建筑的品类，可是书法毫无章法，可以猜测那写字的人，并不认得太多的文字。进门之处，一个红布遮盖的、脏兮兮的神龛内隐隐绰绰。守庙的人说里面安放着两尊菩萨，一尊是本地神灵康老爷，一尊是佛教的护法天神韦陀菩萨。我趁人不备偷偷揭起红布的一面，正好看到被叫作康老爷的菩萨木塑神像手举钢鞭，怒目黑脸长须，似乎是要斩除天地间一切恶鬼。对这位神灵的神力我在故乡时略有耳闻，说他经常显灵，在许多苦命人的梦里他手举钢鞭跳跃扑腾鞭打鬼魅，梦见他的人立马消灾免祸去病来福。关于康老爷的生平事迹我并不甚了了，从凡夫俗子到成为神灵的路数与钟馗大抵相似，隐约说的是本地人氏，曾在一场重大事故中死去，然后转化为护佑一方的神灵。磨盘洲供奉这一尊菩萨完全无可厚非，可因为木塑功力太差，那原本该凶神恶煞的康老爷竟然有一张婴孩般稚拙滑稽的脸庞。神龛的另一面是韦陀菩萨，慑于对韦陀菩萨的敬畏，我没有揭开遮盖着的红布。

我看到一张简陋的神案上安放着三尊不同的观音瓷像，分别是送子观音、镀金观音和披着红布的观音。在这座庙宇里，观音似乎成了三尊神灵，具有我所不知的不同分工。我不知道如此供奉同一菩萨的三尊瓷像是否合乎佛教礼仪，或者干脆就是故乡乡野的随意之举？三尊塑像都不到一尺高，并没有菩萨应有的威仪，倒是有几分像怕羞的邻家大姐，或者是早年乡村抽屉里寻常可见的古代绣像小说里的仕女模样，足以让信徒们特别是赣江以西的女眷们感到亲切。披着红布的观音体型最小，可端坐中间，占据了这座简陋庙宇中的最重要的位置，自然享受着最为丰盛的香火崇拜，也可能要施展更加广大的神力。他的旁边是一长髯胖体菩萨，穿着官服，身背如意，不用说这是人人熟悉的赵公元帅，是主财的神灵，出门打工或穷困的人们应该最爱拜他。按照庙宇的规矩，供奉着菩萨的正殿两边应有十八罗汉护卫才像样，正殿两边墙上砌的两个玻璃柜里面，各有九个被时光熏得乌黑的木塑，都是半尺高的样子，且面目大致相似，不知是哪位乡村木匠所为，完全与真正的十八罗汉毫无契合之处，倒更像是儿童读物或动画片里的玩具兵，让人不免担心，这些所谓的罗汉，这些面目相同的玩偶，要靠什么相互区别，然后释放出传说中与众不同的神力？

已是秋天，屋内的春联却依然没有脱落，可内容粗俗不堪，不讲对仗，书写也是毫无章法，仿佛出自寒假中的初中学生之手。神案上早已燃灯，满是香灰的香炉里一炷香已经燃烧过半，仿佛神灵已借助这一媒信对世间苦厄展开交涉。没有诵经之声，没有木鱼响彻之声，没有穿着袈裟或禅衣在日光中走动的僧侣。这是一座不伦不类的乡村野庙，是赣江以西的人们自己建造的、根本不可能被政府宗教管理部门登记在册却高高矗立在故乡心头的神坛。多少压在我的乡亲们心坎上的分离之苦，荒芜之忧，平安之患，贫困之难，精神之乱，就是在这里得到缓解甚至消除。多少美好的愿望，就是在这里安放。多少卑微的人们，在这里原谅了命运里的魔鬼，淡然接受了莫名的厄运，继续踉踉跄跄地向前走。它是宽恕。它是救赎。它是慰安。它是赣江以西我的故乡的可供灵魂歇脚的地方。它是我的故乡世道人心的重要部分。

——神案上观音旁边的灯盏灯光略有些暗淡。守庙的人立即上前添灯油，她的脚步并不灵便。她爬上凳子，颤颤巍巍地站在了高处，把灯油往灯台里倒。她的手抖个不停。看得出她努力克制着自己的抖动，可是灯油还是洒落了些出来。

这个满脸皱纹、头发灰白、衣着粗鄙的老妪，这个愿意把自己当作奴仆寄身在菩萨身边的老人，她是谁，来自哪个村庄，有着怎样的身世？她的身体里，遗存了怎样的生死离散，镌刻下怎样的苦难悲伤？她的背是驼着的，显见她有不堪承受的命运。她的手和嘴不断地抖动，那是健康受到损害的症状。可她的目光是沉静的，那是与神案上一尺高的观音菩萨嘴角的笑意相得益彰的沉静。她一只手一直在数着一串念珠，虽然那念珠一看就知是乡镇墟街地摊上的货色，但并不妨碍她数念珠的动作，就像真正的信徒那样专业和虔诚。

她是谁？是故乡千千万万个苦命人中的普通一个，还是化装的神祇？我在寺庙里随意走动，并且与她开始交谈。我想打探何袁氏的消息。我问她可认识经常来磨盘洲拜菩萨的杨家岭的何袁氏？她说岂止认识，她每次来磨盘洲她们都会说上一阵子话，今年正月她来磨盘洲，她还倒了一碗水给她喝。我问她是否知道何袁氏的死讯？她回答说生生死死都是因缘，也是轮回，不必在意。我问她是否认识何袁氏的儿子福米？今年他也许是来磨盘洲来得最勤的一个。她说每年来磨盘洲拜菩萨的人以万千计，她记不住那么多人。她说只要是来磨盘洲拜菩萨的就都是菩萨的人。她说，年轻人你要不要请一炷香拜一拜菩萨？

我没有请香，我也没有拜菩萨，我想我已经与菩萨沟通过了。我走出了庙门，并一步步走下了磨盘洲。那野庙隐藏在磨盘洲的树木之中，转瞬不见。我回过头来，看到那旷野之中擎起的磨盘洲仿佛一只已经启航的船只，那些长势野蛮的高大乔木构成了古老风帆的图案。也许是错觉，它徐徐移动，仿佛要载着我的故乡赣江以西的所有人的苦难和希冀，向着人人向往的美好彼岸奔去。而守庙的人站在路口，仿佛是送我归去，又仿佛是守望来者。可能是在庙里修行的缘故，这个故乡随处可见的老妪（她的轮廓正是赣江以西大多乡村老妪的样子，与死去不久的何袁氏亦有几分相似）已经有了慈悲之相，这使她远远看起来，仿佛是乡村木匠手中，一具还没有最终成型，但已初具面貌的菩萨。

杨家岭的树

1

两年前我曾写过一篇名为《磨盘洲》的文章，记录了我的赣江以西家乡令人难过的一件事。一个名叫何袁氏的乡村老妪，一名自以为受到过菩萨多年关照的寡妇，春节之后离开她的叫杨家岭的村子，去七八里外一个叫磨盘洲的地方拜菩萨，乞求菩萨保佑她的一家老小平安，结果在返回时不慎落在了一个不深的干旱的水沟里，她因年老无力爬起，原本人声鼎沸的赣江以西地区因人们都已出门去远方城市打工无人经过，等她在县城居住或在广东打工的儿女们几天后找到她时，她在水沟里早已没有了呼吸。这件事曾经让我颇为悲伤，消息传来当天我把自己关在房间哭了很久。在文中我表明了我与这苦命的老妪的关系：她是我的亲人，是我妹夫的母亲。然而谁都知道我的悲伤并不止于此。

今天我要说的依然是杨家岭村的事——这个离我的村庄下陇洲村只有三里远的、同是赣江边的我从小熟悉的、据说不到三百人的村子，不幸又成了我讲述的起点——不过我写的是另一名老妪。她叫何曾氏，也是我的亲人。准确地说她是我的老姑婆，我曾祖父的亲闺女，我祖父的亲妹妹，我父辈的亲姑姑。她在杨家岭村生活了六十多年，如今已是奔九十的人了。

与我妹夫苦命的母亲何袁氏远不一样的是，我的老姑婆何曾氏算得上是个有福之人。她这辈子似乎有神灵护佑福星高照，任是怎样的灾祸都奈何不得她。她本是地主的女儿，自从 20 世纪 50 年代，我的曾祖父被戴上了地主的帽子，我的家族就陷入了似乎无休无止的、被批斗鞭笞的屈辱境地。曾祖父没活到被人称为寿星的岁数，大概是气血瘀结的缘故。我祖父的哥哥受不了鞭笞之苦上吊致死。我的祖父忍辱负重一辈子，到无惊无险的 20 世纪 80 年代却成了一个脾气暴躁、整天牢骚满腹人人避之不及的老头儿，结果他只活了六十九岁。我的父辈大都做了脸朝黄土背朝天的农民，并且长期被地主的子孙这顶帽子压得在赣江以西抬不起头来。地主这顶帽子，可是让我们家吃了苦头。可作为地主的女儿——我那好命的老姑婆，竟然可以居身世外，并且毫发未损。因为她不仅是地主的女儿，更是三代赤贫的修船佬的妻子。靠着我穷困潦倒的老姑父家庭成分的保护，她在故乡的土地上自由呼吸，没有人能把她怎么样。这许多年来，她生儿育女，她相夫教子，她勤俭持家，她与人为善。她守着一个乡下女人该有的本分，命里却有了让无数人羡煞的平安吉顺。她是否像何袁氏一样心里装着一个菩萨我不得而知，但她与我的老姑父感情甚笃，儿子媳妇对她也颇为孝顺。她晚年食禄有余，吃穿不愁。她这辈子没有过惶惶不可终日的恐惧，也没有过生离死别的痛苦与悲伤，更没有被无常命运蹂躏的愤恨与不甘。

看过了太多的世间冷暖，一辈子顺当安稳，让我的老姑婆有了一副笃定的、荣辱不惊的表情。她有一张让人看起来吉祥的慈眉善目的脸，以及一个从不着急上紧的好脾气。杨家岭村的男女老幼都特别待见她，称她为“老菩萨”——他们愿意和她待在一起，仿佛这样，她命里的好运气就可以匀给他们一些。

拜老天爷慷慨馈赠，我的老姑婆还是个难得的身体康健之人。——我的故乡疾病缠身，目之所及都是病人。我的祖父20世纪80年代初死于中风。我的父亲患过钩端螺旋体症、前列腺肥大症、慢性肾炎，现在又患上了严重的颈椎病，每次发作都大汗淋漓狂呕不止，十分痛苦。我的五叔叔力大如牛，声如洪钟，却在五十岁时患上了喉癌，手术后从此失了声，并且瞬间成了一个小心翼翼的老人。我爱喝酒的大伯突然有一天便血，到医院一查方知患上了胃穿孔，从此再也不敢沾一滴酒。我教书时候的同事文川十几岁的小儿子不知怎么得了尿毒症，没过多久就死了，老师从此郁郁不乐，去医院一查说是得了抑郁症。我初中同学刘细根的父亲患了老年痴呆症，后来在家乡走失。过了很久终于由一个捕蛇人在水田里发现了他高度腐烂的尸体……

一部赣江以西的乡村史其实就是一部疾病史。这句话大抵不会错的。可我的老姑婆是个例外。她的一生几乎没患过病。她既没有我们家族的遗传病白内障，也没有老年人惯有的腰椎病颈椎病。她有很好的胃口，以及超常的消化能力。她给我的印象永远是腰杆挺拔，心明眼亮，步伐稳健，神态安详。她遗传了我的家族的粗大骨骼和宽大面庞，却没有我的家族的许多长辈那样面相凄苦，神态悲伤，而是不言而笑，天生一个福相。岁月如刀，可是它似乎根本奈何不了我的老姑婆。岁月如流水，而她仿佛流水中的礁石。时至今日，我的父辈们正在急剧衰老：七十六岁的大伯已经有了木讷之相，有时我喊上几句他才反应过来，七十四岁的父亲的背完全塌了下来，患喉癌的五叔才过花甲之年，口里的牙已经所剩无几，可八十多岁的老姑婆依然耳聪目明，牙强齿健，身板硬朗。听说她还下地劳动，整菜地，浇菜园，丝毫不像耄耋老人的模样。

当然也不是事事都尽如人意。老姑婆前段时间不慎摔了一跤。毕竟到了这把年纪，骨头自然疏松，结果把一条腿摔断了。难得上医院的老姑婆被迫由家人用板车拖着去几里外的镇上看了医生，回来时断了的腿打上了石膏。最少几个月里，她是不能像往常一样忙个不停了。这对闲不住的她简直是折磨。不过没关系的是，她的孩子们对她非常孝顺。她嫁出去的女儿专门回家探望她。她的大儿子、名叫牛崽的我五十多岁的大表叔，更是赣江以西方圆数里有名的大孝子，自她病后一直殷勤服侍左右，为她洗衣做饭，端汤送水。说不定每天还会想出不少笑话讲给她听，给她解闷。——她可真是个有福之人！

2

老姑婆的话题是父亲在电话里谈起的。——我的父亲，一个在赣江以西下陇洲村待了近七十年的老农民，自从住进了我和弟弟在县城给他买的房子后，性情颇有些变化：过去，他闲不下来，不是在田里劳作，就是在家里修修补补（他是个上好的篾匠），现在的他，无所事事，一天到晚要么在沙发上发呆，要么在外面闲逛。过去，他沉默寡言，两耳不闻窗外事，用母亲野俗的话说，三棍子打不出一个屁；现在呢，他爱唠叨，爱捕风捉影，特别爱打听几十里外的赣江以西老家的生老病死、旧往新来，然后在电话里喋喋不休地说给我听，不管我有没有时间听。还有呢，最让我哭笑不得的是，这个过去最不爱惹是非的老实人，现在到处给我揽事儿，亲戚家的低保，邻里家的孩子转学，村里人的大病住院，毕业生的就业指导，等等等等，他都自告奋勇地揽下，一股脑儿交给我办，根本不管我能不能办。他的过分热情多次陷我于尴尬之中。我反复表达不满之后他略有改正，已由过去的一拨通我电话就直奔主题改为开始东拉西扯，避重就轻，旁顾左右而言他，直到觉得酝酿够了，才装作不经意地慢慢转到正题上来。对此伎俩，我已熟悉不过。此次父亲打来电话，首先说起已多年没见的老姑婆的身体，耐心引发我与他共同谈论老姑婆病情的兴趣，我猜他后面肯定还有名堂。

我的猜测果然不虚。父亲从老姑婆在自家门前不小心摔断腿说到了去镇上看医生，说到大表叔牛崽的孝顺，然后假装顺便问起我是否记得满崽表叔这个人，说他前段时间还说到了我，对我的印象十分深刻。父亲话里的意思再明白不过：假如我说我对满崽表叔没有印象，那我就有对故乡忘本之嫌。

我赶紧搜肠刮肚以应对父亲的问话。一个叫满崽的人的音容笑貌从我的脑海中浮起。他的点点滴滴立即汇入心间。——他是老姑婆的二儿子，与孝顺的牛崽表叔一起都是我父亲的亲表弟。他遗传了老姑婆慈眉善目的相貌和未言先笑的表情，让人看着满心喜庆。早在老家乡下还没有与过去大不同的时候，他在春节时都会到我家向我的祖母也就是他的舅妈拜年，婚丧嫁娶，也都会看到他出现在酒席上，从嘴角到眼角都溢着笑，给我留下了深刻的印象。不过由于隔着辈分，我家亲戚又太多，我与他之间并没有过多的交集。后来我知道的是，随着打工潮起，他跟着人们去了沿海地区打工，从那时起我就再也没有见过他。他比我年长六七岁，到现在应该是五十出头的人了。不知道他过得怎样。

我问父亲，他怎么啦?

父亲说，满崽表叔年纪轻轻，却患了癌症，据说情况并不是太好，正在省城肿瘤医院住院治疗。在家养病的老姑婆急得不行。

父亲终于说出了本次电话的本意：你能不能抽个空去看看他？尽尽你这做表侄的本分，也算是给我一个面子。

我终于放下心来，因为父亲这一次的要求并不算太离谱。然后我又悬起了心，毕竟自己的亲人正在难中。鉴于我对即将去探视的满崽的事情知之甚少，我要父亲在电话里给我讲讲他的事情。父亲的讲述，让我对一个叫满崽的亲人的悲喜人生有了些许了解。

满崽初中毕业没考上高中，在家做了几年农民，正赶上广东改革开放，就用蛇皮袋装了几身换洗衣服，坐着绿皮火车跟着许多人去了广东打工。满崽的打工经历与大多数人并无不同，既没有学成大本事挣到大钱成为某公司的老总，也没有起了邪念参与到偷抢队伍中成了监狱里的犯人，虽然在赣江以西这样的例子比比皆是。但凭着有些文化及继承老姑婆的一个讨人喜欢的相貌，满崽与其他打工仔相比还是有了别样的收获。他认识了一个一起打工的四川绵阳女孩儿，两人情投意合，好到“男非女不娶，女非男不嫁”的程度。他们先是在打工的城市同居，然后是结婚，生娃。——据说异地婚姻办证有些麻烦，他们并没有到民政部门办结婚证。他们都认为找到了自己的意中人。他们相信，没有这样一张纸，他们一样可以把日子过下去。

他们彼此果然没有错看。来自四川的女孩儿婚后把满崽的家当家，春节或孕产期都回到赣江以西那个叫杨家岭的小村庄，努力适应这个陌生村庄的环境，与满崽的一家建立起亲人的关系，孝敬公婆，善待邻里，一口赣江以西的方言儿可乱真。春节之后或孕产期过后，她会离开村庄，回到广东与满崽在一起打工挣钱。满崽呢自觉有了更大的责任，唯有勤奋工作，节俭用度，以期积累更多的钱财交给妻子，给妻儿提供尽可能丰裕的生活资用。正如他们期待的那样，他们的爱情逐渐开花结果，生活向着美好的方向迈进。

可是后来有了一个小小的意外。他们接连生了两个女儿。他们的意思，如果再能有一个儿子，他们的日子就会更圆满些。按赣江以西的乡俗，有了儿子，人在世界上才真正有了根基，走在老家的村头巷尾也会更有底气。可是赣江以西计划生育政策执行起来颇为严厉，如果想生第三胎，他们必须东躲西藏，必须准备一笔数额不小的罚款，家里的老人，也会因此承受政府公职人员三番五次上门的压力，甚至可能有比这更为严重的后果。情急之下，妻子打听到她的娘家四川绵阳此项工作相对宽松，当地还有亲人在政府机关任职可以周旋，全家落户绵阳毫无问题，他们未加思索，就把全家的户口都迁到了绵阳。

他们果真如愿以偿，在没有任何责罚的情况下生下了儿子。他们是子女双全的人了。他们为此高兴不已，比起赣江以西许多他们认识的受到责罚的人们，他们感觉自己仿佛到了天堂。

可是满崽慢慢感觉到生活哪里不对劲。他是江西吉水赣江以西的杨家岭村人氏，当他把户籍迁往四川绵阳之后，再次回到家乡他发现乡亲们对他的态度不一样了，言语间有了对待客人的客套。他很早就有了在老家盖一栋房子的打算，只是因为要生儿子计划被打乱，等到现在他发现他已经没有在老家盖房的权利——他在户口上已经是一个外省人，赣江以西的宅基地岂能让四川人占有？即使允许盖房，可户口没有了，土地就没有了，家就没有了，留居的理由没有了，要那房子有何意义？他生儿子的本意是为了在世上留下根基，可是儿子生下来了，自己在老家的根基却没有了，他成了一名在故乡的外乡人。他转而尝试着融入四川绵阳。他在绵阳购买了宅基地盖了房子，准备踏踏实实地做一名四川人。可那里的山势地貌乡音习俗都与老家的殊异，远处青山头上的白云也不像家乡的模样，他无法把一个自己少年没有参与的地方认作故乡，除了他妻子家的亲人，他也没法放心与其他当地人交往，当地人也对他没有多少信任。他一度想把户口再迁回去，可是跨省的户口迁徙手续办起来谈何容易，他一个普通打工仔，如何有这通天的本领？而他的孩子在妻子一家的引导下都已经彻底四川化了，两个女儿原本就在四川外婆家长大，儿子出生后也都在四川。他们都把四川认作了故乡，都喜食麻辣，热爱火锅，满口四川口音，年纪不大的儿子骂起人来一口一句“龟儿子的”，即使能把户口办回江西他们也已不愿意了。只有他里外不是，成了彻头彻尾的孤独的人了。

满崽一度心事重重。在广东打工的日子里他尚能自持，可是一到春节要决定是回四川还是江西，他的心就会格外沉重起来。他的脚下就像踩着棉花一样飘忽无力。年岁渐长，他的忧虑逐渐加重。他想到现在年轻还能支撑，一旦老了再不合适出门打工，他该何去何从？是回到已不属于自己的老家赣江以西，还是待在自己永远亲近不起来的四川绵阳终老？百年之后，自己该埋在哪里？这些疑问，像石头一样，压在他的心里，让他久久喘不过气来。

不知从什么时候起，满崽开始发现自己的身体出了问题。开始时是感觉肚子有些胀，那些南来北往的食物，进入他的肠道后，似乎并不能被他正常消化，而是有一股莫名的力量对它们阻挡、拦截。他开始并不在意，后来发现那股阻挡的力量越来越强大，每到夜晚，他都能听见肚子里传出声响，仿佛一个心怀怨恨的人嘴里的嘟嘟囔囔。如果在四川绵阳待上一段时间，那种声音会更甚，四川特有的麻辣、火锅一进入肠胃，过不了多久，他就能听见肚子里发出的愤怒反抗或者悲苦哀号。他到当地的医院看医生，可是医生都说只不过是简单的溃疡，或者说是并不严重的肠胃功能紊乱，轻描淡写地开一些普通的药打发他了事。药物的干预多少有些效果，他就这么好一阵歹一阵。直到他发现自己的肚子像一面鼓一样大了起来，并且有了不可名状的疼痛，他赶忙跑到大医院去做检查，结果发现自己患了癌症。

深恐来日无多的满崽毅然领着妻子回到了赣江以西。他想他们的孩子在四川绵阳外婆家自然无碍，故乡才是最适合他现在待的地方——故乡满目熟悉的风景让他亲切、愉悦、踏实，最适合养他的病。借着养病，他可以多陪陪年老的父母，而众多的亲友，也可以给他的治疗搭把手——亲人间的温情，何尝不是疗治疾病的良药。如果病情越来越坏，他愿意在自己的故乡度过人生最后的时光，虽然自己遗弃了她成了事实上的外省人，可他想他到了这步田地，故乡肯定不会计较他的离心离德依然会视为己出。只有到这时候，他才真正知道心属何方，心归何处。就这样他回到了赣江以西，回到了亲人们的视线里，先是在县城的医院治疗了一段时间，又根据县医院医生的建议，转到省肿瘤医院进行治疗。——他已经做好了最坏的打算，平静忍受着身体疼痛的煎熬，坦然接受命运给他的裁决。

3

省肿瘤医院位于北京东路519号，离我上班的地方我估计不会超过十里远，并且在同一海拔之上，可作为所要面对的都是最为严重的疾病的医院，我无端地认为它在高高的悬崖之上，悬崖下尽是病患的哀叹之声乃至累累白骨。虽在省城工作多年，我却从来无缘去那里。此次第一次走近，我感觉那些嵌着白色瓷砖的房子都是虎牢豹笼，所有进出的人们都怀着生死攸关的隐疾，所有的阴影之处都可能有病灶藏身，连阳光都充满了药物的忧苦气息——

根据父亲提供的号码的指引，我来到了省肿瘤医院腹部外科住院部。门口一个身材瘦长的中年人满脸笑容迎向我。我当然认得他，他是我老姑婆的大儿子——牛崽。相比二表叔满崽，我对牛崽印象更深些。他常年在家种地做些小工，与我家来往更多，一有婚丧喜事他都会出现在我家里。他性格温和，说话幽默，是讨人喜欢让人毫无生疏之感的长辈。他对兄弟姐妹最为善待，尤其对父母格外孝顺，整天对父母嘘寒问暖，在赣江以西方圆数里都出了名。弟弟患病需要到省城治疗，他当仁不让是弟弟陪护的最佳人选。

在牛崽的引导下我来到了满崽的病床前。我看到一个烫了头、画了眼影，看起来颇为得体的中年女人坐在床边，看到我和牛崽进门忙站起来，大表叔介绍说这是二表婶。她用赣江以西的方言与我打招呼，可我依然听出了细微的不属于赣江以西的成分。想着她就是父亲电话里说的四川绵阳的表婶，我不禁多看了她两眼——她有与赣江以西的女子不太一样的神情，目光中有着倔强、不服输、天上砸下个石头敢用手接的劲头。看起来，她比实际年纪要年轻一些。

满崽躺在病床上，看到我进来，慢慢坐起了身。他穿着带了条纹的病号服，这使他看起来仿佛一名栅栏里的囚徒。他的头上光秃秃的，大概是化疗的后遗症。他的脸上的病态并不明显，只是举止间轻微了许多。他对我笑，露出贝壳一样洁白的牙齿。那完全是孩子般的无辜笑容，如花绽放在五十多岁的肿瘤病患者满崽的脸上，让我顿时有不真实之感。

我和他聊起了他的病——这几乎是每一个探病者与患者绕不

过去的话题。他说采取的依然是保守治疗，疼痛依然在继续，肠胃里的肿瘤依然没有消减，已经做了切片化验，化验结果还没出来，癌细胞是否扩散尚未可知。化疗已经持续多日，引起的反应也还能忍受。为配合他说话的效果，他把肚子从被褥下露了出来，果然病号服被高高顶起，那些多年在外的飘零之感、打工生活的艰辛、来路不明的诱惑与何去何从的焦虑，在他的腹腔内堆积、滋长，终于形成了六七个月的孕妇模样。然而孕妇孕育的是未来，而他的腹腔里，埋伏的却可能是让生命终结的邪恶力量。

为不让满崽过于劳神，我把装了慰问金的信封放在被下，说了一些祝福的话后，向他告别。正是饭点，我请牛崽、表婶到不远的饭馆吃饭。我给牛崽叫了烟和酒。牛崽把烟点上，把酒倒上，整个人就活泛了起来。他嘴里开始喋喋不休，夹带了自嘲与插科打诨的成分。他说烟和酒都是世界上最好的东西，烟解千年愁，酒忘万年忧，天塌下来喝杯酒，明天啥事都没有。他说做人底线是善良，但态度是开心。都是一辈子，何必皱眉头？他说来省城好几天了，最放心不下的是他的父母——我的老姑父老姑婆，都是八十多岁的人了，老姑婆摔了腿，没有他，吃喝拉撒哪里方便？这几个月都是他鞍前马后的，一点闪失是没有的。他说，看到村里不少人吃低保，眼馋，表侄你跟老家镇政府当官的熟不熟也给我弄个低保。他说，我过几年就六十啦要想个退路力气活干不动了怎么办。他说我的身体那是好得很！从不感冒发烧。我是得了你的老姑婆真传！她一辈子没病没灾。这一点儿满崽就不行，得了这病……

牛崽侃侃而谈。牛崽表情生动。牛崽喝酒的样子，夸张又喜庆：两指捏着酒杯，闭着眼睛滋一口，然后睁开眼睛，唇口的肌肉突然紧张收缩，再张开嘴，吐出悠长的、心满意足的气声。看着牛崽酒桌上的神态，不熟悉的人都会以为，这该是乡村具有强大生命力的那种人。

可事实上远不是这样。事情的真相是：牛崽也是一个病人，一个从小就得了不治之症的人。说起来，牛崽的病，可能要比满崽的还要严重几分。

牛崽是老姑婆的第一个孩子。当看到生出来的是男孩，老姑父老姑婆都异常高兴。因为按赣江以西的习俗，有了男孩，他们在杨家岭村就有了根基，老了就有了靠山，族谱上自己的那支香火就能传下去。牛崽小时候和正常孩子没什么两样，甚至比同龄的孩子还要顽劣一些。上树掏鸟蛋，下河捉鱼虾，他一样也不落下。及至到发育的年纪，他的个子也急速蹿高，一点儿也不比同龄人矮小，只是声音依然像儿童一样尖细，老姑父老姑婆并没有当回事。到了该婚配的时候，老姑父老姑婆给他说了一门亲。一切都按正常的程序进行。等到人家敲锣打鼓把媳妇送到了杨家岭，不久老姑父老姑婆就知道，他们生下的是怎样的一个儿子。

当洞房里的灯吹灭，牛崽按照他有一句没一句听来的乡下成年男子荤话里的教导，尝试着去搬弄黑暗中一言不发的新娘子。可他发现他一点儿也搞不定她。他大汗淋漓可是莫衷一是。他尝试着去点燃她，可他发现自己一点儿磷火也没有。他是黑暗的，他的体内从来就没有过一点儿星火。

牛崽这才知道，他是跟其他男人不一样的人。或者说，他是个不完全的人。他没有体毛，也没有喉结，他从没有过变声期。他作为男人只是徒有其表。他的身体有一部分一直在沉睡，从来没有醒来过。在赣江以西，人们把这种人称为“阴阳生”——也就是说他既不是男人，也不是女人。

老姑父老姑婆尝试着让他去县城和省城看医生。可所有的医生都摇了摇头。

他与名义上的妻子离了婚——他们也没有履行正常的结婚手续，也就无所谓去办一张离婚证。女的回到了家里，重新开始了自己的生活，与牛崽的婚姻并没有给她带来不好的名声，对她的生活造成一丝困扰。

可是牛崽被自身的黑暗淹没。很长一段时间他都躲在家中不出门。他害怕知道了真相的村里人异样的眼神。村里同龄人新婚的唢呐声会让他想死。他恨老天何以把他造成这般不堪的模样。他想自己的将来，将会是一个孤苦伶仃的的晚景！他每天翻来覆去地想这些问题，这使他内心的黑暗越来越重，重得他喘一口气都快不可能了。他唯有整天借酒浇愁，肆意糟蹋自己才解恨。

可是牛崽最终原谅了老天与自己（不然怎么办呢）。他觉得每个人总有每个人的用处。老天爷这么安排他肯定有他的意图。他不能做别人的丈夫与父亲，可他还可以做父母的好儿子，弟弟妹妹们的好兄长，甚至全村人的好乡亲。他决定扮演好这些角色，把人生好好地过下去——他的身体里一片黑暗，他要给自己凿了一扇窗子，让外面的光漏进来。

从此牛崽加倍孝敬自己的父亲母亲，善待自己的亲人。他长年陪护在父母身边，父母出门走亲戚，他往往会跟在后面，陪他们说话，说笑话逗他们开心，帮他们挑行李。父母在田里干活，他陪着干得比谁都欢。他成了赣江以西方圆数里最有名的孝子。弟弟与出嫁的妹妹有什么需要他，他从来不会推辞。

他不需要像村里大多数青壮年那样出远门去城里打工，因为他无须养家，只要就近做些短工，种些田地，就足够自己吃喝。他也没有盖房子的打算，家里的老房子足够打发他这一辈子了。他成了村里少有的青壮年留守者。余下的那些老人，谁家有需要他都可以去搭把手。这些年来，他都不记得自己送过多少老人上医院看病，给多少快要死去的老人的亲人报过信。他成了村里十分耀眼的不可或缺的人物，许多在外打工的人心里记着他的好回到家来都会给他带上礼物。他从村里人的需要中获得了尊严和价值，他因此变得活泼了起来，与人说话练就了一套插科打诨的本领，几乎人人都喜欢他，说他是开心宝。牛崽把杯里的酒一饮而尽。酒让他的脸上泛出愉悦的光来。牛崽志得意满的样子，让我觉得，他是赣江以西过上好生活的人。

4

离开了饭馆，想到牛崽表叔在医院陪护满崽还要一些时日，我到旁边的超市买了一些烟酒送给他。牛崽高兴得了不得，说了好多感谢的话。告别了牛崽表叔和二表婶，我给父亲打了一个电话，向他报告我已经圆满完成了他交给的任务。然后我驱车走在了返回单位的路上。

省城北京西路道路两旁高楼林立、色彩斑斓，我的眼前却渐渐浮现出了杨家岭村的景象。那其实是一个与赣江以西其他村子并无多少不同的村庄。它在一个隆起的地势上，进出村子都需要爬一个颇有些长度的坡，过去我们骑自行车进村，到了坡中间都要下车推行才行。村子并不大，只数十户人家。赣江就在村子的不远处，因向北不远处是个弯道，晴天里可以看见远处山峰耸立，赣江在阳光下闪闪发光。如果是秋天，那水就像一匹蓝色的绸缎，格外好看。村子里袁、何、黎、杨、王等多姓杂居，村子何以单单名为杨家岭，其中玄机我不得而知，也无一个人跟我说过。因离我家只有三里路，我与这个村庄的许多人颇有瓜葛，比如我的初中语文老师黎胜利就住在南边村口，以前每次经过他的门口，心里不免怀着少年时的敬畏之心。我早年在乡村当小学老师的时候，黎老师的儿子又成了我的学生。我初中最好的同学姓王，因长得壮实，得了外号“冬瓜”，小时候过年我会去他家拜年，有一年夏天我还帮他家收割过稻子。我的老姑婆嫁在这里，亲妹妹也嫁在这里，我村里的很多邻居也成了这个村子的媳妇。因了种种关系，我对这村子就有了别样的感情。

然而我对这村子印象最深的是村口的一棵老樟树。那是一棵有一二百岁的植物。它长得挺拔、葱郁，既不空心，也无枯枝。它枝繁叶茂，独木成林。它唯我独尊，百米方圆无有其他树木能与它争锋，好像它是当然地坐着金銮顶着伞盖的草木王者。它一年到头绿油油的叶子，宛如新漆，让人看着十分悦目。最为特别的是，它的树冠，是圆规画出来一般的、象征着圆满与完美的球状。——它的体内似乎有一个强大的生命意志。它似乎是自己主动选择了这么一个特别的发型。从小到大，我没看到它有一根树枝旁逸斜出。我知道不会有人特意对它修剪。这不能不说是个奇迹。许多从这里经过的人都会对这样一棵树投去注目礼，把它当作杨家岭村风水旺盛的证明。

可是杨家岭村并没有风水旺盛、人丁兴旺。这个原本只有一二百人的村庄近年居住人口急剧减少。我的老师黎胜利一家早就离开了村子入住了县城。我的同学“冬瓜”也在县城买房入住。我的妹妹一家也都成了县城的住户。我的老姑婆身体再好，她这么大年纪的人，还会剩下多少好时光？我的二表叔病情严重，他的儿女都离开了家乡，大表叔身后无人。——这里离县城五十里，离乡一级的集镇也有十五里，指望能靠城市扩张变得繁华几无可能。杨家岭村也没有显赫的身世，历史上没有出宰相巡抚道台进士或者唐诗宋词里收录的文人墨客，也不可能成为政府需重大投入进行保护的文化名村。这里也不是风景名胜区，没有大片的古木吸引人们的眼球，不可能被开发成到处是农家乐、民宿的乡村旅游之地。它极其普通，无可倚靠，不出意外，这里成为无人居住、房屋颓圮、鸟兽出没的废弃之地，乃是不需要多少年就可能发生的事儿。

这似乎无须太过悲伤。城市化进程加快、村庄大量消失已成事实。都说良禽择木而栖，人人都有向往好生活的权利，我相信离开杨家岭的人们，会有比在杨家岭还要开阔的视野和美好的际遇，有着比杨家岭还要丰富多彩的生活。在这里我想说的是这棵树。我想即使村庄废弃消失，这棵树也将会长久在。它会代替所有在这里生活过的人继续活着。它会成为无数鸟儿黄昏时乐意投宿、蝼蚁愿意攀爬的家园。它会以极其个性的、具有极高辨识度的、象征着圆满与完美的圆球形状让人们不会错认它。它会以风吹过后的喧响告诉经过这里的每一个人，这里的来龙去脉，讲述它的身后，曾有过一个叫杨家岭的村庄，一代代的人们在这里生活，欢笑，悲伤，离散，聚合，在这里敬畏天地，祭祀先祖，尊重老者，抚育幼儿，在这里向上天祈求圆满与幸福。它会以自身的肆意生长证明这里的水土如何养人。如果偶尔有人想要来这里寻根问祖，完全可以把它认作一个自己的血亲祖辈。如果有人指认它像一块墓碑，它也会是世界上最美的墓碑。

回乡记

1

我的伯父曾水保在赣江以西是个颇有些声望的农民。他是我的故乡下陇洲村大曾家庆字辈的老大，是村里管着电力的师傅，是掌握了多种生活技能的能人……反正，是十里八村的乡亲们离不开的一个人。

可伯父还隐藏了另一个身份。他家的箱底，还压着他一张中专学校的文凭。他是怎么从一个正儿八经的读书人，变成一个地里刨食的农民的？他的人生履历上，发生了怎样惊天反转的剧情？这事需从五十多年前说起。

五十多年前，高中毕业、心智过人的伯父，考入了地区主办的一所四年制中专学校。在四年的学习时间里，伯父担任了学生会文体部长之职，并且品学兼优。对这样优秀的学生，人人都会认为会有一个好前途在等着他。据说已有消息传出，学校有让他留校的打算。即使留校不成，他成为县农业局技术干部也是毫无悬念的事。那时正当少年的共和国百废待兴，伯父这样优秀的年轻人，正是国家基层最需要的人才。

可是伯父做了一个让无数人无比遗憾的选择，回家当了农民。究其原因，乃是伯父有一名极其迂腐、固执的过继父亲。是他在伯父念书的四年时光里，不断地催促着伯父回乡。随着伯父的毕业临近，这种催促更是变得一日紧似一日。

伯父的过继父亲（即我的大祖父）催促的理由可笑至极。他曾因误食草药造成终生不育。按照老理儿，他的亲弟弟（我的祖父）把大儿子过继给了他。大祖父把伯父养大成人。可能是不育造成的畸形心理，大祖父天天做着得陇望蜀早日抱上孙子的美梦。在他看来，是否成为有国家身份的人并不重要，哪里的黄土不埋人？只有延续香火儿孙满堂才是人生最最重要的事情。读完四年中专的伯父已经二十二岁，生儿育女的事是再再不能耽搁了。他已早早为伯父准备了亲事，并且在伯父的几个假期里威逼着伯父走完了结婚前的所有程序，只等着伯父一毕业就回乡结婚生子。伯父稍有不从他就以死相逼。摊上了这样的父亲，伯父还能怎么样呢？

有着忠孝传统观念的伯父只有回乡。他的考虑是，自古忠孝不能两全，那就先尽孝再尽忠，等完成大祖父交办的事就再回城工作，他有文化有知识有技术哪里不会要？虽然是主意已定，可伯父回乡的路上依然是一万个不甘。那条联系着故乡与远方的无名公路应该依然记得他回村的影像：他挑着书箱，踉踉跄跄地在路上走着。由于走了几十里远的路，他的一身都浸在了汗水里，湿漉漉的头发紧贴着前额，可他一点也没有把头发捋上去的意思。路上有人和他打招呼他也懒得回应。他的步履有着他这个年龄不该有的沉重，好像他的此行目的，不是他的家乡，而是一个他举目无亲、前途未卜的异乡。

2

伯父一回到村里，就加入了村里的集体劳动，挣取可以兑换口粮的工分。同时，他遵从大祖父的安排成了亲。——他给自己取名“庆潜”。赣江以西的风俗，结婚时要给自己取一个大名，以供列入族谱、婚礼上张贴之用。他是“庆”字辈，他让一个“潜”字成了他的名——毫无疑问，他把自己当作了一个暂时潜伏在此的卧底。

新婚的伯父并没有多少初为人夫、初尝云雨的喜悦。他结婚没两天就下了地。这个学习优秀的中专生，也是一个干农活的好手，抄犁打耙样样都拿得起放得下。他像个真正的农民那样，在田地里肩挑手提，挥汗如雨。并没有花费多少时间，伯父看起来就跟真正的农民没什么两样了：他的原本白皙的肤色跟村里的乡亲们一样变成了酱紫色，原本洁净的衣服沾满了泥点与灰尘。农事繁忙苦辛，为了打理方便他把原本三七分的帅气发型剃成了乡亲们最常见的平头。他的手上布满茧子。他的裤脚从早到晚都胡乱挽起，腿上总是两脚泥巴。如此形象的伯父，哪里还有一丁点儿读书人的样子？

可只有伯父知道，他没有一分钟忘记自己是一名读书人，他依然对远方怀着最初的信念。他一直坚守读书人的品行，从不当众袒胸露乳，从不污言秽语，从不向女人说哪怕一句轻薄的话。他还从不停止读书。每到夜晚，不管自己多困，明天的活儿多重，他都会打开书本阅读。那是他从学校带回的教材，以及已经在城里上班的同学给他捎来的新书。他在一盏脏兮兮的煤油灯下阅读。夜色无边，伯父在灯光下阅读的样子，多像茫茫大海中拒绝沉沦的岛屿。

我年轻的伯母经常在夜晚望着灯光下沉默的背影难以入眠。在她眼里，这是个心比天高的人。老实说她不懂他。鉴于他的自我封闭及不识字的她有限的理解力，她没法懂他。她隐隐感觉到他的心另有所属。她最大的担心是，说不定有一天，他就会抛弃她，然后远走高飞，就像与他们家一巷之隔的我的堂爷爷曾文治那样。

我的堂爷爷曾文治，也是一名读书人。他在家乡早有妻室，并生有一子。可在几十年前，眼看乾坤初定，新中国建立在即，他毅然与农村不识字的妻子离了婚，把儿子丢给在老家的父母，北上武汉成了某机关文员，又重组家庭，据说已经做到了一家国营大型企业的中层。村里人对他的评价褒贬不一，有人说他为村子争了光，该上光荣榜，有人说他心太狠，太没良心，抛弃了结发妻子和孩子，是个该遭唾骂的陈世美。可怜他的儿子，在村里就像个没爹娘的孩子……

夜更深，伯父的阅读正入佳境。他的影子正好遮住了在床上假寐的伯母。这影子仿佛一座沉重的大山，压得我伯母喘不过气来。

3

可伯父没有能立即离开村庄。他生下了一个女儿，又生下了一个女儿。不久，他因一次偶然的事件卷入到村庄公共事务当中。

事情的发生在双抢的节骨眼上——所谓双抢，就是夏天时抢着把熟了的早稻收割上来，又抢着把收割后的地重新抄耙，把晚稻秧苗栽下去。之所以要抢，是因为早稻熟了后立秋就将到来，农业讲究时令，如果不能在立秋之前把田地抄耙开来，把秧苗栽下去，那晚稻就会大面积减产，全村人的口粮就会成为问题。而要把时令追抢到手，灌溉就是一个非常重要的环节。

村庄的灌溉平常依靠的是全村勒紧裤带置办的一套电力设备。这设备就安装在村庄几百米远的赣江边一个叫排灌站的小屋里，由专人掌管。设备运转了好几年，从来也没有出过故障。可这年夏天，设备的发动机停止了转动，直接探进赣江的长长的铁管黑如深渊，抽不出哪怕一滴水。

天气炎热，太阳当空，万里无云，蝉叫得人心烦意乱，整个天地间干得仿佛擦根火柴就可以烧着。想靠老天下一场暴雨来解渴毫不可能。想靠村里水量不多的几口井也不可能。全村上千人因此停了工。而立秋一天天逼近。村支书孔明清急得满嘴泡，可村里半桶子水的电工满手污黑却毫无办法，他的嘴里嘟嘟囔囔，显然是为了掩饰内心的无措和焦虑。

有人抱着死马当活马医的态度向孔明清推荐了伯父。伯父穿过孔明清狐疑的目光来到了机器面前。他用耳朵听了听里面的动静，然后将一把起子十分果断地伸向了机器的某个部位。只几分钟，机器就迅速恢复了正常，原本黑洞洞的排灌管口在人们的欢呼声中哗哗哗地往外冒着水花。

设备的成功修理让伯父在村里名声大振，可这对伯父来说不过是小菜一碟。他在学校学的是农机专业，他是一个可以把拖拉机全部拆除又重新完好安装的人。在一个小小村里，有什么样的电机问题可以难倒他呢。

事后，村支书孔明清毫不犹豫地把村里最重要的财产——赣江边的排灌站的钥匙交给了伯父，同时交给的，还有村庄整个电力系统的维护权责。

这是让所有人羡慕的一项福利。想到自己可以不须参加形同苦役的田间劳动，伯父暂时接受了这一项看起来不错的工作。他因此得到了一件新的行头。那是一套电力工具袋，它装着老虎钳、起子、扳手、电笔。伯父每次出行都会煞有介事地将它绑在腰上。当有人戏说他看起来仿佛是电影里执行特殊任务的侦察兵，或者随时准备去堵枪口或托起炸药包的英雄，他总是用满不在乎的微笑回应。

4

承担了全村电力维护之责的伯父经常一本正经地在村里晃荡。他要随时查看村里的线路，更换某个插座里烧断了的保险丝，让某个调皮松动、心怀不轨的螺丝重新入座。他要在一个会议前把会场的照明问题处理好，在一场骇人的风雨雷电过后重新检测好村里的变压器是否受损，电线有没有被风吹落。村庄因为伯父是有福的，原本千疮百孔乱七八糟或者乖戾暴烈如虎豹的电力系统，在伯父手上，变得就像猫一样温顺，像书本一样整齐。

从此伯父经常一个人待在赣江边的排灌站小屋里。他甚至在小屋里放置了一张小床，夜里也常在那里睡觉。他给伯母的理由是，排灌站里的设备需要看管，村里把这么大的事交给他，责任如山，他得时不时地守在那里。

而真相不过是伯父想要给自己一个独处的空间。他要读书、思考。他要独自理一理自己凌乱的心。他要好好想一想，几年的乡村生活，婚姻、生育、劳作，是不是已经把他的心磨起了茧。他要问问自己，他对离开村庄到远方去的信念，是不是有所减弱。

午夜的灯光下，伯父在一点点地厘清自己。他发现他依然是那个执着向往着远方、愿意到更大的世界建功立业的人。无论怎样的孤独与辛苦，都没有动摇他对远方的信念。那种老死山乡的活法，他以前不会有，以后也不想有。而且，他还有的是机会。只要他愿意离开，他的老师和已经在新的岗位上干得风生水起的同学，随时可以给他搭把手。

伯父发现，他与他的堂叔曾文治其实是同一类人，怀着同样的向往远方的决绝的心。他之所以不能像堂叔那样一骑绝尘，乃是因为堂叔有一个弟弟在家可以照顾父母，而他是大祖父的过继独子，对继父继母尽孝是他无可推卸的责任。而给依然年富力强的大祖父生下一个活蹦乱跳的孙子，就是他近期尽孝的最好方式。

伯父经常在月光下走出排灌站，看着不远处的那条进出村庄的唯一的路。它如此简陋，坑坑洼洼，仿佛喝醉了酒一样深一脚浅一脚。它两旁的草丛污秽而蓬勃。可是在伯父眼里，它是可以将他射向远方的一支响箭，是可以渡他到理想彼岸的一根苇草。它的不远处就是繁华的小镇西沙埠，也是千里赣江的一个古老码头。那里岔道众多，可以通往县城、市府、省城，乃至无数的有名和无名的远方。伯父会在月光下望着这条仿佛可以通向云端和天际的路，历数这些年来从这条路上走出村里的人们：他的堂叔曾文治去了武汉；住在村中心礼堂边的地理先生孔冠德老人的儿子孔三豆，因为考学去了衡阳的一家大型国有企业；住村北边的刘令香因为当兵提了干，复员在县公安局当了一名公安；他的另一个堂叔曾学易，当兵去了鄱阳，后来做了一名狱警；与他家毗邻的曾昭明，也是通过当兵去了新疆，成为村里走得最远的人；村中心井边的刘学稷，因读书成了整个吉安地区知名的教书先生，成为学问深厚、人人敬重的儒者……

皓月当空，不远处的下陇洲村阴影重重。伯父背后的赣江在月光下如水银泻地，美丽惊人。可伯父几乎没有看她一眼的心思。他只是反复盯着不远处的那条路。他要时时守着这条未来可以渡他远行的路。他担心自己一转身，它就消失不见，从此自己的未来无可凭依。

简陋的排灌站悬浮在赣江边，仿佛一座因害怕失足落水而紧紧巴住堤岸的小小孤岛。

5

伯父生下的第三个孩子依然是个女娃——这真是一件让人哭笑不得的事儿。大祖父如丧考妣。满脸羞惭的伯父不断地给自己打气：自己总会有时来运转的一天。要不了多久，那个他们期待的带把的孩子，就会呱呱坠地的。

可接下来发生的事情出乎所有人的预料：我的大祖父自杀了。

因为我的曾祖父起早贪黑省吃俭用购置了几亩薄田，20 世纪 50 年代初他被打成了地主，到 60 年代中后期，我的整个家族因此陷入了长久的劫难之中。我的祖父——伯父的亲生父亲经常被村里人拉到台上接受批斗，我的父亲和几个年幼的叔叔都在全村人的欺凌白眼中压抑度日。大祖父不仅是曾祖父的长子，以及村里一家并无多大规模的杂货店的掌柜，他在解放前还有过当伪保长的经历。这样的出身与经历，自然让村里人对他的批斗和惩罚变本加厉。

大祖父被五花大绑，被人按着头站在台上。台下，那些曾经见到他无比恭敬的乡亲，挥动拳头嘶声力竭地喊着打倒他的口号。鞭子带着呼啸声抽打在他的脊背上。他看不到他的脊背血肉模糊，但是痛楚同时席卷了他的身体和精神。

看着台下那些张开的黑洞洞的嘴唇，大祖父忽然有了一阵深深的倦意。这个读过私塾在村里算是有些学识的人，曾被村里人认为是全村最精于算计、善于与各种各样人物周旋的人，这个从来就自以为是的粗暴家长，突然对这世界失去了算计的兴趣。他看到了茫茫人世间的荒凉本质与人心的不可测量。他愤怒于命运对他的百般作弄。趁着有一天全家人不在，他爬到了楼上用一根绳索结束了自己的生命。

闻讯赶回的伯父把大祖父背下了楼。长长的舌头耷拉在他的肩头。那是大祖父一条还没说出的遗嘱，更是一条抽打他的鞭子。——很长时间以来，伯父甚至认为自己也参与了对大祖父的谋杀。如果能让大祖父早日看到期待已久的孙子，大祖父的心是不是就不会那么寒凉，他是不是就会有力量撑过去，死对他来说就不是一件那么容易的事？

埋葬了大祖父，伯父更是常常坐在赣江边的排灌站小屋里发呆。他看着左边的村庄，和右边的可以通往世界任何一个角落的西沙埠小镇，以及村庄与西沙埠小镇之间的那条路。它们在伯父面前组成了一个吉凶未卜的棋局。伯父不知道自己该如何下这盘棋，才能让自己在这乱局中获得平安。

伯父知道，大祖父的离世，这世上已经没有能阻碍他进出这条路的人了，他该可以背起行装大踏步向前走，以实现自己多年的夙愿。可是，大祖父的离世，他要肩负的责任又比以往重了许多，整个小家庭的生存成了问题，他怎么可以一走了之？再说了，他是地主的长孙，是一个自绝于人民的坏分子的儿子，这世界怎么还有地儿容得下他这样的一个人呢？

那些走出村庄的英雄们的消息从这条路上源源不断地传来。他们的境遇普遍不太好：著名儒者刘学稷被打成了反动权威；在武汉工作的堂叔曾文治已经靠边站，他在解放前的经历正被调查；在衡阳工作的孔三豆也受到了冲击，据说已被隔离审查；鄱阳监狱的狱警曾学易暂时是安全的，但他传出消息说监狱已经人满为患；在新疆的曾昭明处境如何，因为距离遥远不得而知……

如果伯父当年没有听从大祖父的催促回到家乡，因出身问题他的处境可能比这些在外的任何一个人都要艰难。游街、批斗、鞭笞……外面死人的事情几乎每天都在发生。他会比大祖父坚强些吗？伯父想都不敢想。

而让大祖父走投无路的赣江以西下陇洲村，却是让伯父得以安然藏身的福地。这让人几乎不敢相信，但的确是事实——在整个下陇洲村，没有一个人会指认他其实也应该是被批斗被鞭笞的对象，是这个从老到幼都应该被钉在耻辱柱上的家族的成员之一。所有人似乎都接到了封口令。他是地主的长孙，同时更是这个村庄的功臣，是掌握了村庄核心技术的电力维护专家。他是畏罪自杀的伪保长的过继儿子，同时更是村里离不开的角色——上级命令每个村成立文艺宣传队，那些手握大权的人束手无策，在学校曾担任文体部长的伯父在短时间内就把一群僵胳膊硬腿的笨拙农民训练成有模有样的文艺演员，并自编自导节目，参加公社演出获得了名次，让全村在全公社出尽了风头。

望着不远处变得无比乖戾的村庄，想起早年他在大祖父的催促下的回乡之举，伯父有了劫后余生的庆幸之感。他想着既然命运把他搁浅在这里，自然就有它的理由。那就让他继续在这里利用自己在村里的特殊地位，勇敢地担当起船长的角色——我的家族此刻就像一条风雨中的破船，随时都有触礁解体的危险。

1970 年，我的堂哥繁生出生了。他是我的家族“庆”字辈下的“繁”字辈的第一个男丁。看着堂哥两腿间的小雀雀，想起大祖父的心愿和死，想起自己这近十年尴尬而屈从的运命，伯父不禁悲欣交集。

6

20世纪70年代中后期，我的家族终于走出了深渊。整个错位的世界重新归了原位，又开始驶入了一条新的轨道。报纸上到处都是拨乱反正、落实知识分子政策、改革这样的字眼。村里的田埂上，干部们忙着拿工具测量田亩的面积和质地。不久，村里的土地分配给了各家各户。一个新的时代来临了。

伯父的一家分到了属于自己的田地。这时候的他，已经是十口之家的家长了。堂弟繁根和两个妹妹先后出世，养活他们成了伯父最重要的任务。伯父比以前更忙了。他依然要管理着整个村庄的电力，为全村的农田灌溉、照明服务，同时又要领着全家老小下地劳动。他是一个读书人，更懂得耕作的原理。他种的地，比别人要多收不少粮食，他家养的牲畜，也总比别人家壮实。他家的生活，比起别人家明显要好一些。

伯父差不多已经忘了自己是一名在国家留有档案的人了。有一天，伯父的家中来了两个陌生的人。他们穿着整齐的中山装，胸口的口袋别着钢笔。他们操着外乡的口音，用的是与村里农民完全不一样的口气。他们是上面派来的。他们查阅了1962年伯父就读的中专学校的档案，了解了伯父的动向。国家正在落实知识分子政策，伯父正是该落实的对象之一。他们问伯父是否愿意离开家乡去新的工作岗位上发光发热，重新为国家的建设出一份力。

老实说，从那两人进门开始，伯父就从他们的打扮和口音闻到了一种远方的气息。那是他久违的气息。他顿时记起自己其实是一名长期潜伏在故乡的人，而此刻他们通过言辞、穿着和举止，暗示他有着另一个组织，并向他发出了接头的暗号。为了这一刻，他已经等了十余年，他等得太久太久了。

伯父找来了他当年的书箱。他打开，翻出了当年的毕业证书。那是他的青春与才华的证明，是他心仪的远方的通行证。他满以为它会一直崭新如昨，可他发现，那原本挺括的毕业证书已经被老鼠、蛀虫和莫名的水渍弄得面目全非。毕业证上他早年的照片也已经模糊不清。

就像毕业证书无法保留原样，伯父发现，他已经无法背起行囊响应远方的呼唤奔向远方。他已经是年近不惑的人了。他已经背负了太多的东西。他是七个孩子的父亲。他还有寡居的过继母亲与目不识丁的妻子。他如果出走了，那这一大家子谁来养活？他一个人的薪水只能是杯水车薪。而留在村里，家乡的田地及其他资源可以让他们活下来。再说，家乡一千四百多人的电力维护，谁来接手？电这个可以随时置人于死地的危险东西，会趁他不在搞出什么幺蛾子？他离开了，可能是他一个人过舒坦了，那全村人的生活，会受到怎样的影响？他是个读书人，当然应该以勇于担责和服务大众为要义，怎么可以随便撂挑子不干了？

伯父想起十多年前他挑着箱子回到家乡的情景。他现在才意识到，那条弯弯曲曲、坑坑洼洼的路，不是可以渡他到理想彼岸的一根苇草，而是一根将他扣为人质的绳索。

伯父想起十多年前明清书记交给他的工作。他现在才意识到，那个他常常绑在身上、让他看起来像战士和英雄的电力工具袋，不是英雄的标志，而是囚禁他的镣铐与枷锁。

伯父向着来人无奈地摇了摇头。

7

之后的日子，在人们的印象里，伯父十分坦然地接受了在家乡当一名农民的命运。人们发现，他把锄头砸进泥土的动作要比以往狠一些。他低头看路的时候越来越多，抬头眺望的时候越来越少。他不再像过去，独来独往，寡言少语，而是与村里人打成一片，喝酒吃肉，插科打诨。他的眉头越来越舒展，那些怀才不遇的烦忧都已放下，目光里越来越有了认命的成分。他早就把排灌站小屋里的铺盖搬回了家，以此表示他已对世界不再存有非分之想。他越来越愿意倾听村庄的声音，相比过去那些他所热衷的不着边际的国际国内大事，村子的土地上的刮风落雨、生老病死似乎更让他上心一些。

伯父全力投入到对自己一大家子生活的照料之中。赣江以西的农村人多地少，分田到户激发了乡亲们的干劲儿，可靠着田里的收成只够温饱，伯父着手培养自己多方面的技能，以挣取生活所需的更多资费。他是赣江以西闻名的爆米花匠，每到春节将临就挑着爆米花机到赣江以西的十里八村打爆米花。他还是村里有名的地理先生，20 世纪 60 年代末，他曾被住村中心礼堂边的地理先生冠德老人挑中，冒着被发现的危险偷偷把阴阳之术传给了他。冠德老人死后，为婚丧嫁娶挑选吉日良辰和为阳宅选风水自然就成了伯父的重要工作。他还是乡村族谱延修的技术顾问。20 世纪 90 年代，赣江以西流行重修族谱，伯父从家乡曾姓族谱的修缮中悟到了族谱的延修之术，之后经常被各个村子请去担当起族谱延修团队的总指挥，为赣江以西的人们整理瓜蔓血脉，在别人家的村子往往一待就是十天半月……

伯父还全力介入到村庄的大小事务之中。他是个读书人，在大多数人都是文盲的村子里，他的作用无法替代。除了整个村庄的电力维护需要他，村子里的大小事项都需要他到场：那些有人在外面的人家需要他帮着写封信，那些讲不清道理陷入争吵的人需要他帮着理一理是非黑白，那些生了娃的人需要他给娃取一个好名字，那些买了种子、农药或肥料的人要他再详细讲一讲特性和用法，有婚丧嫁娶事的人家要他帮着出出主意，家里出了逆子赌棍的需要他去帮着管一管……

伯父走在为乡亲解决电力事故的路上，或者端坐在村庄婚丧嫁娶的现场。天大的事他都能处变不惊。再混乱的场面他都显得如水平静。在人们的眼里，他多像古老部落里的酋长：个子高大魁梧，皮肤黝黑，目光坚定，具有强大的道德自律力与场面驾驭力。他的神情里兼具首领的镇定与菩萨的慈悲。他赢得了全村人的信赖，比他辈分大和与他同辈的人都称他为“老大”——那不仅仅因为他是我们村曾姓庆字辈最年长者，更因为他是人们愿意托付、值得尊敬的人。

8

伯父在家乡安身立命，也似乎甘之如饴。可是由此就认定伯父绝了远方之念那就大错特错了。几十年来，伯父总是时不时地露出他对远方的惦念与不舍。这样一份情感，坚韧而无望，随着伯父的年岁渐长越来越让人动容：

20世纪80年代末，伯父用他多年的积蓄盖了一栋两层楼的房子。房子建好后，他爬上楼梯在门头上用蘸墨的毛笔写下“潜志”两字。他向人解释说这是取自他和伯母的名字。他族谱上的名为“潜”，而“志”的确是伯母的名字。可是它们写在门头这么重要的位置，难道不是欲盖弥彰地表达他的心志，他对自己滞留家乡的不甘？

——在我和堂哥繁生很小的时候，他就不断地用远方诱惑我们，经常告诫我们要走出村去，要去更大的世界闯荡。他总是说，好男儿志在四方，糟男儿留在家乡。1986年我和繁生同年考上师范，这本不是什么值得显摆的事情，伯父竟怂恿我父亲和他一起大操大办，请来村里的头头脑脑及亲朋好友来庆贺。他还郑重其事地带着供品及香烛、鞭炮领着我们来到山上，要我们跪在大祖父和才死去不久的祖父的坟前。鞭炮炸响，香烛点燃，他领着我们对着两位长辈的墓碑念念有词：请你们多多保佑儿孙幸福平安。咱大曾家几代人，终于有人走出了农门，端上了国家的饭碗！

——他反复向他的儿女灌输读书的理念。他经常告诫他的儿女，砸锅卖铁也要教儿女读书。只有读书，能让他们知道不仅有着老家的一亩三分地，还有远比家乡更为宽广的远方。他把他的孩子都一个个送进学校，虽然最终以考试走出乡村的只有繁生堂哥一人。他的孙辈们在读书上你追我赶，纷纷考上了大学，毕业后留在了不同的城市。这等于是，他们接过了他的火炬，帮他完成了走出村庄的夙愿。

——他与村里几乎所有在外工作的人们都匪夷所思地保持着亲密联系。他们回乡省亲，都会到伯父家串门。伯父呢，就会换上一种与在平日完全不一样的郑重语气，话语中还不断夹带大量的、不土不洋的书面词汇。20 世纪 80 年代中期，我们村著名的儒者学稷老人退休返乡安度晚年，伯父成了他身边最为亲近的人。他帮助老人修葺祖屋，为老人担负起掌墨裁纸的工作，同时揽下了为老人购买花钵、到小镇邮寄信函等日常事务，经常给老人送上新鲜的蔬菜、鱼肉，刚收获的花生、麻油……他爱赖在学稷老人的家中，听学稷老人讲着自己的过往、见闻。老人去世的那天，他跪在棺木前，把头磕得砰砰响，哭得比老人的儿子还要伤心。人们不能理解，何以他对这个与他其实并无血缘和亲缘关系的老人如此恭敬？这个经历丰富、蓄满了远方风雨的老人身上，到底有什么让他着迷？

9

岁月无情，转眼就到了21世纪初。伯父已是古稀之年的人了。伯父以为依他这样的年龄，此生应该再也不会与远方有何瓜葛，一切恩怨随着晚年的到来都得到了清算，他与远方的暗恋纠缠早就到了该放下的地步，整个世界在他眼前应该是一幅平静无波的镜像，却不料，远方正式向他发出了邀请，命运再次给了他出走的机会。

这样的机会乃是拜与伯父年轻时不一样的新的时代所赐。随着改革与开放的渐次深入，人们纷纷走出村子，奔向异乡的城市。过去只有考学与参军才被获允的离村进城，现在变成说走就走的便当事。进出村的那条路显得拥挤而喧嚣，路两边的野草更加污浊而蓬勃，到了春节前后就更是如此。

二十岁的人离开了村庄。三十岁的人离开了村庄。四十岁的人离开了村庄。五十岁的人离开了村庄。……原本人声鼎沸的村庄，顿时变得寂寥起来。随着大量的青壮年离开了村子，村庄变得不完整了。村里的医生孔野德去了县城，开了一家私人诊所，听说生意好得不得了。可村里人生了病，就必须去三里路远的西沙埠小镇了。村里的老屠户曾生保已经老得提不起猪的后腿了，年轻的屠户刘润生去城里打工去了，村里没了屠户，要吃猪肉就也必须去小镇上了。……全村的户口簿统计的人口依然有一千四百多，可掰指头算算，依然留守村庄的，只有二百多人了。

伯父就是这两百多人中的一个。当然陪着他的还有同他一样老的伯母。而他的亲人们，都已经离开了村庄进了城：他的所有儿女都已经在县城购房居住。我的堂姐妹们通过打工都已在县城安家落户，当教师的堂哥繁生更是把家安在了县城。在省城做家具修理师的堂弟繁根把房子买在市里。除伯父之外，我的父辈们也都已随了儿女在离家几十里外的县城居住。在故乡的伯父，真真成了孤家寡人了。

伯父的兄弟和儿女们纷纷劝说伯父到县城生活。伯父思索了一番决定成行。通往城市的那条路本该是他的路。那座村里无数人抵达的城本该是他的城。他想着他到晚年有了出行的机会，不过是命运给他的一次迟到的补偿。老天爷之所以把他年轻时候的机会给夺去，说不定就是特意为他保存着，等他到晚年时再还给他。

伯父把家里的铺盖、洗刷用具打了包，仔细挑了个黄道吉日，租了一辆面包车，踏上了通往县城的路。车开动，他徐徐打量车窗外的世界。那是他憎恨又感恩的乡土，是曾经贫困潦倒却又人声鼎沸、生机勃勃的生命场，是他心怀不甘却又无怨无悔为之服役的灵魂居所。如今，它已衰老。今天他隆重出行，路上竟然空无一人，只有远处的一条狗抬起头朝着他望了望，又继续把头缩进蜷着的身体里。

车驶过了村口。伯父把视线投向了不远处的赣江边的排灌站小屋。那是曾经安放他的灵魂的地方。现在，它孤零零地站在那里。他知道它已颓圮。如今的村庄，已经没有人种地了，当然也不需要灌溉。当年全村节衣缩食买下的轰轰作响的排灌设施早已废弃，被当作废铁卖给了废品收购站。那间曾经被村里视为心脏一般的排灌站小屋，已经徒有其表、形同虚设了。想起这些，伯父不免有些伤感。而面包车似乎懂了他的心意，速度明显加快了许多。它跃上一个陡坡，穿过了西沙埠小镇，快马加鞭地向着县城奔去。

10

伯父与伯母来到了城市，他们住进了堂哥繁生的家里。堂哥与堂嫂忙于上班，伯父和伯母每天要承担照料自己生活的工作。伯父并不缺乏城市生活经验，除了早年读书，作为村里的电力维护专业人员，他要经常到省城、市府出差购买电力设备，县城更是经常往来，所以面对城市并不显得有何局促。伯母是个十足的乡下人，在各种电器煤气设备面前多少有些手忙脚乱，但因为有伯父的帮衬，事情总不会坏到哪里去。他们与儿子媳妇的饮食口味和生活习惯不同，可因为是至亲之人，总归有相互忍让和谐共存的空间。菜场买菜、超市购物也不会有多少障碍，在里面的买方和卖方也大多是来自乡下的人们，有些甚至是与他们的口音毫无分别的同乡。经过一段时间的适应以后，他们感到城市生活远不像他们最初想象的那样不易，两颗心也就放松了下来。

伯父与县城有了一段蜜月期。他与伯母发现，在城里生活的最大好处，就是过去那些散落各地的亲人，现在触手可及。他的几个在城里居住的女儿女婿，会隔三岔五地来探望他们。过去曾患难与共、相濡以沫的兄弟们，现在经常以做寿、孙辈生日等理由聚会，说着家长里短的闲话。有时候在菜市场买菜，冷不丁有人叫着他们的名字，一看竟然就是本村进城的乡亲。那一瞬间他们竟有了依然在村里的错觉！

伯父还有了与他早期的中专时候的同学往来的机会。他们有的当了县长，有的当了局长，也有的做了技术专家。现在他们都已退休，时光消弭了他们之间的距离，他们似乎重新回到了当年的课堂。他们经常邀请伯父聚会叙旧。他们谈起当年伯父的种种优秀表现及后来的际遇，谈起许多不在眼前的故人，都对人世间的种种变故唏嘘不已。他们依然恭敬地称呼他为文体部长。聊起五十多年前的往昔，他们苍老的面庞上，竟然浮现出了少年才有的激情和红晕！

可是这样的蜜月期并不长久。伯父慢慢感觉到了哪里不正常。他越来越没有了精气神。起先他埋怨的是堂哥的家在五楼，每天上下楼让膝盖吃不消，没有在村里住一楼那么舒坦。然后他感到他的内心被一种叫空的东西给占满了。那是一种类似于被虫子噬咬的难受感觉。那是一种无所事事、一无是处的空，一种寄居他乡、形单影只的空。虽然有那么多熟悉的人，可是伯父依然感到空虚和孤独。那也是一种无力之感。他发现在城里的自己对每一个新的一天都不抱期待。他走在干净硬实的街头越来越感觉到脚步飘忽，远不像走在故乡污秽的、坑坑洼洼的田埂和机耕道上那么踏实。

他的睡眠越来越不好，远不像在村里时一觉睡到大天亮。他经常做梦。有时候我从上班的省城回到县城去看他，他会嘟嘟囔囔地抱怨说睡眠太差，做的梦稀奇古怪。他说梦里多是赣江以西的下陇洲，比如死去多年的过继父亲长长的舌头，比如一场大水把整个村庄淹没，比如门头上写着“潜志”的宅子里的，他提前造好的棺木被水淘走，比如村里早已不再耕作的田地里到处是爬行的蛇……

伯父决定离开县城，回到赣江以西的家乡。他认为所有的梦都在催促他回家。他的兄弟、儿女都无法说服他。这个精通风水的人对所有劝说他留下的人说，他与县城风水不合，如果久居必遭灾祸。他说他可不想把这条老命丢在这嘈杂的县城里。他说叶落要归根，人老要回家，当年学稷老先生就是这么干的。他说他在这城里是个无用之人，可是如果他回去，说不定那留守的两百多人还会有用得着他的地方。他说眼看着快过年了，家里关门吊锁的，一点儿喜气都没有怎么要得。说到回家，这个年过七十的倔强老头儿，神情里竟有了当年说到远方的向往。

11

伯父领着伯母回到了家乡。他们重新开辟了一小块菜地，并买来一群刚出壳的鸡鸭。鸡鸭叽叽喳喳叫着，他的家就重新有了许多生气。他擦净了堂前落满灰尘的大祖父大祖母的瓷像，并把在县城居住时请人做好的自己与伯母的瓷像摆在了他们旁边。他想要不了多久，他们就将成为自己子孙们的列祖列宗。把瓷像做好，不过是提前做了该做的事而已。

他们回家的消息传出，他们家就重新恢复了热闹——虽然相对过去一千四百多口人居住时候的热闹，今天的热闹早已不可同日而语。那些家里老鼠咬断了电线的人来寻他。婚丧嫁娶挑选吉日吉时的来寻他。打工挣了钱在家里盖个房要选个好风水的来寻他。村里有老人去世，他被请去帮忙张罗各种礼仪事——那些即将被人遗忘的古礼全装在了他的心里。大年初一，他坐在曾家祠堂的首席位置。他的面前是摊开的族谱。烛光摇曳，香烟袅袅，众声喧哗（那些在城里的人纷纷回了家），鞭炮声不断，他在人们恭敬的目光里，郑重地手持毛笔，把去年曾姓新出生的男娃的名字和生辰八字书写在族谱相应的空白处。——这自然是村庄最为庄严郑重的时刻。

伯父走在了村庄的屋头巷尾。他已经老了，走路的速度明显慢了下来。他的背驼了不少，可他的脚步是有劲儿的。那是走在自家地里的感觉。他的表情也不再是城里居住时的恓惶虚弱，而是有着老酋长巡视自己领地时的坚定与慈悲。

住在村里的人越来越少了。伯父的家前后左右四五排房子都空空荡荡。每到夜晚，整个村子就一片死寂，野猫的叫声孤单而凄凉。可伯父并不感到孤单。他知道，那些在村里活过的人都在。比如在他家，每到夜晚，他的地主老儿祖父和祖母，他当过国民党保长的过继父亲、小脚继母，以及他的亲生父母，都会来陪着他。有的时候，他们会进入他的梦中，与他说着陈年往事。有他们在，他会生出无比踏实的感觉。

他知道，不管那些离开村庄的人走得有多远，离开时怀着怎样的决绝，只要村庄还在，他们最终都会回来。这里是他们的根，是他们埋下祖宗、存放族谱，记录他们血脉缘起与绵延的地方。他留守在这里，就是要看着他们一个个地回来。

我的家族中在村里人口中褒贬不一的堂爷爷曾文治回来了。他活了九十岁。据他的老伴说，他曾反复交代说死后要把骨灰送回家乡。他早年的时候没有好好孝敬父母，他死了就要埋在他们的身边。而他的老伴，一个上海籍的与下陇洲并无多少瓜葛的城市老妪，也表示说她百年之后，也要埋在下陇洲的土地上，与我的堂爷爷曾文治相守在一起。按照村庄的古礼，她也应该是下陇洲人氏，是族谱上留有名讳的人。

与他们回来的，还有堂爷爷的儿子女儿。他们都在上海或者武汉工作。他们的成长与下陇洲并无任何交集，可是他们说，他们都是下陇洲人。以后年年清明，他们都要回来，看望九泉之下的父亲，和血脉相连的族人。

伯父主持了堂爷爷的葬礼。伯父把堂爷爷的亲人们送出了村。他站在村口，望着进出村的路。他知道不管这条路联系的世界有多辽阔，人们走得有多远，以后的日子里，一定会有越来越多的人沿着这条路回到村庄的怀抱中。

12

沿着那条无数在出走与返回之间纠缠不休的人们走过的路，我回到了我的家乡下陇洲村。

我是被伯父早年怂恿着走出村庄的一个，是据说常被村里人念叨的、在省城工作的、有头有脸的人物，是写过几部书的所谓作家。我也是对故乡怀着罪责的那个人：我怂恿着我的家人一个个走出村庄，并在县城置下房产，让我原本该在村子里生活的父母到县城居住。我是拉低了故乡人口居住率的逆子。

然而我也是对故乡怀着浓烈乡愁的一个。今年大年初二下午，无所事事的我，决定从县城父母身边回到故乡。我的理由是看望我的伯父，可我知道我想看的是我生活多年的故乡。我开着车，经过近一个小时的车程，就远远望见我的故乡——赣江边的下陇洲村：

它呈狭长形地偃卧在荒芜的田野中间，在冬天午后的阳光下闪闪发光，像一条历经沧桑同时又身披锦绣的鱼，一座苦难又光明的殿堂。它是古老的，我知道它有着最少八百年的历史，可它又是簇新的，一年一度的春节会将它施洗如婴。

我开着车，进入了村子。那条唯一进出村庄的原本深一脚浅一脚的路已经全部浇上了水泥，变得平坦而宽阔。我看到村口又盖了许多崭新的楼房。它们都贴着大红的春联，春联上的内容有着极其美好的寓意。那是打工的人们，用辛苦挣到的钱盖的新家。我看到村子的巷落里到处是人，他们面色酡红，显然是喝了酒的缘故。他们的表情愉悦而满足，脚下的步伐喜庆而夸张。

他们从大人怀抱中的幼儿到耄耋之年不等，呈现出良好的年龄梯次状态，再不是平日里只剩下老人和孩子。我认识其中的很多人，知道他们的去处和来处，其中大多数人是从打工的城市、五十公里外的县城归来。

我看见年轻的屠夫刘润生在路边空地上抽着烟。他的脖子上挂着一根很粗的金链子。据说他在广东的某座城里当起了菜贩子，每天大清早开车到菜地买来蔬菜在菜市场兜售。乡亲们都说他的收入是在村里杀猪时的无数倍。他也在县城购了房产。可现在，他也成了一个回家的人。

我看见在县城开着诊所的野德医生在巷子里急匆匆地走动，穿着一件胸前写了某产品标签的旧粗布长衫，很明显他不是以客人的身份出现在这里。说不定他的家中会有客人需要他招待。我刹住车按下车窗玻璃与他打着招呼，问他在美国做访问学者的儿子回家了没。他说今年年底会回国，然后计划在村里办结婚酒宴。

村子里响着零星的鞭炮声。我继续往家的方向开。我在寻找与我家并排的伯父家的时候碰到了一点儿小小的麻烦。我发现这个我曾经待了二十多年以后还经常回去的村庄出现了不少我所陌生的成分。除了村口一些崭新的类似于城里别墅一样的楼房，唯一进出村的路两边的旧房子因整体涂成了白色，并且因增加了砌墙的工艺，原本样式各异的路两边的建筑显示了整齐的对城市戏仿的风格。我明白这是拜新农村建设所赐。在距离村口不远的空地上，我曾就读的早已荒废的村里小学前面，我还发现了城市公园才有的廊桥与文化墙。这些本不属于故有乡村的设施，让整个村庄洋溢着少有的喜剧意味。

我找不着家了。这让我有了一瞬间的恓惶。我把车停在了一个疑似离家很近的地方，然后费力地搜寻着家的方向。我在路上见到了邻居安叔。我向他道着吉祥。他有个儿子大学毕业后考到重庆做了警察。他告诉我说，儿子这几天要值班呢，但值完班一定回家。不回家他对得起列祖列宗吗?

他引导着我来到了我熟悉的路口。我经过了我的已经挂着锁的家，走进了伯父的家门。我看见伯父的家门口对联宽大，字体飞扬，门头上“潜志”二字依然墨色清晰。我发现我的所有堂姐堂哥堂弟堂妹，伯父的所有儿女孙辈，都聚集在屋檐下，正围着伯父伯母叽叽喳喳地说着家常。他们的语调里，有着平日没有的、与他们的年龄远不相符的撒娇意味。那些年轻的孩子们，那些大多在外省工作或读大学的孩子们，那些该叫我叔叔伯父或舅舅的孩子们，都穿着鲜亮的与他们的青春、与春节的气氛契合的衣着，以及与节日和亲人团聚场面契合的欢快表情。他们让原本有些暮气的伯父的家，焕发出浓郁的崭新的生命气息。我想他们都是伯父所说的回来的人。他们的这次集体回家，明显是一次有组织有预谋的行为。他们紧紧围着我的伯父伯母，仿佛是想通过这一瞬间的热闹来慰藉伯父伯母因年迈与孤独而变得寒凉的心。而伯父伯母，此刻穿着儿女买的节日里的盛装，目光如镜，满面春色，就像年画里享受着幸福晚年的老人那样。

屋里的亲人们看到我，立即围了上来与我打着招呼。伯父忙起身迎我入座，吩咐着小辈给我泡茶，大声回应着我的祝福。他告诉我村里谁谁谁从外地回家过年，有哪些人给他拜了年；在外的人们谁谁谁升了职，谁谁谁发了财。——伯父对我用上了过去与村里在外工作的人交流的口吻，话语中明显夹带了大量的、不土不洋的书面词汇，并且有了十分激越的语气。说到兴奋处，伯父目光辽远，仿佛这世上有一万种美好可能，正沿着他目光的道路，被敲锣打鼓声簇拥着向着村子而来。

待了半晌，我以开车不能喝酒为由，谢绝了伯父伯母的晚宴邀请，起身告别。伯父拿着鞭炮跟着我。他要用这种故乡最高的礼仪送我，以示对我新年的祝福。

鞭炮声响起，我驾车遁去。从后视镜里我看到，我的故乡在一片浓烟中。一瞬间我竟觉得那些在村里活过的人们，此刻都在这浓烟里出没。每一声炮响，都是他们喉咙里对远方游子回乡的呼喊。

建房记

1

与留守乡村的人越来越少对应的是，乡村新建的房子不断增多。在野草丛生、土地大面积撂荒的乡村，到处可见崭新的、风格各具的、大多门上挂着锁的房子。它们的主人，当然是那些远走他乡的人们。它们的存在，一方面说明了城市化和新农村建设的成效，另一方面也证明了那些从乡村走出的人们，从来就没有真正从乡村退场。

我的初中同学刘知杰，是省城我的乡党中较早回家建房的人。

刘知杰在我们乡党中有着“刘嘉诚”的外号。因为他是我们在省城的乡党中最富有的人。十多年来他经营着电力设备的生意。这一生意随着城市的急剧扩张让他挣得盆满钵满。有一个数字侧面证明了他的财富：他在省城光房产就有数千平方米。

刘知杰的发迹充满了传奇色彩。他在我们一起上学的初中考上了小中专性质的省交通学校，毕业后分配到县车队做了一名汽车修理工。待了一段时间后，他觉得县城太小就来到了省城，通过交通学校老师介绍做了一家国营汽车修理厂的临时工。几年下来他并没干出啥名堂。那段时间他为了解决生计，晚上还去酒吧唱摇滚。——他的歌还真是唱得不错。后来赶上日本某汽车公司为扩大中国业务到中国招赴日学习的学员，刘知杰参加了发动机拆装比赛得了第一，被日方代表一眼相中，时来运转，他成为赴日学习的人之一。

两年之后刘知杰带着在日本积攒的一笔不小的款项回到了国内。他不仅挣到了他人生的第一桶金，还看清了自己的路。他依然待在省城，但是再也不去做汽车修理，当然也不再去酒吧客串歌手，而是买了一辆桑塔纳，办起了只有一辆车的驾校。几年之后，一个偶然的机缘，他成立了公司，进入了与房地产息息相关的电力设备行业，从此一发不可收拾。房地产扩张到哪里，他的生意就做到哪里。房地产商经常用手中暂时卖不掉的房子向他抵债，这就是他在省城有数千平方米房产的原因——那些原本边缘地带的房产，随着城市的扩张渐渐成为中心，他的财富因此又有了新的增长。

刘知杰成了在省城的赣江以西乡党中有头有脸的人。他整天开着奔驰车，游走于商人与官员之间。他经常告诉我们说，昨天跟谁谁谁在一起，今天要去赶着见谁。而他说出的人物，大都是我们只有电视里或者大型会议的主席台上才见得着的。他的着装，都有专门的公司进行打理。他的下巴，总是留着一小撮花白短须（据说也是形象设计师的建议，可以让人从人群中一眼认出他）。他的眼睛，总是射出热忱无比、精力无限、欲望蒸腾的光。

在城里积累了财富，回赣江以西他的老家东夏村建一栋新房子，给他尚在老家的父亲居住，也供偶尔回乡的自己一家人下榻，同时向故乡人提供阔达的证明，自然就是刘知杰的本分了。

可是刘知杰告诉我，他之所以回乡建房，并不是出于衣锦还乡的心理，而是来自父亲的催促。

这需从刘知杰的曾祖父那一辈说起。曾祖父辈时期的刘知杰家，是赣江以西了不得的黄金家族。他们兄弟五人，南来北往经商，与吉安府的大小老板都有生意上的来往。他们事业成功的标志，是在东夏村盖了五栋联排的阔气房子。房子顶上的马头墙高高耸起，好像空中列了一支气宇轩昂的马队。

然而后来他们都成了被打倒的对象，被打成了地主，被村里人斗得死去活来。联排的高头大马的阔气房子，被村里的赤贫户占住。昔日威风凛凛的他们，顿时成了忍气吞声到处赔着笑脸的可怜虫。他们的后辈，也因此受了很大的影响，他们有的愤而出走，去了别的地方落户，大多数依然留在村里，忍受着村里人的冷眼。刘知杰的父亲，天资聪明，可最终只读到一个高中就滚回了家中，参军、招工进厂、被基层机关录用想都别想，在村庄种了一辈子的地。那五栋联排的房子至20世纪70年代末全部归还，可是早年的气派已经不见，一栋栋漏雨进风、烟熏火燎，完全是燕子都不愿进去筑巢的破落模样。

几十年后他们的后辈刘知杰发了迹。他的财富，比他的祖辈加起来还要多。他的父亲就向他提出了在老家建房的要求。他父亲的理由是，他所有的好运气并不是他个人的造化，说不定是他的祖辈在天堂的保佑之功。他走的路，有可能是他的祖辈们没有走完的路。为了报答他曾经阔绰的祖辈，以及向他的村庄的人们彰显他们的历史，他应该回家建一栋房子。房子的地址，就在到现在已经完全破败的五栋联排房子的旁边。那里正好有一块大面积的地基，他的父亲早就惦记上了。

刘知杰应允了他的父亲。可是他太忙了。而且他对这自己基本用不上的房子根本没有兴趣。建房的事情就落在父亲身上。他把建房的资金留给了父亲，对父亲请人设计的图纸不加审视，让父亲按自己的意愿放手折腾。

房子终于建成了。在省城一次赣江以西的乡党们聚会的饭局上，刘知杰从手机里调出房子的照片给我们欣赏。我们看到房子是楼房，四层，高出周围的房子不少，最高层却砌起了现在很少见的马头墙，马头墙的造型比南方传统建筑的样子要张扬得多，仿佛那不是马头高扬，而是复仇的焰火燃烧。房子的墙体浑身涂了皇宫才有的朱红色，似乎是想在周围的房子中显示出威仪，却有一小部分又涂成了寺院惯有的黄色。整个建筑呈现了一种怪异的、混搭的、无厘头的美学。——它看起来并不比周围那些已有年份的房子崭新，反而因显得心思重重更加老迈。在这座房子旁边，就是他们祖辈盖起的五栋联排的房子，它们灰头土脸，表情坚硬冷漠，仿佛五座埋葬着陈年旧事的坟。

饭桌上，我们纷纷对着这既不像皇宫又不像庙宇的、刚刚建成就老态龙钟的房子照片打趣，让刘知杰哭笑不得。

2

我的另一个乡党李茂才，也成了回家建房的人。可是他建房的事情进展得并不顺利。我在老家的同学曾阳刚打电话告诉我说，因为回家建房的事，李茂才与村里的乡亲闹得很不愉快。

李茂才是我们省会同乡中的佼佼者。他是一个重要部门的负责人。他从大学毕业后分配在省会，凭着自己的努力和机遇从一个小科员一步步成长为在一个重要部门独当一面的人。他有对烦琐的事务强大的协调能力与自我控制管理能力。他有极好的人脉和不错的口碑。他是温和的，脸上总是浮现着亲切的微笑——那是长期担任领导职务的人惯有的微笑。

如此实力的李茂才，回乡想办成事情应是不在话下的。所以，当他想回家建房子，并且看中了位于村口的一块地基之后，他满以为自己可以手到擒来。为了得到这块地基他跟家乡县里和镇里的领导打了好几次招呼。他们都是他的朋友。他们都表示没问题。

与刘知杰为父亲建房不同的是，李茂才回家建房是为自己：他的家乡，赣江以西的金滩镇一个叫南岭的村庄，是个十分宜居的地方，那里林木葱郁，水清如镜，风景如画。而且，区位优势好极，离县城只有数里，开车从村里到县城中心只要一刻钟。从省会到县城不到一小时车程的高铁即将开通，而高铁站离他家只有数百米。他建房，不仅为了安顿他已年老的父母，也是为了让自己可以从容在故乡与省城之间往来，十余年后他退休，更是可以在这里长住。

李茂才雄心勃勃地开始实施自己的建房计划。可是他没料到地基出了问题。他的村里不少人站出来反对他在看中的地基上建房。他们的理由是，那是村庄的风水口。在村里风水口上建房子，将会妨碍全村人的运数——所有人都不可能答应。

李茂才恼怒无比。他认为所谓的风水口之说不过是无稽之谈，事情的真相是村里势力大的家族妒嫉他的成功，故意给他找茬，是通过这件事让他知道在他们村到底是谁说了算。赣江以西人多地少，资源短缺，解决问题的方式往往是用拳头。即使是同一个村庄同一个姓氏，人多势众的大家族往往欺负势单力薄的小门户。李茂才的父母只生了他一个儿子，属于典型的根脉不旺，李茂才的成长记忆里，他们家不知受了同村的大家族多少明里暗里的欺凌。这次的地基之争，不过是这种欺凌的延续。

李茂才早已不再是当年忍气吞声的弱小之辈。他已经足够强大。他的成功，也多少惠及了全村，比如这些年来，他通过自己的人脉让县里的领导拨了不少资金用于修建村庄的交通和水利。如今村里人如此对他，他觉得憋屈。他不想妥协。他再次找到县里和镇上当领导的朋友，可他们闪烁其词，那块地基的批文不知为何迟迟到不了他的手中。

——曾阳刚在电话里的语气颇为忧虑。他认为李茂才不应该和村里人一般见识。李把建房的事情卯定在这一块有争议的地基上并不合适。真担心他会因小失大，误了前程。他最听你的话，你能不能想个法子劝劝他？

在省城，我和李茂才走得比较近。因为他是曾阳刚的初中同学，而曾阳刚又是我的师范同学。我们又有着相同的从乡村到城市的经历。大概是认为我多读了一些书，能多懂些道理，我的话他总能听进去一些。我决定试试。

我与李茂才一起回到了赣江以西的南岭村。我看到村庄的村口有几棵大树枝繁叶茂，他看好的地基就在这几棵大树之下的一块空地上。从村口出发，有两条路一左一右通向远方。当我围着空地走了一圈，然后手遮凉棚对远方进行了一番眺望，我找到了劝他放弃地基的理由。

我对李茂才说，这个地方不宜盖房。原因是前面的两条路直射村口，在风水学上称作“穿砂”，十分凶险，如果房子在这块地基上建成，有如两把利剑插入心口，如此地势对一家人的健康及运数都会有不好影响，老人易失眠心悸，年轻人易肝肾损阳，主人会事业不旺，命里犯小人。

我进一步劝说，机关工作者应该隐字当头。而这块地方位于村口，十分显豁，无遮无拦的，容易招灾引祸。放弃它是最好选择。

我提出建议说，老宅基地经历了几十年的岁月沉淀，早就把对人的不利元素都消解掉了。建房最宜。

李茂才面色沉重，若有所思。我的心里是不安的。我不知道，我的这番漏洞百出的说辞，是否能改变他心中的执念，终结他与村里人的纷争。

几个月后，李茂才向我宣布他放弃了村口的地基，选择推倒他家原在村中的老屋来建房子。

他说，他要建全村最漂亮的房子，让那些暗中对他使绊子的人瞧瞧！

——我毫不怀疑他的决心和能力。他心思缜密，处事干练，是一个能办大事的人。我看过他要建的房子的图样。那是他与省城专业建筑设计师交流后设计出的图样。在纸上，它有着圆形的拱顶，门口是两根白色的威严的圆柱，三层的楼房，无论柱础、窗子都有着十分漂亮的欧化的装饰。整座房子看起来就像一座富丽堂皇的城堡。那城堡与赣江以西的建筑风格根本不搭，与我所见过的赣江以西的新旧建筑无一相似，倒像是欧洲某个乡村适合展示复杂故事的电影外景地。

3

我的姐姐和姐夫也要回村庄建房子。姐姐与姐夫的村庄叫罗江渡，同样在赣江以西，离我们的家乡下陇洲村只有三里远的地方。

我的姐姐20世纪60年代末生，比我大三岁。姐夫比她大两岁。与我同学刘知杰和李茂才不同的是，他们俩不是发达了的老总，或有头有脸的官员，而是地地道道的农民。20世纪80年代末90年代初，婚后的他们在家乡有过一段种地的日子。后来他们先后跟着同乡去了离我们家乡几百公里外的广东打工。姐夫初中毕业，学了木匠，就跟人做了室内装修，后来也零星做上了小包工头。姐姐没有读书，就进了毛织厂或玩具厂做普工。期间，他们的儿子和女儿先后出生，在孩子成长期间，姐夫出外打工挣钱，姐姐在家照顾老小。后来他们听从了我的劝告，拿出了大部分积蓄在县城买了一套小产权房。等到外甥结婚成了家，外甥女也成了人，他们买下的房子，正好成了在城里打拼的他们的立足之地。目前，外甥出门打工，他的妻子在家带娃，等于是重复了姐姐姐夫以前的路。眼看着自己已年过半百，姐夫和姐姐认为，是该考虑自己未来的时候了。

他们考虑的未来，就是离开城市，回乡村去，用在县城买房后不多的积蓄盖起一栋房子，供以后他们安度晚年。

他们告诉我他们的计划。他们十多年前已经在家乡盖了一层楼，后来听从了我的劝告，把本用来继续盖房子的钱在县城买了房子。现在只要在原来的一层楼基础上再加高就是一栋像模像样的小楼房了。

姐夫说，年过五十的人了，打不了几年工了。再过几年就再没有地方收留咱了。继续待在城里，只能坐吃山空。回乡下是唯一出路。

姐姐说，我们回乡下，种两亩水稻，两垄菜地，养几只鸡鸭，费不了多少成本，吃的喝的就全有了。水呀电呀都便宜，好活命得很。

姐夫说，现在国家搞新农村，交通呀环境呀那是比原来好无数倍，住在乡下跟城里区别不大。有事要进城也方便，搭车半小时就可以到。

姐姐说，城里的房子给两个孩子住着，自己要进城看病或其他事也有住的地方，两个儿女以后有孩子照顾不过来可以丢给我们，我们在乡下种出来的大米和蔬菜，还可以给他们尝尝鲜。多好。

姐夫说，都说现在乡下住着的都是老人。再过十年八年，我们不也就成了老人了么？老了就要落叶归根，就要住乡下呢。

姐姐说，乡下人少是少了点儿，可少有少的好处。这几年在城里，哪里都是人，看得脑门子晕，不习惯。

姐姐与姐夫一唱一和，脸上喜笑颜开，让人感觉他们说到的未来，是比蜜还要甜的生活，是比桃花源还要美的地方。

姐夫与姐姐说干就干。他们回到了乡下老家，购买了水泥、沙石和砖，请了泥水师傅，雄心勃勃地开始了建房的计划。他们经常拍视频给我看，让我了解他们的进度。我从视频里了解到，过了一段时间，房子的外墙砌起来了。又过了一段时间，房子的内墙粉刷也完工了。

建房子是一件十分辛苦的事情。视频里的姐夫姐姐经常是蓬头垢面，身上块块白浆。他们的身体，急剧瘦了下去。姐夫的双颊，更是凹陷得厉害。我知道是他们为了节省成本，同时也因为在乡下很难请到壮劳力，很多比如拌沙浆、挑砖块的重活儿，都是他们自己干。如此一天两天还行，长了肯定吃不消。每次在电话中说起要他们注意身体，他们都笑着说自己能撑得住。他们偶尔还会责怪自己说，这么多年没干重体力活，一身骨头怎么就养娇气了呢。

姐夫姐姐在接下来的房子装修上有了一点儿分歧。姐夫是个装修师傅，长年在广东给别人装修房子，这次临到自己，他想好好把房子装修下，自己的技术反正不花钱，还不就是多花点儿钱买材料，不然这辈子真是亏大了。姐姐却不同意，说日子还长着呢，该花钱的地方还多了去，以后老了哪有多少挣钱的能力，房子能住就可以了，能省的地方尽量节省。可最终姐姐拗不过姐夫，只好任由他折腾。他们吵架是必然的。可最终，他们还是完成了房子的建造。

姐姐姐夫很得意地通过微信把他们房子的外观拍给我看。我看到房子的不远处有老樟树枝繁叶茂，一看就是有数百年的树龄，虽是十二月，叶子的绿色依然饱满葱郁，显示着这块土地一直具有强大的生命力，他们的房子，从一层到二层全部用水泥粉刷了墙面，看不出它们之间新旧的色差，外观看起来跟有钱人家的房子没什么两样。

建好了房子，几乎花光了所有的钱，姐夫又去了广东，重新做起了装修师傅，在远方的城里兜售他的手艺。他和姐姐的意思是六十岁之前再好好打几年工，等手里攒下一笔可以养老的钱，然后就安安心心回到乡下，回到他们精心建起的房子里去，过适合自己过的生活，度他们觉得舒适的低成本的晚年。——毫无疑问，假以时日，他们完全可以心想事成。

4

父亲电话告诉我说，我们曾姓祠堂要开始修建了。具体修建事宜，由各房的代表组成的祠堂修建委员会已经开会讨论了不少次。

我们村有七姓杂居。按人口多寡排名分别是刘、孔、曾、张、罗、王、周，曾姓排第三。刘姓与孔姓都已经修建了祠堂。乡村自有乡村的规矩，修祠堂的规矩就是大姓先修，小姓后修。这次该轮到曾姓修建祠堂了。

有刘家和孔家在前面做出了样子，我们曾家的祠堂修建就变得简单得多。他们分别成立了祠堂修建委员会，我们也成立祠堂修建委员会，许多能说上话的能都列入了其中；他们用的图纸，我们也捡过来，请懂行的人进行局部修改；他们核算出成本，再按男丁为单位筹集资金，我们也核算出成本，按男丁为单位筹集资金。父亲在电话里说，委员会核算出来了，我们的祠堂修建总金额为一百多万元，摊到全村二百多名曾姓男丁头上，是每人四千元。我们一家五个男丁，要两万元。你和你弟弟商量下怎么出这笔钱。

——近些年，赣江以西的大多数祠堂，都重新修建过。它们大多建筑在村庄的显豁位置，或在村口，或在宽阔的路边。它们的美学风格，大概一致，门口是一个水泥砌成的牌坊，牌坊上都是清一色的清朝皇家建筑风格的蓝色纹饰。牌坊上的对联，几乎是用谜语一样的词组，书写了一个姓氏夸大其词的根脉。牌坊后面的建筑是砖混结构，建筑内的柱子上书写着只有该姓的人才能参透的意味深长的对联，书写着这一姓氏在数千年来的流变轨迹与古老戒条，里面空间大得足以容纳所有在世的子孙。

这是让我无比讶异的现实：一方面是几乎所有青壮年都离开了村庄，在外打工捞金，然后把自己多年的辛苦积蓄投入到县城去买房居住，却在自己的故乡，舍不得投入一分钱用于扩大农业生产与新技术开发，另一方面，他们对血脉的崇拜又到了极其迷信的程度，似乎时代越是呈现出漂移不定的本质，人们越有漂泊无依的命运，就越需要通过对血缘的确认来验证自身的存在，世界越是寒凉，人们越是需要在血脉中拥抱以获取足够的暖意。

每人四千元是一笔堪称巨款的款项。如果是政府收取提留或者用于其他方面的集资，一定会招致相当程度的反感。可是以祠堂的名义来收取这笔钱，几乎所有人都觉得理所应当。据说祠堂修建委员会认真讨论了以吸收捐款的方式来筹集资金的建议，比如通过在祠堂门口刻碑认捐的方式让在外面办企业开厂的人踊跃捐资，以减少平均摊派的金额，减轻许多经济并不宽裕人家的经济压力，可最后被大多数人否决，理由是在祖宗面前应该是人人平等，不管贫富老少，不管事业成功与否，所承担的款额必须完全一致才是妥当。

我和弟弟经过商量凑齐了两万块钱，由父亲交到了祠堂修建委员会管着经济的族人手中。推倒了旧祠堂，在祠堂原有的地基上垒砖砌墙，我们曾姓祠堂的修建工作在稳步推进。在县城生活的父亲又找到了他生活的乐趣，几乎每过一段时间就向我报告祠堂修建工作的进展。

几个月后，我们曾姓祠堂的修建大功告成。祠堂无论外观与内饰都与村里的刘姓和孔姓祠堂不相上下。祠堂的中间，摆放着一副方方正正的花岗岩石块，石块上刻着一个拱手作揖、胡须修长、衣袂飘飘，据说是我们两千多年前共同的祖先曾子老汉的简笔肖像图。祠堂上方挂着一幅书写着“忠恕堂”三个大字的匾额，是老祠堂留下的唯一老物件。祠堂两边还有可供办红白喜事的厨房，厨房里用几个箩筐装着刀字纹青花碗和瓷盘，是本族用筹集的资金置办的族产。

——曾姓祠堂建成后，祠堂修建委员会组织举办了落成典礼。曾姓出嫁到外地的女子都收到了请柬。她们带着不菲的贺礼，纷纷赶来吃酒，据说场面十分热闹。那些已经分散天涯的曾家姐妹因此有了难得的见面时刻。据说有人在祖宗面前抱头痛哭（那多是一些早嫁的长辈），有人相见欢喜。我的姐姐和妹妹回到老家喝酒后，分别加入了有人组织的曾姓女子微信群。她们相约在微信里相见，并且发誓说永不分离。

她们的名字与礼金多寡，关系到她们娘家人的脸面，被书写在红色的纸上，贴在祠堂门口的墙上，供往来的人们对比参阅。那是一笔不菲的钱款。据说关于这笔钱如何处置，祠堂修建委员会早有决议，就是作为族产的一部分，委托专人保管，以应对整个宗族随时可能的大宗支出。

5

有一天父亲突然问我和弟弟，你们兄弟俩要不要回家建房子？

父亲深思熟虑地向我和弟弟一一列举回老家建房的理由：现在乡下到城里的交通方便了，路变好了，车变多了，回家更方便了。国家为搞新农村建设给老家拨了不少钱呢，老家的生活条件正在一天天变好，住在老家跟住在城里一样舒坦。老家正在搞规划，拆旧建新，许多在外面的人都回去批了地基，盖了新房。你们兄弟难道不应该回去建一栋房子？

父亲说，俗话说得好，九江鱼儿归九江。别看乡下现在冷清得很，可有谁能保证哪一天不要回老家的？老家是你们的根，生不回死要回。没有房子，怎么回？

父亲说，一个人再有本事，在外再怎么会折腾，在老家没房子就是个破落户。在老家有一栋漂漂亮亮的房子，那才是真正的体面与风光。

——父亲是在我和弟弟合资在县城购置的供他和母亲养老的房子里给我们说出这番话的。几年前，父亲要我们给他在县城买一套房子。他的理由是老家医疗条件不好，村里没有医生，感冒咳嗽要走三里路去小镇上才行。村里也没有了屠户，吃个肉也得去三里路的镇上。亲人们都去城里了，老家人越来越少，有时隔几栋房子都见不到一个人……想不到几年过去了，父亲说的是与过去完全相反的一套说辞。

我们在老家并不是没有房子。20 世纪八九十年代，父亲建了一栋两层楼的房子。那房子建后欠债不少，很大一部分是我帮他还的。我们曾经在其中居住多年。可父亲认为，它的样式已老旧，质量也不行，不够格称作他所说的“房子”，当然不能作为我和弟弟在外“体面风光”的证明。

父亲说得振振有词，我和弟弟默不作声。一等他说完，我们就赶紧把话题岔开。我们以为在这个话题上父亲不过是有此一说，可接下来，他老人家不依不饶，大有死缠烂打的劲头。

父亲动不动就对我和弟弟挑起回老家建房子的话题。他会在饭桌上说起老家新辟的地皮上哪些人批了地，哪些人在建房，那些房子的结构怎样，外观怎样。如果说到批地建房的是在外工作、打工或开厂挣了钱的人，他就明显加重了语气，明显是暗示我和弟弟他们可以作为学习的对象。他会在客厅一家人看电视聊天的时候，突然说道，我们村谁谁谁生了几个儿子，在老家一共建了几栋房子，并且语气里毫不掩饰艳羡之心。他会在电话里，拐弯抹角地告诉我老家新村建设的进度。他会当我们的面数落来家看望他的已经在县城购房居住的妹妹，老家没建新房子以后她的两个儿子怎么回老家，她的一家在村里怎么抬得起头来。“要不要看看后头。”他这么警告妹妹。我和弟弟都知道其实是说给我们听的。他显然对我和弟弟的装聋作哑已经忍无可忍了。

可我和弟弟一直没有接父亲的话茬。我从来没有想过要在老家建房子。我的同学刘知杰、乡党李茂才回家建房的事实并没有对我构成触动。回老家盖房子，不是一个小数目，没三五十万拿不下来。我的收入并不算太高，除了工资就是稿费，必须精打细算才能把日子过好。再说了，房子是用来住的，我们到老家盖房子给谁住？父母是不可能回去了，他们已经适应了县城的生活。他们和我们已经在他们养老这件事上达成了一致：医疗和生活方便的县城是他们最好的养老之地。我的孩子目前在外省读大学，以后继续深造、就业、婚姻哪一件都跟老家不搭边，她不会有长时间留滞家乡的可能。我离退休还有十余年时间，短时间内也还没有必要考虑退休后的去处。即使以后真要回老家住，父亲当年盖的房子稍稍拾掇就足以让我栖身。住在其中我丝毫不会感到不体面不风光。当然房子除了住还有一个属性是不动产，在物价不断上涨、货币不断贬值的今天，房产是最有可能保值乃至升值的固定资产。可那仅限于城市。目前我还看不出在老家建房能有什么升值空间。我有那么多钱，还不如在我所在的省城郊区买一座小公寓呢，急用钱的时候分分钟可以变现。回老家盖房子，就等于是把三五十万放地里挖坑埋了。

弟弟应该也没有在老家建房的想法。他的两个儿子还小，未来尚未可知，还不到为他们在老家做打算的时候。他现在在东莞某镇购房定居，并且办着一家小彩印厂，目前制造业的不景气让有百万贷款的他喘不过气来，他还不能像一个有钱人一样去谋划怎样让村里人觉得体面和风光。再说，弟媳是外省人，她对我们那个偏僻破落的老家并没有多少认同感，她怎么会支持弟弟把刀刃上的钱丢在与她并没多少关系也看不出有啥美好前景的村子里？

父亲却不管不顾。他步步紧逼。他总给我们说要考虑“后头”。这么故弄玄虚的词似乎在他心里有着无穷的威力。看着装聋作哑已经不行，我与父亲认真谈了一次。我从经济学、社会学角度说出我不在家建房的理由。我告诉他说虽然我对我生活了二十多年的老家与他同样怀着深厚感情，可并不代表我要把房子建在老家，我热爱故乡可我并不表示要在我条件不成熟的情况下把钱撒在那里。他所说的“后头”，并不在我的计划之内。如果我以后有建房需要，我自然会建的。弟弟是否要建房，也是弟弟的事，做父亲的最好不要把自己的意志强加给他。

父亲找不到理由反驳我，他说不过我，但显然我也没有说服他。有一段时间没有听到他说要回家建房的事，可是他明显闷闷不乐。

我只有由他去。我没法满足他——没法花几十万元去满足他那点小小的虚荣心。当然他的心思远不止虚荣心这么简单，是什么我也一下说不清楚。可话又说回来，说清楚了又能怎样呢？

但未来，我会不会也回老家建房子？随着年岁增长，我会不会改变现在的想法，被父亲所说的“后头”纠缠得寝食难安，像我的同学刘知杰、李茂才一样，在自己生活过二十多年的土地上，建起一座属于自己的房子，以安顿自己在俗世中无比疲惫衰老的肉身，或者仅仅锁在那里，成为我存在于故乡的证明？

我不知道。

6

村里的支书李喜兆有一天在微信里告诉我，村里的塔建好了，村委会邀请了许多在外的年轻人回来，在中秋之夜一起举行烧塔的仪式，大作家你能不能回来热闹热闹？随后，他把几张建成的塔的照片发给了我。

那是一座崭新的红色砖塔，建在村子西边的空地上。塔高有两米多，塔身通过砖块的有机堆砌造成了镂空，塔顶上是一根下粗上尖的金属条，金属条因镀铬在阳光下发出白亮的光。金属条的中段有一个球状物。整座塔有着混搭的装饰意味。

——赣江以西的大小村庄的显豁处，到处可见这种崭新的红色砖塔。它们让整个赣江以西的乡间充满了一种载歌载舞喜气洋洋的气息。可我知道，那不是赣江以西文化里的固有之物，而是已经消失了的瓦塔虚张声势的替代品。

赣江以西的中秋节流传着一个特别的习俗，那就是烧塔。那是由孩子们主导的一项活动。先是由孩子们到村庄四周收集残破的瓦片，在村庄的空地上将瓦片一层一层地垒起，建起一座一米多高的圆锥形瓦塔（投柴口用砖头砌成）。黄昏时分，孩子们会不约而同地早早到某个地方集中，然后列队到各家各户门口唱着祝福的歌，为的是乞得可做燃料的稻草。那几句歌词至今印在我的心里：集秆集一把，养的猪儿好大一只；集秆集一捆，养的猪儿成一吨。得到祝福的女主人听到孩子们的歌唱，一般都会笑嘻嘻地从家中拿出成把成捆的稻草送给孩子们。（如果主人迟迟不给或明显拒绝，我们在离开前就会换唱另两句词："集秆集不到，养的猪儿用辣椒炒。"这句词无异于咒语，因为在赣江以西，只有病猪死猪才用辣椒炒着吃。）

孩子们乞来的稻草成山堆在瓦塔旁边的空地上。月亮升起来，孩子们就点燃稻草，塞进瓦塔的烧柴口。持续的投柴将原本黑色的塔烧得红彤火旺，焰火蒸腾，形成了十分魔幻的视觉效果。这种完全由孩子主导的游戏的高潮部分，是边烧火边将大量的米汤泼向瓦塔，瓦塔上的火焰因米汤的浇泼冷热相激而变得更加恣肆升腾，瓦塔顿时就像是一个有生命之物，一个由隐匿的神灵主导的物体，用形状变化的焰火向着月光洒落的大地和天空发出祝福的言辞。而将米汤浇泼到瓦塔之上，也是这个古老游戏的重要程序之一，据说此举可以让正在燃烧的瓦塔黏合稳固，而中秋之日的瓦塔稳固屹立，会给村庄的来年带来好运。每次烧塔的完整过程，大人们会自始至终在满月之下围观，为的是为自己讨一个好的彩头。

若干年后，稍有些见识之后，我对童年时热衷参与的中秋烧塔活动有了别样的理解：这一由孩子们主导的古老游戏，其实有着丰富的解读空间。塔自古以来是一个关于精神的物象，本是寺庙里的建筑，赣江以西流传的烧塔习俗，很可能隐含了信仰的意味。塔由废弃的瓦片砌成，瓦是建筑的基本材料，是家园的象征，每一片废弃残破的瓦片，都有可能栖着一颗曾经在瓦下生活过的人的灵魂。中秋烧塔，乃是为了在这人鬼神共享的月圆之夜，用火焰去温暖、慰藉那些曾经在这块土地上生活过的亡灵，向护佑这块土地上的神灵致意。之所以让孩子们主导这一极具仪式感的活动，是因为孩子最具灵性，最适合做人鬼神之间的使者。围绕着燃料乞讨的成败唱的祝福和诅咒之歌，都以猪为重要衡量单位，是因为猪是家的原始构件，“家”的字形就是房屋下面卧着一头猪。猪肥，自然家旺，烧塔也就含有了祝福家园年年五谷丰登、代代传承的意思了。塔烧至最后浇泼米汤，既是利用了米汤里的黏合成分，也其实有着对粮食丰收的祈望。中秋烧塔，既是童话，却有着强烈的宗教才有的仪式感；既是游戏，却不无成人世界对苍天的吁请，对命运的敬畏。既是诗歌（如水月光让整个大地如同白昼，古老的村庄里，人们围着一个火焰熊熊的瓦塔，火光映照着一张张充满稚气却又无比庄严的脸庞，整个画面就像诗歌一样美），同时也是关乎生与死、瞬间与永恒、游戏与宗教的哲学叙事。

可是随着村里的人们纷纷外迁，如此源自久远、需要许多孩子参与的习俗当然难以为继，中秋节不烧塔已经很多年了。不甘心的人们并不想让如此美好浪漫的习俗失传，就想出了一个法子，把游戏的主体变为大人，把每年临时搭建的瓦塔变成永久性的、比原来大了好多倍的红色砖塔。这些砖塔都立于村庄的显豁位置——或者在村口或者在村庄的大的空地上，成为村庄似是而非的部分——村庄崭新生长的部分。

我们村的塔是今年建成的。建塔大约花了五万元。我们村集体经济并不富有，这部分资金从哪里来？支书李喜兆告诉我，为了筹集资金村委想了一个法子，建了一个在外年轻人的微信群，他们在群里把建塔的事儿一说，没想到得到了童年时都在村里烧过瓦塔的大伙儿的一致响应，他们纷纷几百上千地捐款，不一会儿资金就全到了位。建塔的时间并没有花去多久，村里请的是已经给很多个村庄建过塔的施工队，他们熟门熟路，建筑质量也因此有了根本保证。建塔的地址挑在村子西口的空地上，塔的西边，是波光粼粼的水塘，然后是记忆里绿油油但至今完全荒芜的田野，田野再过去，就是退耕还林后植被疯长的山林。中秋快到了，刚建的塔第一回烧，在外的年轻人都在群里相约回家，村支书李喜兆想借此办成一个聚会活动，就联系我，要我回家。

可我没有回家。我被其他事儿绊住了脚。

中秋那天，村里如期举行了烧塔仪式。我在许多同村的微信好友朋友圈里看到了这一活动的盛景。

——我看到月光如水倾泻，古老的村庄施洗如婴。我看到砖塔火焰熊熊，远远超过了童年时的光焰。那些从外面赶回的人们，在塔前跳跃、奔跑。他们从外地买回的烟花不断在空中炸开，村庄因此变得无比绚烂。

省略了乞讨燃料的歌声，省略了瓦片与米汤的介入，没有孩子们的主导，故乡的中秋节，唯有火焰依然熊熊，月亮依然朗照。在月光、火焰和烟花变化的光焰面前，我看见我的村庄，已经长时间并无多少人居的寒凉无比的村庄，显得无比喜庆、诗意、温暖和尊贵。哦，她多像祝福声中戴着银项圈的孩子！

我看见那些围绕在塔前的人们，那些在我的记忆里依然是少年的人们，在火焰的映照下，都显得满面苍老，仿佛历经了沧桑。他们的奔跑跳跃，并非源自游戏，而是因为命运的暗示，仿佛他们是古老的巫者，正借着火焰与月光的媒介，为渐行渐远的、诗意的、曾经人声鼎沸的乡土招魂——毫无疑问，在这月光朗照的夜晚，有隐形的人，从不远的宗祠、庙宇、墓地或者废弃的瓦片上起身，赶来加入到他们的队伍之中。他们或是我们的先祖，或是不祥的鬼魅，或是千百年来护佑我们的神灵。

第三辑

他乡

高考记

1

我疑心我的女儿虫的眼睛里新长出了一层阴翳。因为我发现她看人和物，远不像过去那样清澈、活泛，而是充满了成年人的忧心忡忡。她总是不由自主地皱起眉头，好像在很费力地等着前方的影像一点点地变清晰。我担心她是患上了近视。可她的回答是否定的。她说她们前不久还进行了体检，她的视力是 1.5。

我的女儿进入 9 月之后就开始发生了许多变化。她不再读小说，不再像过去，动不动就在饭桌上摆出一副与我讨论马尔克斯、博尔赫斯、卡尔维诺、奥威尔的架势。她也不再爱看电影，虽然过去，她是一名资深的影迷，对世界电影明星、奥斯卡金像奖、戛纳电影节什么的如数家珍。她拥有两大本包括莱昂纳多与贝鲁奇在内的影星们的签名照片，那是她向全世界的影星们写信索要的成果。她不再与动物们亲近，闯入家中的蟋蟀和路上的蚂蚁，她再也不闻不问，远不像过去，她迷恋与生物有关的一切，正经研习过数十本关于生物学的书籍，熟悉无数动物的生活习性，出门在外，一个蚂蚁窝就可以让她待上半天……

她不再要求出门旅行、去书店购书、去肯德基吃炸鸡、去艺术中心欣赏音乐剧，不再故意饶舌、做鬼脸，不再五音不全地唱着宋冬野的摇滚……她把自己捆绑在学校与家之间只需十分钟的路上。她让自己钉在家里的书桌前。她总是陷入沉默，唯有笔在手指头上转动不已。她的面前，永远是一叠厚厚的试卷，她的周围，全是作业、文具、课本、练习题、全攻略、一点通等等。

我叫着她，试图与她攀谈。我用十分亲切甚至起腻的语气叫着她，希望能得到过去那样的甜蜜回应。她的头从试卷上抬起来，可是我却从她惶然的眼睛里看不到我。我看到了她的瞳孔里上演着我所陌生的影像。一层阴翳，蒙在了她的眼睛表面，阻挡了我与她的对视与交流。

我知道那阴翳的来历。我也知道它的学名。它叫高考。

2

这是大年初一，这应该是与父母家人在家欢乐团聚的时刻，可我却在路上。天地间阳光正好，空气中洋溢着一股浓浓的年味儿。几乎没有车辆，路上空空荡荡。是呀，谁会大年初一驾车在路上奔跑呢。

我的车上坐着妻和虫。被高考催逼着的虫。从后视镜里看到，她的耳朵里塞着耳机，嘴里发出一个个英语单词。她在练习听力，复习英语。她凝神思考的样子，好像她不是坐在车里，而是在家里的书桌前。年于她仿佛并不存在。

而几日来，她其实是以年为敌的。快过年了，老家做喜事的多了。农历十二月二十八日，她的外公做七十大寿。我们从南昌回到了位于赣江以西的老家，为他祝寿。虫无疑懂得为外公祝寿的重要。可是祝寿的场面过于热闹，亲人们堆满了屋子，没有一寸安静的地方，她自然是无法看书写字。我看到她脸带微笑回应着亲人们的问候，却在无人的时候皱起了眉头。

第二日，我们回到了离她外公家四公里远的爷爷奶奶家——下陇洲村。为了让她能安静学习，我给她安排了一个楼上的房间，找来了我小时候读书用的桌子和椅子。我们以为她能对她的祖籍地有一定的认同感，能与老家的年和平共处，能做到在老家过年和学习两不误，可是我们错了。

她满脸悲愤地走下了楼。她说年没法过了。一个快过年的老家，到处乱哄哄的，两个侄子经常上来敲门，隔着一栋房子的马路上摩托车一辆接一辆，轰鸣声大得吓人，她一页书都看不下去。从昨天到今天她都浪费两天了，如果继续待着就要继续浪费下去。这怎么可以！你知道两天可以刷多少张卷子么？你知道现在离高考还有几个两天么？年每年都要过的，可是一个人一生高考只有一次你知道么？回南昌吧，求你了爸！

立即回南昌，这怎么可以！陪父母过年，于我们是与虫高考同样重要的事情。费尽了口舌，我才把她劝住。这样就到了大年三十。老家巷落里依稀响起了鞭炮声。年已经近在眼前。这是人人高兴的一件事儿，可她是愁怨的。除夕的团圆饭无比丰盛，可她几乎没什么食欲。我们看着她强装欢颜，对着长辈马虎了事地说着祝福的话语，真是难受极了。

大年初一，我们草草向家乡的长辈们拜完年，就匆匆发动了汽车的引擎。我向年老的父母说着抱歉。颇有几分不安的父母点燃了鞭炮。——那专用来祝福虫高考准备的鞭炮是父亲精心挑选过的。

我们绝尘而去，奔向女儿的高考。

3

前面的黑板上，用白粉笔黑体写着离高考 103 天的字样。后面的学习栏中，贴满了大概是学生们自己制作的清华、北大、浙大、复旦等名校的校徽——这当然是老师用来激励学生的伎俩。座位上，坐满了许多和我同龄的人。我们的身份是家长，现在正开着家长会。

老师们依次开始了演讲。他们的演讲风格，各有不同，有的轻言细语，有的语速迅疾，有的和颜悦色，有的一本正经。可他们的表情，集体凝重，如临大敌。他们所说的，无非是自己所教科目学生们的表现，最近考试班级排名情况，在离高考百天里，家长们应该注意的事项，等等。我看见老师们在提到所教课目有进步孩子的名单时不少家长都面有得色，而提到退步孩子的名字时，教室里有人不由得勾下了头。不过这种情况并没有保持很久。所有人都恢复了正常——还有一百多天，谁知道谁才会笑到最后呢？

最后，一直含笑站在一旁的班主任走上了讲台。她是位并不年轻的女士，身体干瘦，疏于妆扮。关于她的故事早在家长间流传：她足够敬业，是学校里的骨干，长期是高三把关老师，曾经为了教学，把恋爱、婚姻一推再推，至今孩子只有一岁。她肯定是为今天的家长会精心做了准备（可她没有对自己的仪表进行任何的修饰）。在演讲之前，她打开了电视设备。

电视屏幕上的一张张照片里，学生们一齐走上了街头。他们穿着整齐划一的校服，与交警、协警一起在一个个路口维护着交通秩序，并且拦住一个个路人，向他们进行有关交通规则的采访。班主任在旁边解释说，那是她设计的一个户外课程，目的是让孩子们减压。

然后她开始了演讲。她不断地夸赞她班上的学生，夸他们懂事、勤奋、聪明、乖巧，善于沟通和协调。夸他们一个个都非同凡响，身怀绝技，好像她的学生，都是未来的比尔·盖茨、华罗庚、钱学森、周华健（我由此怀疑她是周华健的粉丝）。她说她以他们为傲，她的生命因他们而充盈。

她说着说着竟哭起来。她几乎不能继续她的演讲。她的嘴里只是在重复着说，他们都特别棒，他们个个都是好样的，我对他们充满了信心，毫无疑问他们都将考到全国最好的大学……

我们走出了教室。也许是被老师们的表情所传染，我们一个个表情凝重，如临大敌。在走廊上，原本陌生的我们忍不住交头接耳。大家都说，老师们太不容易了。

4

每晚九点，我和妻，有时候是我们中的一个，有时候是我们俩，会守在一盏离家不远的明晃晃的路灯下。——路灯的后面，是一个车辆众多、灯光昏暗的十字路口。路灯的前面，是一个繁忙的地铁口工地，装着巨大的搅拌机的工程车横冲直撞。路灯的更前方，就是虫就读的学校。虫每晚都要在学校上晚自习。每晚放学后穿过这么复杂的路，老实说我们不放心。

也许我们并不仅仅是不放心，我们也愿意以这样的方式，陪伴着不远处的虫。她在那个灯火通明的青春城堡里，寒窗苦读，挑灯夜战，我们愿意以这样的守候，来分担她的苦。

高考将近，当我们想到，相伴的日子会越来越少，这样的守候，顿时就增添了仪式之感。比如我会经常穿着一件黑呢子大衣，原因是她认为，我穿着它时最帅。比如我会久久向不远的那座青春城堡行注目礼，似乎是要帮着虫记住她的光和影。我们会对路灯旁的那棵景观树格外留意，因为我们会认为，在我们守候的时段，它的每一片叶子的荣枯都富有情意。

远远看到骑车或走路的虫，我就会跳起舞——或者是虫教我的一种简单的踢踏舞步，或者是几个夸张的滑稽的动作。虫大多数时候会笑一笑，偶尔会骂我一声“神经”。她的笑让我欣慰。我想，她笑了，就意味着沉浸于题海中的她从我的搞笑动作中获得了轻松一刻，意味着疲惫的她真切感受到了来自血缘的支持。

远远地看到无数个放晚自习的孩子们。他们都穿着虫的学校统一的英伦风格的校服。那大衣款的校服一群群走在夜晚的路上，让人觉得他们是一群练习飞翔的大鸟。他们会在不久的将来一起找到自己满意的航线吗？

5

我站在菩萨的面前。——那是老家一座叫天玉山的山上寺庙里的菩萨。清明，我独自回到了赣江以西的老家祭祖。然后到县城约见同学、朋友。有朋友把我带到了这里。朋友介绍说近几年寺庙十分灵验，只要心诚，一定有求必应，所以香火极其旺盛。今天正好是菩萨的生日。朋友上山，是特备了香火，向山上的菩萨求福。

天上下着小雨。山有些海拔，越到高处，雨越大，气温越低。

我觉得冷。山路上的行人和车辆络绎不绝。及至寺前，但见香烟弥漫，鞭炮声炸天。菩萨的面前无数的信众跪成一片。烟雾与雨雾缭绕中，我看到寺中的菩萨，宝相有失庄严，其眼耳口鼻不成比例，撒上金粉，完全是一副乡下改不了粗野的暴发户模样。可以想见这是来自乡下泥匠的手艺。

无须隐瞒我是个颇有阅历的人，我拜访过诸多名山大寺，而且我于这座山不过是个路人，是朋友临时把我带到山上的。我还是个无神论者，我从没有跪过任何一尊佛。按理此刻我只需袖手旁观，等着朋友求佛完毕即可下山，可我做不到心无挂碍。我有此刻无数向菩萨下跪的人心中同样的虚弱。我的女儿正值人生大考之际。她的高考成败关系到我全家的命运。我的家庭正处于重大的关隘。在菩萨面前，我心里念着：菩萨呀，请保佑我的女儿，考上理想的大学，让她的青春没有苦厄，让我的家庭能够安然渡过难关。

许是山上的寒气太重，从山上下来，感冒袭击了我。我冷，浑身发抖，面色发青。按理我应该沮丧才对。可我并不以为意。我甚至有点儿放了心。我想是菩萨显了灵向我发了力。他借此告诉我，我许下的愿，他是听见了的。

6

每天晚上，妻都要打开电脑，与虫的同班同学的家长们相会在QQ里。不知从什么时候开始，同一班的学生家长们背着孩子们建起了一个QQ群。在群里，他们都没有名字，孩子的名后面加上爸爸或妈妈，就是他们的称号。他们也没有面目，即使在一起开过家长会，除了少数家长，我们很难与他们的称号对上。可每到晚上，他们就像约好了似的相聚在QQ群里，老朋友一样郑重其事地讨论与高考有关的话题。高考，让原本素不认识的人们，成了同仇敌忾的盟友，患难与共的亲人。

他们在群里讨论的话题五花八门，比如最新的一套以“全攻略”命名的模拟试卷的购买地址，适合孩子们高考前补充营养的食谱（每周末我们必开车去离家不近的碟子湖大道上的清真寺门口买新疆人宰杀的牛羊肉。关于此处有全市最好的牛羊肉的消息，就是妻从群里得来的），孩子们每次模拟考试的成绩排名（排名靠前的孩子家长自然就得到了祝贺，排名下滑的也相应会获得安慰），今年相关科目考试重点的猜测，历届高考状元的考前经验，家长与高考前孩子的相处之道……

在他们的讲述中，孩子们的临考状态也是千姿百态。有的孩子晚上会说梦话，表面温顺的孩子，梦里会说着诸如“杀了你，杀了你”的狠话，只是不知道，他在梦里何以怀着如此深的仇恨，要杀的那个人又是谁。有的孩子会说着与题目有关的话语，似乎梦里依然在刷着试卷。有的孩子与父亲的关系恶化，有一个晚上甚至扬言要离家出走，被母亲死死抱住并反复劝说才慢慢冷静下来。有的对父母郑重其事地说要放弃高考，原因是他对高考这种形式已经厌恶至极。有的正陷入失眠的苦恼之中，总是到半夜也难以入眠，睡前喝牛奶和热水泡脚也不见效，家长在群里问怎么办才好。有的在家里不爱说话，父母百般问询也不置一词，不知道孩子心里在想些什么，让人徒然担心……

离高考还有一个多月时间。如履薄冰的家长们在群里相互打气：加油啊大家。忍耐吧同志。苦日子快熬到头了。

7

可我们还是听到了不好的消息。晚饭时，虫告诉我们，本市某某中学一名高三的学生自杀了。

虫说，那学生上课时突然从座位上跃起，冲出了教室，跨过了教室外的走廊护栏，身体落在了五楼下的坚硬的水泥地上。

虫说，他的头先着地，流了好多血！

虫说，太可怕了！真是太可怕了！

——从 9 月以来就变得沉默寡言的虫一下子说了好多话。她的语调比平日快。从她的表情判断，她受到了轻微的惊吓。有一种不好的情绪在牵扯着她，而她出于本能，想挣脱出来。她的神态，隐约有了挣扎的痕迹。

我们对这消息并不陌生。整整一天，我们的手机短信、微博及 QQ 都充斥着它。关于这件事的原委，许多人的解读不一而足：有人说他是单亲家庭的孩子；有人说他长期受失眠折磨，终于到了无法忍受的程度；有人说他的成绩本来不错，可是最近几次模拟考试成绩排名连续下滑，他拒绝接受这样的结果，却选择了如此激烈的方式；有的说，当时老师批评了他几句——他本已不堪重负，老师的批评，成了压死他的最后一根稻草……

他的死让我们悲伤。英国宗教诗人堂恩说："没有人是一座孤岛 / 可以自成一体 // 每个人都是大陆的一片，整体的一部分 / 如果海水冲掉一块，欧洲就减少。"现在，我们都站在那片叫作高考的陆地上。我们要防止这块大陆上更多的坍塌，防止他的死亡之血继续扩散，并给我的孩子造成精神上的血晕——为了搬移孩子们头上任何压负的阴影、重物，我们必须全力以赴。

我向她开始了表面漫不经心的宣讲。我批判自杀者的鲁莽轻率。我强调生命永远大于高考——多少人没有通过高考的窄门，可一样有了成功的机会。我认为生命的真谛不在于得失，而在于给予——给予社会多寡，才是衡量一个人的价值所在。过于看重得失反而容易让自己的格局变小，患得患失往往是无数心理疾病的源头。我告诫做儿女的应该也要站在父母的角度想一想，对父母来说，儿女的平安远甚于成功与否。他的生命何尝是他一个人的？他纵身跳下一了百了，可他的父母亲人以后该怎么办……

我力求说得若无其事又语重心长，以免说教味太浓招致她的反感。我承认这有一定的难度系数。我掌控得不够好，及至后来，我都觉得我有些啰唆了。我想对她展开告诫，可我发现我充满了告饶。虫并没有说话。她接受我的劝告了吗？

8

必须让家中保持绝对的安静，以让虫能安心复习和做题。我们很早就关掉了电视，虽然妻是狂热的韩剧粉丝。我们打开电脑，但把声音掐死在喇叭里。我们让手机调到振动，一有电话迅速躲到卫生间小声接听。我们把客人堵在门外，请月亮升起在窗前。我们甚至尽量减少在家中的走动，深感灯光下自己的影子都显得多余。

必须有丰富的营养，才能保证孩子应对高考的体力。我们的饭桌上，轮流做的是虫喜欢吃的红烧牛肉、红烧排骨、啤酒鸭、清蒸鲫（桂）鱼、山药排骨汤、肉饼莲子汤和时鲜蔬菜。茶几上，摆满了苹果、梨子、猕猴桃、桃子、李子、哈密瓜等时鲜水果。储藏柜和冰箱里，奶粉、酸奶、蜂蜜等食品挤得满满当当。妻常为如何做出一顿好饭菜操碎了心。而我，热衷于扮演着采购员角色，大包小包地把食物拎进了家门。

我减少了出门应酬的时间，为的是与虫一起备战高考。我改变了经常酒气熏天的形象，为的是让家中的气息更加清新平和。我们细心地给家里养的植物浇水，是希望它们陪着虫一起成长。我们把没看完的书放进书架，把脱下的衣服放进洗衣机，努力让家里变得井井有条，是为了让整个家，看起来更像个模拟的考场。

夜色已深。我捧着泡好的牛奶，看着虫喝下去，然后轻轻带上了房门。躺在床上，直到看到虫的房间的灯光熄灭，我们才放心地睡去。

9

妻穿起了她难得穿上的旗袍，戴上了她生日时我送给她的红珊瑚项链。惯于素面朝天的她甚至还涂了口红描了眉。虫则穿着休闲的夏装，在她的母亲面前仿佛是个跟班。而其实今天的主角是虫。因为今天她要奔赴考场。妻的打扮，是尊崇人们口耳相传的高考服饰美学，旗袍和红珊瑚，取“旗开得胜”“鸿（红）运当头”的寓意。

高考终于来了。清晨我们被精心设置的闹钟叫醒。我们刷牙、洗脸、吃着早餐，竭力让这日子看起来跟平日并无二致。可我们都心照不宣：该来的终于来了。所有的努力都要在今明两天得到检验。它是福还是祸，我们不得而知。然而既然它无法回避，我们唯有精神抖擞地去迎接它。

家离学校不远，可我还是发动了汽车的引擎。天热，我不希望第一场考试虫进入考场是汗水涔涔的样子。我希望她是轻松从容的。——虫放下了车窗玻璃，眯着眼睛，让风吹拂着她，完全是一副假日之中的模样。从后视镜里看她的脸色，昨夜她应该没有失眠，她的临考状态是不错的。我们都稍稍放了心。

路上到处都是警察。地铁口工地已经停了工，原本横冲直撞的工程车此刻整齐地停在工地，就像乖顺的羊群，或者慈悲的长者。惯于抢道和轰油门的出租车也不像平常那般粗鲁，而是读书人般的文明有序。我停好车，眼前的一切让我讶异：学校（考场）门口警戒线的前面，是一片旗袍的海洋。

我看见那些与我们年纪相仿的女人们，穿着各色各样的旗袍。她们有的浓妆艳抹，完全是节日盛装的妆扮。有的却蓬头垢面，除了那件崭新的旗袍，其他的还来不及收拾，一切看起来是那么匆匆。有的身材消瘦，旗袍穿在身上倒是贴身，气质也与旗袍吻合，可有的身材完全走形，旗袍穿得就有些勉强，腰部有胀开的危险，神色与旗袍也一点不搭，样子就有几分滑稽。可她们集体的表情是不顾一切的，似乎是即使天上落下冰雹，也不能阻止她们把旗袍穿到底。

她们的身份是母亲。她们都送孩子来到考场，用身体来祝福她们的孩子旗开得胜。想必这一年来，她们一定和我们一样，吃了太多的苦，受了太多的累吧？

而在学校的大门口，警戒线内，一群穿着红色T恤的人们牵着手一字排开。他们是这所学校的高三老师。他们来迎接他们精心培育的学生们步入考场，并以此来祝福学生们鸿运当头。

看着虫进入了考场，我和妻都不由得攥紧了拳头。

10

在离考场几百米外的路口，家长们故作镇定，轻声交流，但都引颈而望，目光向着考场的出口。他们来迎接他们的英雄。还有一会儿，高考，让大家长时间喘不过气来的高考，就要结束了。

孩子们陆续走出了考场。他们鱼贯而出，集体走向几百米外的路口。没有人喊口令，但他们的步调几乎一致，表情也大致相同。他们不像往日，骑着单车，让速度产生的风吹动自己的衣襟和头发，或者疾走，大声喧哗，招呼着同行，而是缓慢，无声，脸上充满了迷茫和忧伤，以及耗尽了心力的虚弱无助。——与其说这是一支高考中走出的梦之队，不如说这是一支参加集体送别的队伍。

终于从人群中看见了虫。她与另一个女生一起走着，并且用了我们极其罕见的姿态。在我们的印象里，虫是独立性极强的女生，从小就不愿做小鸟依人状。可现在，她挽着她的同学。似乎是她们都快要虚脱了，需要相互支撑才可以自持。她们多像两个大病初愈的人！

她们似乎在轻声交谈什么。那话题应该是无比遥远的，比如暑假的安排，很早就转学的远方城市的同学信息，这世界她们把握不住的若干部分……刚刚过去的高考题目，宛如伤口，我想她们是不会碰的。

我和妻站在路口，与她们只有几米的距离。可以肯定她看到了我们，可她视若不见，继续挽着女生向前走。她们越过了通往我家的路口，却依然没有松手告别的意思。她们的脚步极慢极轻，好像怕惊醒了谁。她们不断地向前走，好像要走到天之尽头。

她的样子，让我心疼。——这个只有十七岁的女生，经过了高考之后，似乎是老了好几岁。

我和妻跟着她们，慢慢往前走。妻不自觉间挽起了我的胳膊。我感到妻，也仿佛是耗尽了心力，需要挽着我才有力气前行。

11

高考一结束，我就出差了。我想经过了这么长时间的紧张备考，家里总归可以消停几日。可是不行。还在路上，就不断收到妻的短信。她说虫上午去学校估分了。虫回来后脸色不好了。虫把自己关在房间里很久了，叫她也不回应。虫刚刚打开房门告诉妻说，她这次可能考砸了。综合卷有好几道题好像没做对。语文卷阅读题与答案出入很大。她算了算分数，大概在六百至六百一十分之间。这样的成绩，怎么上 985、211 的学校？读得到什么好大学？我这辈子……

虫的状态越来越糟糕。同学的聚会也不参加。早上过了九点也不起床。妻劝慰她她也置若罔闻。妻想让她散散心，带她参加一个妻的同学组织、熟悉的朋友参加的一个省内户外活动。她不愿去。后来终于勉强去了，可坐在车上谁也不搭理，只把脸转向窗外。到了景区也不下车。进入下榻酒店就死活不出门。妻说，晚上你劝劝她好不好？

好不容易挨到天黑。我打开了微信视频。虫在视频里望着我。她咬着嘴唇，眼睛里噙着泪。她可能是想不哭，可是她忍不住。只一会儿，她的眼泪夺眶而出。她眼睛表面的阴翳依然清晰可见。她干脆放肆地哭起来，声音近乎号啕，五官完全变了形。额角小时候受伤留下的小小疤痕瞬间变得无比触目。她说，爸怎么办？我完全考砸了。南京、浙大、复旦、中山这些学校是没法上了。我不甘心！我都想好了，我要去复读。我要上临川二中（一所离南昌一百多公里的有名的中学）！一年后我再考！

我看着手机里的虫。我从来没有见过她如此焦虑、懊恼、痛苦、悲伤、气急败坏、失魂落魄、咬牙切齿。在我的印象里，她从来都是冷静的。她总是有主见的样子。她一直按照我灌输给她的——做一个能独立思考、内心自由的人，去塑造自己。她看起来一直特别沉得住气。而她也是骄傲的，因为她的成绩一直很好。整个高三时期，她在她的学校的考试成绩一直没有掉出五十名之外。她的学校是南昌最好的学校之一，而她在零班——那是学校高三重点班中的重点。她最好的模拟考试成绩是全校第三名。可是现在，她有了前所未有的挫败感。她的冷静与骄傲，瞬间消遁无形。

我稍稍整理了下思绪，对她进行了艰难的劝慰。我告诉她，成绩没最后出来，你的估分也许并不准确。即使真是六百分，我也不认为你考砸了，中山、复旦、南京、浙大上不了，但可以挑的大学还是不少。高考只是人生的一个阶段而已，何须在这个阶段上耗心力太多？过于偏执人生会受苦。如果认为这次是考砸了，又有什么关系？高考从来就不是人生成败优劣的唯一分水岭，你还年少，未来可以纠错的机会还有很多很多，你想上的学校，考研考博时还有机会上。不要把自己当作与众不同的那一个，要接受自己是普通人的事实，是普通人，就允许自己有失败，原谅自己有过错。相信自己是普通人，就可以不那么脆弱，就可以让自己更加坚韧坚强，即使受到挫折也更加斗志昂扬……如此云云。

有一小段时间她没哭。她似乎在听我的话。可过了一会儿，她又号啕起来。她边哭边说，我一定要复读！我一定要去临川！

12

我坐不住了。我给上海在大学当教授的朋友打电话，问才成立不久的上海 XX 大学如何？据说是全世界不少诺贝尔奖获得者会去讲学，可到现在为止还没有学生毕业，怎么评估它的治学理念？学生毕业后工作远景是否乐观？一座没有传统的大学值不值得信赖？虫报了提前录取，应该可以考上它。我问北京某高校的朋友，说你们学校是不是与西班牙有联合办学的事实？我的孩子如果考了六百分是否可以去，预科读完去西班牙读大学的比例有多少？每年学费贵不贵？毕业后前景如何？我问我在高招部门的朋友，哪些大学适合六百分左右的、想学生物专业的考生？

我查找往年的大学在江西的招生分数与招生人数，我频频进入各种大学的网站。我把适合虫录取的各种信息搞到一个本子上，到了晚上就与妻分析辨别，直到把自己搞得筋疲力尽才肯罢休。

我把虫带到吉安，做报纸副刊编辑的我的朋友安面前。她的女儿高考因失误没考上北大。后来在北大读研，还到国外做了一年交换生，现在在北京一个大的金融公司做投资顾问。安笑着对虫说，那一年高考，分数出来后，女儿倒是没太难过，但她哭了三天三夜……

13

虫在她的房间，读着过去没有读完的小说。这段时间，她读的是她最爱的马尔克斯的《霍乱时期的爱情》。这么厚的书，正好可以稀释她的悲伤。我在我的卧室里，浏览着电脑网页。我们貌似互不干涉，可我们都心照不宣。

今天是高考成绩出来的日子，是检验虫估分的精准度的时刻。是宣判，是一锤定音，是今年所有的高考家庭屏住呼吸的一刻。

妻上班去了。我向单位请了半天的假。我陪着虫。我守在电脑前，等待着成绩。

规定的时间还没到。可我一次次地把虫的准考证号输入指定的地址，一次次刷新网页。

终于在九点多，网页显示了虫的分数信息：六百四十八分。名列全省八百四十二名。

这不是虫最好的水平，但也不是虫估计的那样糟糕。她并没有考砸。她的综合卷的确没考好，但语文和英语得了高分，部分弥补了综合卷的亏空。

是老家天玉山的菩萨显了灵。是今年大年初一父母买的鞭炮炸出了效果。是妻高考那天穿的旗袍、老师们的红色T恤发挥了作用。是虫一年来近乎苛刻的自制、超乎寻常的辛苦有了回报。

我试了试我的嗓音，努力找到那个正常的音域。我努力让自己声音的节奏变得平缓。然后我用那精心调试出来的声音叫着虫。我感到我的心跳得厉害，眼看就要从我的胸腔里跳出来。可我不想我的声音听起来太异常。我不想吓着她。

她来到了我的卧室。我告诉她说分数出来了，她考了六百四十八分，她并没有考砸。她故作镇定，凑近了电脑。她看到了她的名字，准考证号，分数，全省排名。毫无疑问，是她的估分错得太离谱了。

我突然听到了一声尖叫，紧接着又是一声。那是虫子的尖叫。她的内心积压了太多的委屈、焦虑、担心、无措，此刻唯有尖叫才能释放。

我听到了我的号叫。那是动物一般的号叫。那种号叫，几乎盖过了虫子的尖叫。它既不顾一切又如释重负，它锋利如刀又炙热如火。此刻我才知道，我的内心，也积压了那么多的委屈、担心和无措。我控制不住的号叫让我意识到，在整个事件当中，我也是一个受损之人。

我的泪水忍不住了。我和虫紧紧地拥抱在一起，仿佛两个受难得救的亲人。

14

HZ 校园内的植物无比丰茂，仿佛森林，可校舍显得老迈陈旧，看得出都是 20 世纪的建筑。我去过许多近年扩张建起的大学，校门气派、张扬，里面的建筑现代崭新，花草树木遍布如园林。HZ 明显没有那些新贵那样的奢华与铺张，然而它是国内综合排名前二十的大学。也许它并不屑于用崭新的教学楼、园林一般的花草来表达它的实力。它是穿旧中山装却德高望重的学者，是老牌的绅士，是在南方首屈一指的高等学府。

它接纳了虫。虫将在它的怀抱中成长。

选择大学的过程同样艰难。虫的兴趣在于生物，中学时就在老师指导下学习完三十多本生物学的相关课程，并参加了全省的生物竞赛，获得了二等奖。但生物是屠龙之术，据说全球只有百分之五的生物专科学生可以找到就业岗位。她转而去了解建筑设计。建筑需要想象力，需要绘画能力，需要人文素质，虫自小爱绘画、爱文学、爱艺术、爱文化，说不定能读进去。可理想的建筑专业在同济大学，她的分数够不上，只好作罢。最后，她选择了临床医学。那是与生物离得最近的、应用广泛的专业。这样，她来到HZ—HZ的医学院，是我的医生朋友们集体认同的培养优秀医生的摇篮。

报到的前一晚虫收拾行李。我看到她带了长笛和小说——马尔克斯的《族长的秋天》和陀思妥耶夫斯基的《罪与罚》。这是不错的行李。是的，不管在哪里，不管学习何种专业，从事何种工作，音乐和文学，永远是让梦想得到呵护乃至不断繁殖的元素。

——我和妻来到了虫的新宿舍。经过了一个暑假的搁置，整个宿舍一片脏乱。我和妻打来水，细细地擦洗床位和桌椅。我们想把以前的学生留下的痕迹擦洗干净，让虫有一个全新的开始。

给虫铺好了床。交代虫要多吃水果，要抽出时间锻炼身体，要与同学友好相处，要多参加大学主办的各种活动，出门要注意安全，不可夜归，不可有不良嗜好，不可心生恶念，纵容恶行……

我和妻走出了校舍。我忽然涌起了一阵感伤。是的，虫几乎从没有离开过我们。现在，她要一个人生活。我们的家将分成两半。一半是在外省的她，一半是在南昌的我和妻。之后的我们，会怀着怎样的牵挂和惦念？

我们是一直搀着她的。现在，手松了。以后的路，她要自己走。她从小到大都无比顺利。未来，她有了挫折，是依然无措，哭泣，还是会越来越坚韧坚强？

HZ 远了。我和妻握着手，相顾无言，听凭马达声响个不停，道路在出租车的轮下卷起。

三叔家的狗

1

三叔家有狗，两条，雌的。品类属中华田园犬，也就是正宗的本地土狗。它们的外型酷肖，都是窄脸，尖耳，长腰，瘦腿。一看就知道是优良品种。只是毛色有些不一，一条偏黄，另一条偏白。三叔说，它们是一母同胞，亲姐妹。

它们不是宠物狗，如今谁家会养两只土狗当宠物的？但它们俩在三叔家里，待遇跟宠物也差不离。三叔家在远离人烟的深山里。俗话说，山中一日，世上千年，话说得夸张，是说明山里与山外的不一样。在深山里，三叔家的鸡鸭狗猪，就都有了家庭成员的待遇。狗通人性，离主人关系更近一层。三叔家吃不完的剩饭菜，自然先给狗留着。两条狗也就都养得皮毛光彩，富家小姐一般，迈起步来，多了矜持，少了局促。

两小姐是用来看门的。三叔在离市区很远、鲜有人居的山里，是十里方圆都知晓的养殖专业户，一份不大不小的家业，就他和三婶两个花甲之年的人守着，不安全。就养着这两条狗。三叔说，这两姐妹不错。忠于职守，不辱使命。虽是女流，不让须眉。警惕性高，判断力好。（三叔说话喜欢用电视里学来的新词儿）有这两条狗，他们俩可以放心出门。他们不在的时候，谁想靠近院子，必定先遭犬吠，也就是口头警告，再不离开，它们也就不客气了，被咬是一定的，不管来人生熟。有居心不良的人吃了亏想通过下毒来除了它们，结果只能是枉费心机。陌生人给的东西，不管再香，它们闻都不会闻。它们那视若不见的表情似乎是说，就是山珍海味满汉全席，要是来得不明不白，老娘也不稀罕。

这两姐妹感情好。它们不会为争一块骨头一片肉闹矛盾，吵架撕咬。它们吃起食物来很是斯文，甚至有些互相谦让的意思。没事的时候，它们也会在一起玩耍，彼此示爱，却不猛烈，无非是你挨着我的脖子，我碰碰你的鼻子，完全是贤良淑女的做派。三叔说，这两姐妹脾性有不同，私下里有分工。陌生人上门，一般是毛色偏白的那条吠几声。毛色偏黄的就不紧不慢地挪动步子，不声不响地来到陌生人的脚边，趁着人家不注意，忽然就张了口。真是应了会咬的狗不叫这句话！

三叔对它们的介绍并不虚。每次去 X 市出差，我都会抽空去看三叔三婶。从市区坐车，到郊区很远了，离开公路转入山区，跨过一座铁路桥再前行数里，感觉气温慢慢低了下来，就到了三叔家。首先迎接的就是狗。它们当然视我为陌生人，白狗叫得猛一些，黄狗一般是呜咽几声。白狗继续叫，黄狗就开始向我贴近。我自然大骇，叫着三叔三婶。他们呵斥着狗，说是自己人，狗估计听得懂他们的话，悻悻离开。但我与三叔三婶闲聊期间，它们会反复来巡逻，以防我这个它们不熟悉的家伙，干出啥出格的事。吃饭的时候，它们会在我就座的桌子底下钻来钻去，既像示威，又像军事演习，每次我都担心，它们会对我判断失误，趁着我三叔三婶不注意，咬我一口。——说这两姐妹，给我留下了颇为强烈的印象，一点不虚。

春节了。父母去了广东弟弟家。我和妻女去X市陪三叔三婶过年。也有想到山里得几天清静的意思。这样就和两条狗好好处了几天。狗不长记性，进门时依然对我吠个不停，挨了三叔三婶好一阵骂。依然要示威演习一番，但好在不久就撤掉了警戒，也许这次把我当了自己人。闲来无事，我开始琢磨它们。我发现它们与院内散养的鸡鸭们都处得不错，在比它们弱小的鸡鸭面前，它们一点也没有仗势欺人的意思，从不与弱小者争食。有一回一只公鸡担心自己看到的一块肉被身边的黄狗抢去振翅奋起作咆哮状，黄狗毫不理会它的无赖撒泼，没事样地走开，完全是一副宰相肚里能撑船的态度。它们的确是忠于职守，三叔的小女儿也就是我小堂妹全家从城里来给三叔三婶拜年，大人们在院子里闲聊，只有四岁的外甥女到屋后的山上玩耍，毛色偏白的狗就负责守着院子的一大家子人，毛色偏黄的狗就会自觉担负起看护孩子的任务，不远不近地跟着她，像个保镖。

两姐妹不错，完全称得上是犬中巾帼，三叔家的女门神。按理，三叔家的家业，交给它们守护，十万个放心。但我觉察出了它们的性情有些冷，有些与整个家庭氛围不一致。它们不会像其他的狗一样，动不动就对主人摇尾乞怜。它们的尾巴，我从没见为讨好主人摇动过。它们从不与我三叔的一家人显得过于亲热，对大人一副不卑不亢的样子，对三叔的两个小外甥女往往要亲切一些。它们的眼神里，从来没有过欢腾的笑意。它们到厨房穿梭，正忙个不停的三婶不耐烦会骂上两句，挨了骂的它们既不呜咽，也不愤怒，而是不声不响地走开。与其说它们是这家庭中的一员，不如说它们把自己当作这个家庭雇来的长工。它们抬起头来与人对视时脸上的表情里有一种哀伤的意味。它们是怎么啦?

与三叔闲聊，我将我的纳闷告诉三叔。三叔愤然，仿佛是提到了他的一件伤心事。他说，这俩狗东西，从小就这样。心里记着上辈仇呢。和它们的娘一个货色！——从三叔的嘴里，我知道了两姐妹妈妈的故事。

2

两姐妹的妈妈同这两姐妹一样，从小就生活在三叔的家里。与它们不一样的是，妈妈狗幼时不算活泼，但也并不冷漠，偶尔也会向着三叔三婶摇尾撒娇，没事时会撵只鸡追只鸭玩儿。当然，看到陌生人，凶得很。山里的狗，警惕性高，吠和咬是看家本领。主人面前乖巧，生人面前凶悍，凭这两点，幼年的妈妈狗获得了三叔三婶全家人的喜欢。

狗慢慢长大了。在深山里，三叔养猪，造酒，食物丰富，营养不错，狗就长得体健貌美，皮毛光亮。山里空气好，无污染，狗得了山中真气，又加上主人宠爱，狗就有了些出身于大户人家兼深山俊鸟的气质。狗少女时的样子，抄三叔的原话，是土狗中的美女，比这两姐妹还有型。

狗大了，就有了恋爱约会的想法，出门的次数就比以前多了。妈妈狗姿色不错，自然也有诸多好逑的君子狗闻讯而来，有的在门外盘旋，有的装作没事样到院子里走动。开始时，看不出妈妈狗对哪条狗特别好。直到有一天，它带回来一条公狗。

不得不承认妈妈狗是有眼光的。公狗体型伟健，脾性却不算火爆。特别是在妈妈狗面前，就更是温和的，谦让的，妇唱夫随的。妈妈狗一旦心情不好，公狗就会特别殷勤寸步不离地陪着。妈妈狗一旦遇上生人开始叫唤，公狗就会悄没声地贴近，担任着进攻的角色，对着生人小腿咬上一口。它们两口子的关系，是公主与驸马，是当家女儿与上门女婿，是武媚娘与唐高宗。

妈妈狗和那条来路不明的公狗相亲相爱，成了一家人。那些闯入院子想浑水摸鱼的狗渐渐散了。门口盘旋的也消失不见。

然后是妈妈狗真做了妈妈。有一年生了三只，又一年生了五只。三叔三婶就把大多数狗送了人，只留下两只自己养。对待那条不知是谁家的爸爸狗，三叔三婶开始是听之任之，反正多给一口吃的穷不了三叔一家。后来见狗不肯离开，也没有谁来找它，三叔三婶就把它当作自家狗养着，这在山乡里，并不是啥稀罕事。

可是后来三叔的经营出了点状况。在这深山里，三叔三婶承包了这片废弃的农舍，造酒，养猪，每天忙得不亦乐乎。造酒，就需要钱买粮食，养猪，更是需要钱买猪种、药品和饲料。卖出去的酒和猪一时半会儿回不了账，三叔经常面临捉襟见肘的境地。那一年三叔养的猪发生瘟疫，猪大量死去，损失不少，资金链随时断裂，需要贷款。屋漏偏逢连夜雨，税务部门也来找麻烦，说是有人举报三叔的养殖场存在偷税漏税，需要重罚。三叔无奈，想方设法找到银行行长寻求贷款，找到税务部门管事的请求减免罚金。正是冬天，三叔听说两方面主事的人，都有吃狗肉的癖好，就打起了那条来路不明的公狗的主意。

三叔用绳子做了个圈套，往圈套里丢了块香喷喷的肉。对三叔完全不设防的公狗上前叼起了肉……三叔把绳子拽起，公狗挣扎，狂吠，脖子上的活结越勒越紧。三叔把绳子吊在院口的铁门上。狗挂在院门上，伸出了长长的舌头，渐渐没了声息。

然后是放进装上沸水的木盆里，用屠户的刮毛刀刮毛。烧起木炭火，将狗身上剩余的毛烫尽，表皮烤焦。开膛，破肚。斩成小块，放进了油锅。添上干椒，桂皮，花椒，就做成了香喷喷的狗肉。

三叔分别请了银行和税务部门管事的吃上了狗肉。他们都吃得很满意。银行的给三叔贷了款，收税的只是象征性地罚了三叔的款。三叔渡过了难关，他的养殖和造酒大业，依然雄心勃勃地往前推进。

然而他没有顾忌到妈妈狗的感受。从吊狗到炒狗肉，妈妈狗都看在了眼里。当三叔费力把公狗吊在铁门上，妈妈狗不敢有扑咬主人的心，只能凄厉地对着三叔和弹动着腿的爱人嘶吼。看着三叔手里慢慢褪去毛的公狗，木炭火烤着的发出焦味的公狗，妈妈狗在院子里不知所措地来回跑动，完全失了往日的公主风度，仿佛遭了大难毫无主见的村妇，嘴里发出伤心欲绝的呜咽声。

三叔三婶以为妈妈狗过几天就会忘了这不愉快的一切。一条狗，怎么会和人一样记仇呢？可他们错了。经过了这一茬，妈妈狗性情大变。过去，它有说有笑，现在却面若冰霜，眼含悲凉。过去它爱黏着三叔三婶，现在呢，它刻意与三叔三婶保持距离，甚至对三叔三婶视若不见来表示它的冷漠。它既无法放下杀夫之仇毁家之恨，又无法割舍主仆之义养育之恩。它只能既恪守看家护院职责，又对这屋檐下的仇人无半点亲近之心。它活在这两难的境地中，何其苦辛！

他们就这样不冷不热过了好几年。直到有一天狗妈妈出了事。

院子里有一天不见狗妈妈。三叔三婶开始并不在意。可是他们隐约听到远方山里狗妈妈惨叫的声音。三叔三婶循声找去，看到妈妈狗在一个山坳里，一只脚被人下的套缠住，鲜血淋漓。三叔三婶冲上前去，三婶抱住了它，三叔用手奋力拉开铁夹子。真是疼呀，妈妈狗实在忍不住，咬了三叔一口。血从三叔的手上流下来。

三叔三婶救了狗一命。杀夫之仇、救命之恩两两相抵，他们应该和好如初才是。狗的确要比以前对三叔三婶好些，又开始有了向着他们摇尾的时刻。可是，因为尾巴久没摇过，现在摇起来就显得生硬、沉重，一点也不让人觉得轻松。它似乎是想表现得和颜悦色一点，可是它发现，它已经不再会笑了。

多年的仇恨与悲伤，让这只可怜的狗已经丧失了笑的能力。它望着人的样子，既有孀妇的凛然，又有苦命人的悲怆。她看着远方的样子，既像是缅怀，又像是控诉。

这条狗最后有了和它的那张苦命人的脸一样的命运：它误食了不知谁下的毒，倒在了三叔家的院子里。它的嘴巴不断地流着涎水。它急剧地呼吸，肚子急剧地鼓缩。据说狗是土命，无论受伤、中毒，只要身子贴着地，狗就有可能死里逃生。它流涎，这是狗食物中毒后的一种排毒自救的方式。可是也许是吃的东西里毒性太强它中毒太深，它根本无法将毒排到可以保全性命的程度。三叔三婶以及它的孩子在旁边看着，焦急万分，可谁也帮不了它。最后他们只能看着它慢慢、痛苦地死去，看着它呼出最后的一口气。

——它因误食不明毒物而死，这是不是它的孩子不食陌生人的吃食的原因?

3

三叔认为他们家两姐妹的冷漠性格并不仅仅来自于它们苦命的母亲。他估摸着根子还在更远处。这样就说到了它们的祖母——十多年前家中一只母狗。

那是三叔三婶养的第一条狗。那时三叔三婶还在某不景气的国营企业上班，每月的收入少得可怜，而家里要用钱的地方很多:亲戚家办喜事要送礼，两女儿读书也要钱。捉襟见肘，就想着搞点副业。就听人介绍来到深山里，承包了这片差不多废弃的养殖场。三叔三婶的打算，这里虽是深山，可离叔婶上班的国营厂并不远，三叔买了摩托，二十多分钟可到，国营厂因为经营不景气，上班不需全天，就有时间在下班后打理这养殖场。办场子会很辛苦，可三叔三婶都是农民出身，20世纪70年代遇上招工才成了工人，吃苦他们是不怕的。三叔三婶就信心满满，到处借钱买设备、原料，办起了这样一家兼造谷酒和养猪的场子。

场子经过了一段艰苦创业时期后转入正轨。三叔三婶日渐有了一些收益。深山里经常是猪的嚎叫声从半夜响到天亮。他家的酒销给他们厂的工友、市区的小饭馆，渐渐也有了名气。就有人盯上了他们。有一个晚上，三婶有事回厂里的家住，一群人手持砍刀趁三叔不备冲进了深山里的养殖场，逼着三叔给钱。三叔不从并奋起反抗，那群人的砍刀对着三叔一阵乱砍。虽是冬天衣厚，三叔还是被砍得鲜血淋漓。

三叔三婶遂起了养狗看家护院的念头。访到更深的山里人家有狗生了崽子，三叔就求了一条回来。主人吹嘘说狗有猎犬血统，祖上随猎户在深山里出没，三叔不知真假也就将信将疑。狗是雌性，三叔打着小算盘：母狗能繁殖，这养殖场年年办下去，场子里就再也不担心缺看家护院的角色了。

小狗进了三叔的院子里。它可真是个没心没肺的皮孩子！它会跟大人逗趣，会干一些诸如把叔婶的鞋子悄悄叼着藏起来的淘气事。它拿耗子，经常看到它把一只耗子翻来覆去地搬弄直至悲惨死去。它爱搅局，鸡鸭们在享用午餐时它会冲上去大呼小叫让鸡鸭们愤慨不已。它对啥都好奇，会对着垃圾堆里的一个废灯泡一节旧电池煞有介事地研究一个上午。它甚至有些装疯卖傻，三叔至今记得，有一回它叼着一根不知从哪里找到的旧绳子在院子里跑来跑去，像个疯子。

它从小就显示出良好的看家护院的素质，让三叔三婶认为它有猎犬血统的说法一点不虚。它有相当灵敏的嗅觉。三叔钥匙不知落在哪个角落，它可以凭着嗅觉把钥匙叼出来。它有很好的捕捉能力，还在渐渐成年的时候，三叔带它进深山拾蘑菇，转眼间它竟然把一只野兔叼在了嘴上！看到陌生人它的扑咬更不在话下。有它的看护，再也没有谁敢冲进深山里的养殖场抢劫和砍杀三叔三婶了。

经过了无忧无虑的少女时代，它成年了。它开始恋爱。它当然是可爱的，迷人的，追求者无数的。然后它怀孕了。没有人知道它的男友是谁（这有什么关系呢）。它生下了一窝小崽子。它从早期的淘气鬼变成了幸福的小母亲。如果意外不会发生，它会在这个家中一直幸福下去，直到终老。

可是生活总是充满让人意想不到的变数。命运从来不是只有一个方向。一年后意外发生了。不知是吃坏了东西还是身体受过剧烈震荡，再一次做母亲的它发现自己生下来的五个狗崽子竟然全是死婴。惊愕的它不愿意接受这眼前的现实，不断地用嘴拱着这五个死狗崽。它多么希望它们不过是睡得正香，只要不断拱动它们就会从梦中醒来，打着呵欠，微睁着眼，寻找它的奶头。可是不管它是拱着还是叼起它们，它们没有一只能轻轻举起它们的爪子，发出哪怕一声不耐烦的呜咽。

它不吃不喝。它寸步不离开它的死狗崽。它的脸上再不是幸福小妇人、家中开心果的样子，而是被巨大的悲伤给攫住了。它偶尔发出低低的呜咽声，那是它的体内巨大的悲伤之河企图突围的声响。一夜之间，它就似乎老了很多。没有人会怀疑这一点：如果此刻有人举着砍刀杀进屋里，它肯定会视若不见，不管不顾的。

必须有人把它从悲伤中解救出来。必须让这件事早日翻篇。三叔三婶看不下去了。他们简单商量后，一齐走上前去。三叔抱住了可怜的狗母亲，三婶趁着它不注意用簸箕装了五只没气的小崽子，向养殖场背后的山走去。等它回过神来，三婶已经将五只小崽子埋进了深山，任是谁也找不到了。

伤心过度的母亲没看到孩子，循着气味飞奔着离开了院子，跃入了深山。天知道不吃不喝的它从哪里冒出来的力气。没有谁能拦得住它。

一天过去了。两天过去了。它没有回家。三叔三婶去深山里找它，可是连它的影子都没见着。只是在深夜里，他们依稀听到远方传来一两声绝望的吠声。

第三日早上，三婶打开铁门时发现它——它一身脏兮兮的睡在门外。它的身体蜷缩着，头埋在身子围起来的中间。它看起来很累很累，身子一动不动，似乎正陷入了深深的睡眠，不想任何人打搅它。

三婶用脚踢了踢它，骂它还知道回来！家里人都在担心！孩子没有了下次再生一窝！要这么寻死觅活！可是它没有任何回应。三婶近前一看，这个可怜的狗母亲已经死去多时。

从离开家门跃入深山到一步步回到家门口，它经过了怎样的心路历程？它去找那些死去的孩子，是不是想着给自己的亲骨肉一点温暖？找不到它的孩子，它的心里会有怎样的绝望与不甘？它又饥又渴。它疯狂地在山林中奔跑，嚎叫。它是不是想以对自己施虐的方式来让自己的心里好受些？

可是它没有力气了。它知道自己快要死了。它想让自己有个体面的临终之地。它是个还有其他子嗣的母亲。它还有待它不薄形同亲人的主人。它不想他们为它担心。它要回到家里去，以给他们一个交代。它移动着无比沉重的步子。在半夜里它终于挪到了门口。它是条懂得规矩的狗。它不想用一声吠叫惊醒他们的梦境。它用最后一丝力气精心选择了自己临终时的体态。它死去了。所有的悲伤和绝望，和所有曾经的甜蜜，也都放下了。

——这是一只内心何其纠结的狗，一个虽然无比卑微但足以让我敬重的生命。这也是我听到的最让我心疼的狗故事。

指上的航行

1

刘龙溪留平头，眉浓且黑，嘴唇石头一样厚实。他有一张让人过目不忘的脸：特别长，是离我家不远的医健盲人按摩店里脸最长的一个，人们不免怀疑：他是不是有一个马的前生？眼睛呢是全盲的，白眼仁在眼眶里徒劳无益地翻过去，翻过来。偶尔（那多是闲下来的时候），他会抬头作眺望状——他的手里燃着烟卷。他的头微微抬起。他的白色眼球间或翻动。那是史前人才有的表情。

刘龙溪年不到三十，却老穿一身特别老式的、乡下裁缝做的深色衣服，让人觉得他老相。他还脱了牙，让人觉得更老了。他经常张开牙笑着——他给人的另一印象就总是呵呵笑的样子。他的笑，因为他的盲，就不全是友好和善，还有在健全人面前的谦卑，与对自身命运的嘲讽成分。

他探出手指，摸索着来到按摩床边，铺好干净床单，口里称着“领导”（按摩行对客户的通行叫法），把手指搭在了按摩床上躺着的病者身体上。

——与刘龙溪相识颇有些缘分。因为长期伏案工作，腰和颈就难免僵硬酸胀。有人推荐了离我家数百米外的医健盲人按摩店。第一次去，唯一没有上钟的、细胳膊细腿的老板娘给我按，力量跟蚊子咬差不多，我的不满让她后来竟招呼了四个闲下来的按摩师全给我上，按肩的按肩，揉腿的揉腿。四个人中，唯有马脸、穿深色老式衣服的刘龙溪最有力气，手法也较为细腻。从此，刘龙溪就成了我每到必点的按摩师。

刘龙溪把手指按在了我的身体上，开始了对我的按摩。顺着手指，他会告诉我哪里有劳损点，告诉我它们形成的原因，嘱我平日起居应该注意的地方。他告诉我他的家乡在萍乡上栗，那是一个以生产礼炮闻名的地方。可是他刘龙溪，生活穷困潦倒，大概一辈子没有需要使用礼炮庆祝的时候（他调侃自己，然后呵呵呵笑起来）。他说他快三十岁了，至今未婚，这一辈子可能也别想结婚了。他说他力气大，他也不知道这力气是怎么来的（为配合他的说辞，他会把手指搞得嘎嘎响）。也许是感觉我是个不错的听众，他告诉我的，还有更多，其中有他可怜的身世与梦想。

他告诉我，他并非天生眼盲。十岁时候，他因患病导致视神经萎缩。他看着五光十色的世界一点点地陷入黑暗，他吓坏了。

他感到天一点点地塌了。

他整日号啕大哭，茶饭不思。他想到死，觉得只有死才可以摆脱这种恐惧和绝望。然而他挺过来了。他被当地的民政部门领着参加了按摩学习班。他的手看到了一条路。那是可以让他免于恐惧的让他活下去的路。

他学得认真，并且不满足。他恳求家人带他到省城的按摩学校学习按摩，提高按摩水准。他努力记下人体骨骼、穴位，练习掌控手指上的力度，捕捉每一具身体的劳损点。

他毕业了，然后在省城兜售自己的手艺。他觉得只有在省城，他的技术才可以不断进步，并且可以有更好的收入。从一个按摩店到另一个按摩店，他遭遇了许多的不愉快，比如受到按摩店老板、同行的欺侮、嘲笑（他普通话说得实在糟糕，有很浓重的口音。他节俭，被同行认为是小气），顾客的指责，甚至谩骂羞辱，但是他都熬过来了。

他由人介绍来到了离我家不远的医健按摩店。那是一家由姓王的全盲按摩师开的店。王天生眼盲，可他凭着过硬的按摩技术娶了视弱的妻子，生了健全的儿子，过上了正常人的生活，在岳父岳母的帮助下，开了这家生意红火的按摩店。他从中受到了鼓励。他似乎看到了自己的前程。他干得可欢了。

他的技术赢得了人们的赞赏。他的生意越来越好。他的笑呵呵的样子人们看着也喜庆。许多人都点他的钟。他忙不过来。他每月的收入有三千多块！这在医健按摩店，算是高薪了！

可是他的家境并不是那么好。他父亲早逝，母亲身体不好，另有兄弟二人，身体倒是健全，但都不像他努力，甚至沾染上了赌博、酗酒的恶习，生活比起他或许还要不堪。他要用辛苦赚的钱补贴他们的生活，帮他们支起摇摇欲坠的家。

可命运并不善待努力的人。他突然得到消息，他的母亲不见了。她查出了重病，为了不拖累她的可怜的儿子们，她离家出走，杳无音信（这是位怎样的母亲！）。他从按摩店请假，由赶来的兄弟领着回到家。他渴望找到母亲，可他的兄弟都以没有线索为由不出门寻找。他是个盲人，又能到哪里去找母亲？他们振振有词，而他束手无策，只能拍胸顿足，在家号啕大哭。

他重新调整了自己的情绪，又折回到了医健。他早已习惯了命运的捉弄，学会接受上天的种种赐予。幼时，他接受了眼盲的事实，现在，他又被迫接受了母亲生死未卜、自己成为没娘的孩子的现实。他继续给客人推拿，按摩。这是他的手艺，也是他安身立命的法宝。他未来的路，也就在这十指之间。照亮他的光，也由这十指做成的灯罩护佑。未来，他希望自己能也像他的老板一样，开一爿按摩店，生意红红火火。他服务于社会，而社会给他一个安定的人生。

——刘龙溪边按摩边不紧不慢地说着他的故事。那本是极其纠结艰辛的人生，但由于他用的是轻描淡写的语气，并且总是带着他标志性的谦卑又似嘲讽的笑意，让人听起来就像他人无关痛痒的传说。他的话夹杂了太多的乡音，甚至有些是他自己组合出来的奇怪音节（比如他说到哪里有许多劳损点，会说“好硬块！”搞得我每次都逗他，我那里是不是好硬块），让人听起来有了喜剧的成分，他的故事，苦涩纠结的浓度因此就得到了极大的稀释，终至于平常，终至于听者觉得向他表示同情都显多余。

然而后来刘龙溪不见了。他离开了医健，甚至离开了南昌。有说是医健的老板王的岳父岳母看不起刘龙溪是乡下人对他苛刻，平日言语对他颇不友好，又每次欺他全盲饭菜量都少于他人。有与刘龙溪相好并非全盲的同事悄悄告诉了他，刘龙溪气不过终于被迫辞职离去。又有人说他老家兄弟生活日益糟糕，为了照料他们他只有回到萍乡上栗家乡，一个盲人做了家的总管，将每天吃用生活安排得井井有条。同时他又应聘到当地的按摩店，虽然收入不及南昌，但总归是可以兼顾家人，算是两全其美。一段时间后有人说刘龙溪与几个人合伙开了一家按摩店，如他所愿做起了老板。——他终于有了用自己家乡生产的礼炮为自己庆祝的机会。不知做了老板的他，是否会脱下那身老旧深色的衣服，换上更体面的行头？在医健，人们谈论起他来，有他以前的同事说并不看好那多人合伙的按摩店的前程，说他人过于老实，又是全盲，在这社会上难免吃亏。也有说凭刘龙溪的过硬技术，在萍乡这地界那该是数一数二，以后不管怎样都冷不着他饿不着他的。

身体酸胀痛的时候，偶尔会想到刘龙溪。不知这个苦水里泡大的人，现在是否过得舒心一些？疲乏的时候，是否会抽上两口烟，喝上两口酒？以前他偶尔有痛指的毛病，一痛起来就上不了钟，只好请假休息，不知现在是否会发作？再次想起母亲，他心里的难受是否会减轻一些？

2

又一次去医健，刘龙溪不在，说是母亲出走，他回家寻母亲了。“老汉”凑上前说要不我来给你按按？就依了他。果然是山重水复疑无路，“老汉”不逊刘龙溪。“老汉”的技术，不赖。如果说刘龙溪的按摩是深山砍柴刀刀有力，那“老汉”就该是月下抚箫声声动人。如果说刘龙溪是少林寺硬气功，那“老汉”就该是阴柔太极张三丰。

就选“老汉”做了刘龙溪的替补。刘龙溪离开后，就让“老汉”做了我的按摩师。

“老汉”并不老，可能比刘龙溪小些。“老汉”是外号，他具体叫啥，我不清楚，只知道他姓宋，我叫他小宋。比起刘龙溪，“老汉”矮矬，结实，膀子粗，走起路来下盘稳扎，看着就像一座不高的铁塔。

老汉不是全盲，他弱视，东西拿到鼻子尖大概能看清。他不用探出手指摸路。在熟悉的地方，人们难以发现他的残疾。他是先天的，从小到大，这个世界就都是模模糊糊的样子。他没有刘龙溪由明变盲的经历，内心就应该没有刘龙溪那样的痛苦记忆吧？

“老汉”一天到晚穿着运动服，夏天穿无袖短袖，冬天穿长袖，整个一职业运动员的装扮。“老汉”还真做过运动员，被选入省残疾人跆拳道队，参加过全国残疾人运动会，与诸多知名人物合过影，是医健按摩店里少有的见过大世面的人。

“老汉”善聊。天南地北，三侠五义，水浒三国，明史党史，鲁迅莫言，都能侃。他的交谈，周到得体，见解不俗，文雅有趣。“老汉”是个有文化的人。仗着了仅存的那点视力，“老汉”自幼读了盲校。他爱读书，会看报，有听收音机、上网的习惯。他的心，自然就比其他盲人辽阔亮堂活泛得多。知道我是写作的，他竟然会在网上搜我的文章看，按摩的时候和我交流。他可真是个活泛的人！

“老汉”年纪轻轻但不简单。

残运会后，“老汉”与部分队友在省残联安排下去了按摩学校学习。他起点高，上手快。毕业后，他开始了在按摩业的闯荡。

他一毕业没多久就当起了老板。初出茅庐，他天不怕地不怕，揣着多年做运动员的积蓄，与一名同是跆拳道队友的按摩同学一起去了同学的老家景德镇，盘下了一家按摩店。

可是结果并不尽如人意：因经营不善等原因，他亏掉了多年的积蓄，留下几万块钱的债务，还亏掉了与合伙人的友谊。那可是与他多年一起练跆拳道的队友，相濡以沫的兄弟。

心伤透了的“老汉”回到了省城。从此他潜心在省城，应聘在按摩店里做起了普通的按摩师。他用他的收入慢慢还掉了债务，从此再不提与人合伙开店的事。他说，他这辈子都不与人合伙，不然伤了和气失去了朋友，那是再多的钱财也弥补不了的损失。

然而“老汉”是个热心的人。他成了他的按摩朋友圈里的军师。他以他的经验或教训，给许多开店的盲友出谋划策。他帮朋友选好店址。他略懂风水之术，会根据店面朝向等进行装修布局，采取各种方式为店面消灾避祸，藏风聚财。他为朋友选吉日吉时，管理开张事宜——天知道他是怎么学会这些的。他利用他的人脉，为朋友引荐优秀按摩师，为他们的经营做好规划。经他辅佐的生意，没有不兴旺的。而他分文不取。他在他的朋友中渐渐有了名气。朋友们乐于传播他的好名声。人们都说，“老汉”是这个行当里的高人。

他虽是个准盲人，可是他颇有女人缘。在景德镇时，他曾与一位瓷都女子恋爱半年，最终因女方父母反对未果。在医健，他偶尔会说起要早些下班回去陪准岳父喝两杯酒，暗示他正与这城市的某位女子恋爱，可后来说也是未成。又一次，他见义勇为，将一位来自山西在南昌读书的女大学生从流氓的纠缠中救出，结果演绎出了女生爱上他的古老桥段，现在正热恋着，未来如何不得而知。他似乎对女人颇有经验，曾经当着我的面骂他的一位同事——那同样是准盲人的年轻同事受网恋蛊惑赴外省约会，最后铩羽而归，正失魂落魄，睁大着盲眼在角落里喘气。他骂：“还是个吃按摩饭的，女人对你是否有真情，一握手就会知道，手指会有感觉的。哪有懵里懵懂吃这种亏的。猪脑壳！”他是不是就是靠手指来向他喜欢或喜欢他的女子传递他的心声，讨得她们的欢心？

……“老汉”终于积攒到了够给自己一个人开一爿店的本钱。他立马到省城桃花路挑选了一方风水宝地，盘下了一爿店。他按风水理念装修店铺，挑吉日吉时开业。省残联的领导、受他帮助过的朋友们都来祝贺。他终于做成了一个人的老板。

他的生意自然是好的。他是我见过的情商最高的盲人按摩师。他善于处理与邻里、同事的关系，与省残联甚至都保持着良好交往（他与同学的合作失败失和是不是一次意外？）。他没有不良嗜好，对打理按摩店又十分内行。桃花路人流不息，是很好的商业地段，按摩的需求量就大。他善于察言观色，并且谈吐不俗，自然容易让人记住他。用不了多久，他就会混出个样子来的。

偶尔去桃花路找过几次“老汉”。只见他的按摩房里，用古代名书画为墙纸，显得格外有文化味儿。按摩店里所有的员工，都穿着各色各样的运动服。按摩店的走廊上楼梯口，挂满了他比赛和与跆拳道时的各种名人的合影——在合影里，“老汉”身穿比赛的服装，睁大着弱视的眼睛，笑得灿烂而健康。

桃花路离我家实在太远了。已经有一两年没见到“老汉”了。不知他与那个山西女生怎样了？

3

在医健，吴国生和我关系最不一般。首先，我们是老乡。他和我同样是赣江以西人氏。并且，我们的老家相距不远。其次我们是同龄人。我年长他一岁，虽然看起来他比我老相些。还有，吴国生是我的贵人。他用按摩治好了我的腰椎间盘突出症。那病，老遭罪了，腿痛，直不起腰，我寻了多少医问了多少药，都未果，小半年了，可到了吴国生这儿，推拿，正骨，拔火罐，药酒推全套工序全上，一个月后，就跟什么事都没有一样。这个情，我得记不是？

吴国生学按摩，跟苏洵考进士一样是大器晚成。他视力差，差到什么地步我不清楚，就知道他从小在家干农活，大的问题没有，但锄地会锄死苗，萝卜会当成姜。视力差并没有给他的生活带来大的困扰，他结了婚，生了女儿，过上了正常的生活。可后来他的生活发生了变故：他的妻子在一场车祸中去世了。锅冷瓢寒，吴国生开始不甘心在老家种地了，可他视力差，又不识字，怎么办？他把女儿交给了父母，到南昌入了按摩这一行。不久，他又结下了好姻缘，与一个丈夫生病去世的女人结了婚，从老家接来了女儿，在南昌安顿了下来。

吴国生是个心比天大的人。在南昌做按摩久了，他又不甘心了，听了一个同乡人蛊惑，带着少量的盘缠摸索着杀向北京，最终在一个据他说是很大的健身场所扎下根来。他占着高级技师的名分，一个钟一百五十元的价位，拿着每月七八千元的薪水，听着南来北往的故事，吃着各种味道的宵夜，感觉别提有多美！

然而他的命运里似乎总有一个力量在拉扯着他。他的妻子不断电话他要他回来，理由是他读初中正在叛逆期的女儿她管不住了。她电话说吴国生这么晚了你女儿还没回来。吴国生老师来电话了说你女儿没去上课。吴国生今天你女儿顶撞我了。吴国生不得了了你女儿今天和我动手了。吴国生你再不回来你女儿就要跟着坏人跑了到时候你后悔都晚了不信你试试！

吴国生只好含恨回到南昌。他应聘到了医健，这样我才认识了他。他底薪加提成有三四千元。这在南昌按摩业也算是高薪，可体会到了好日子的他，哪里会满足？果然，几个月后，他偷偷告诉我他马上不在医健做了，以后到了新的地方就电话告诉我。

不久，就接到吴国生的电话，说领导耶我在离你家不远的地方，名门世家后面，我的店名叫圣天元。你哪天来看看么？过不久他又打来电话：领导耶，我们店正在搞活动呢，买一送一，一千二变二千四，活动快到期了，快来！过会儿，又电话：领导耶，哪天来看看我哟。你不支持我，我整天都不踏实哟。领导耶，带朋友来放松下，我请客！

吴国生开店了。他与其他的两个人一起，在离我三里路的名门世家后面转包了一个大大的店面，开了一个上下两层三十多个床位的按摩院。他取名不叫按摩院，叫健身会所，他说北京的公司就这么叫的，时髦！开店的租金、装修的钱要十多万，加上每个月的技师工资、水电，开支可不少！吴国生说，他把在北京赚的钱投进去了大半。

我应邀而去。为了支持他，还真交钱办了卡。圣天元名字好，看着就大气吉祥，店名很大，门脸颇为醒目，按摩店里宽敞明亮，吴国生领着我见了他的两个合作伙伴，个个都信心百倍摩拳擦掌的样子。我口头上祝福他们，可心里不免犯嘀咕：开个按摩店，需要那么大吗？店的位置并不太好，靠着名门世家这一小区，但在小区的背面，小区里的住户不可能绕到后门行走，店面周围没有多少人气，商业不旺，隔壁一家小餐馆半死不活的样子。这店真能赚钱？

果然圣天元挺了大约半年，我还没用完一张卡，吴国生就悄悄告诉前去按摩的我，赶紧多来几次把钱用完，他要退出来了。生意不行，开支特大，每月都在亏钱。他已经亏了五六万了，心都紫了，没见钱进门只见钱出去，老婆天天和他吵，再不撤家要散了老本要折了。他有些沮丧，说话也变得喋喋不休。他问我，领导，你说我搞上门按摩，会不会有生意？我到小区租个三室两厅的房子搞按摩，会不会有人来？我要不要挨家挨户去送名片？在附近的建筑物上打广告有没有人看？

吴国生离开了圣天元。好长时间没有吴国生的消息。后来又接到了吴国生的电话：领导耶，我现在到了丁公路的方强馆，是连锁店耶，我在这里上班，你哪天来？

丁公路离我单位不远，有一天中午休息时，我去了吴国生所在的方强馆。我在想，这个总是心有不甘的人，又要弄出什么幺蛾子来？果然，按摩的时候，吴国生告诉我，开店亏大了，好久都没缓过来。巨大的亏空总要想办法填补。他神秘兮兮地说，他现在在炒股。他不懂炒股，可他有客户据说是股神级，推荐了“华丽家族”，九点二元成本，他买了一万股。全部的积蓄呢，就指望着它了。他咬牙切齿地说。

从此我经常中午去丁公路的方强馆。吴国生给我说得最多的话题就成了炒股。他边按摩边问我，华丽家族，帮我看看，是多少了？可是这段时间股市行情并不好。我告诉他实情，他手上的力气明显就不够了。可不会儿，他又加大了力气，边按边说，没关系，总会上来的。股神推荐的，错不了，这个票，不到十块以上我是不会抛的。

写文章的时候，我又看了下华丽家族，才八点八元，他还亏四千呢。真希望它能快些涨起来，我的运气不算太好的国生兄弟，总会有时来运转的时候吧？

4

……我是在我家楼下的幼儿园门口遇上他的。他看起来年已不惑。他的手里握着拐杖。他走在盲道上。可是，幼儿园前的盲道有点扯淡，不知是有意还是无意，一根举着指示牌的铁杆矗立在盲道中间。而盲道的左边是一个停车区。盲道的右边是一排景观树。

他的拐杖犯难了。它不知道自己的路在哪里。它试着往左，可它碰到了车的屁股，嘭的一声。它往右，那碗口粗的景观树又横在那里。我感觉他都要急了。

我走过去，牵住了他的手。我问他怎么啦，他说送娃儿上幼儿园呢。都走老儿回了，怎么还走不对？我问他要去哪儿，他说要去“好轻松”，一个按摩店的名字，他是那儿的老板，之一。

他说了好轻松的地址，可他说的我不太熟悉，我要他说出周围其他建筑物的名字，他说了半天，我也没听明白。感觉是离这儿不远的一个区域。是呀，盲人送娃上学，能远到哪儿去呢。

我试着把他带到空阔的地方。我们之间有了攀谈。他说他是河南人，老婆是南昌人，他是“嫁”到南昌的。他们可都不是先天的！（仿佛不是先天的比先天的更有优势）他是小时候贪玩，被爆竹炸的。他老婆呢，被兄弟推倒在地，撞到了锐器。他们结婚多年了。有两娃，一男一女。大的上初中了，刚才送的是小的。唉，负担重着呢，本来嘛，一个娃就够了，可家里老人不乐意了，说娃多，热闹！孩儿们可都是健全人！皮着呢，管不住！

他们在南昌生活十多年了，一直做按摩。医健？知道，店不错。姓王的手艺不错。我原来也在里面做过一段时间。前不久自己开店，名叫好轻松，就是希望大家来了，可以放松，轻轻松松。你不轻松，到我店里给你按一按，就轻松了。合伙人是南昌人。他不是全盲！他能够出门的！等下，我来打电话给他，要他接我。这儿是哪儿？红人 KTV ？喂，我在红人 KTV，走岔了，一位好心人领着我，等你哈。

你没去过好轻松？那可不比医健差。我们的技师，都是一流的，一个二流都没有！你来，我给你打折。对了，我姓魏。我们店没开多久。生意总会慢慢好起来的。领导，你来照顾照顾生意，生意说不定就噌的上去了。一定要来！不试试怎么知道好不好。你是坐办公室的吧？听着就像领导。坐办公室的，毛病多，一定要养成保健习惯！晚了可不好！喂我在这儿！我是不是方向走错了？

我看到拐杖从地上抬起，变成了接力棒。他的合伙人牵着拐杖的另一头。他道了谢。他们向着人行道走去。远远的道路和人群就像水域，而他们俩，仿佛是胜券在握的泅渡者。——他们借着拐杖和指间、眼睛里、心里的微光，要在这水域中开辟出一条路来。

望着他们消失的方向，心里不免有些软。我唯愿这些靠手指博取生活领引前程的人，在这多艰的人世，心里的世界亮堂，指上的道路辽阔。

明月此时（代后记）

1

我们村孔姓人翻建了祠堂。这在七姓杂居的我们村里，是一件不小的事情。——村里传出的消息说，他们煞有介事地成立了孔家祠堂建设委员会（我的小学语文老师、在邻村小学做校长的孔龙珠，担任了这个临时机构的副主管，成了这个项目的实际操作者之一），所需资金向每个孔姓男丁进行了摊派。摊派的数目大得惊人，据说每人都有几千元，可并没有一个人以负担太重为由提出反对，可见祖宗在每个人心中的分量，和大家对翻建祠堂这件事的拥戴程度。

几个月之后，祠堂竣工，孔姓人决定举办落成典礼，除本姓所有大小男丁、村委会主要干部，他们另邀请村里外姓有头有脸的人出席。这些人包括广东开公司的老板、县城的房地产商、某镇派出所所长、乡村中学教导主任……他们的意思，是想求得有这些人落款的牌匾，分别挂在祠堂的两边，如此可以光耀门庭，增进乡谊。作为省城的一名小处长，我有幸获得了他们的邀请。

我的小学语文老师、孔家祠堂建设委员会副主管孔龙珠有一天给我打来电话。一阵寒暄之后，他说出了要我回乡出席祠堂落成典礼的愿望。在电话里，这个在我印象里从来干脆利落并且富有幽默感的人，竟然显得有些啰唆。我隐约听出了他话里的意思，就是他们的委员会将邀请我的任务交给了他。如果我不出席这一盛宴，他将在族人面前脸面不存。

似乎是商量好了，孔龙珠挂断电话后，我立即接到了村里被邀请的外姓人代表的电话。他们说，牌匾已经订做好。内容请了县里的才子拟写，充分考虑了孔姓的姓氏渊源和文化特征，一个写“斯文有传”，另一个是“知礼存仁”，你愿意在哪个牌匾下落款?

孔龙珠是我的老师。我们村刘、孔、曾、罗、张、周、王七姓中，孔姓和我们曾姓有源自久远的兄弟情谊。两千多年前，他们的祖先孔圣人与我们的祖先曾子是师生关系，曾子又是孔子的儿子孔鲤的老师。孔、曾代际排序字号完全一致，在村里，孔、曾从来就是天然的同盟……另外，我在这个赣江边叫下陇洲的村庄生活了二十多年，是众多乡亲熟悉的一个人。按照礼数，我应该出席这个盛典。我应该给我的老师乃至整个孔姓族人一个面子。再不济我也该答应在牌匾上落一个名字，以表达我对祠堂落成的祝愿之意。

可是我拒绝了他们。我不喜欢介入家乡的这些事。我不想与家乡的宗族发生关系。我把自己当作个读书人，我不想我的名字与村里的警察教师商人等挤在同一块牌匾里。

我跟我的老师孔龙珠说明了理由。他表面表示理解，可语气中毫不掩饰对我的失望。村里外姓人代表在电话里则语焉不详。

我没有参加盛宴。据说盛宴十分隆重，当两块绑着红绸的牌匾抬出时，鞭炮轰鸣，唢呐声声，参加了宴会的外姓人在人群中光耀之至。祠堂正中瓷板画里的孔姓先祖孔子满脸慈悲，透过烟雾看着这些欢天喜地的子孙。

过年回家，经过孔家祠堂。翻建一新的祠堂果然气势夺人，它远远高过寻常民居的高度，两边的马头墙如万马奔腾。门口的对联采用舒体刻写，“孔家祠堂”四个大字阴刻在一块石碑里，显得格外深远凝重。孔姓人在门口进进出出，表情和体态都格外骄傲和夸张。有几个老者在门口晒太阳，说话的声音好像希望全世界都能听见。

有人告诉过我，祠堂正中的孔子像生动传神，是专门请景德镇瓷画名家绘制和烧成的。可我并没有进去瞧一瞧的打算。相反，我加快了脚步，唯恐被人认出。

——我该理直气壮打门口经过才对。可我的样子，为何像一名见到债主羞愧难当的债户？

2

村支书李喜兆打电话给我说要来省城。我问她来办什么事。她说啥事也没有，就是去看看你。我说有事就请直说，我能办的一定办好。她说真没有事呢，去看看你不行么。

我们村的支书李喜兆五十岁左右，是个女的，刘家憨猪叔的媳妇。她怎么从憨猪媳妇变成了党员干部、村支书，其中的原委我并不清楚。只是自从她当上了村支书之后，村里开始有了些变化，比如村里的黄泥巴路慢慢变成了水泥路，村里的主干道装上了许多大瓦数的路灯。比如春节回家，她会领着村里几个干部到我家走访，煞有介事地请我为家乡建设提建议，清明回家扫墓，她会力邀我去她家吃饭叙乡情，虽然每次我都以要陪伴家人为由婉拒。

老实说这段时间我特别忙。我们部门虽说是个处室，可我手下的人少得可怜。这段时间又啥事都凑一块：北京的领导来调研，我们一个大型活动要举办，下面一个市主办的活动要我出席，浙江一个采风活动邀我参加。我用迎接领导调研的间隙来调度我们的活动，从市里拔腿离开又登上了飞往浙江的飞机。我不得不在电话里把李喜兆来省城看我的时间一推再推。可李喜兆一点也不恼。她说不急，等你有空我才来。

李喜兆终于来到了省城。她租了一辆本村人开的五成新的面包车，领着原本是干着屠宰营生的村主任，还有我一个充当带路党的堂叔。根据我发的手机定位他们找到了我的家。她从面包车上跳下来，手里提着装着土鸡蛋和花生的两个袋子，说自己家产的，不值钱，尝尝。

李喜兆的样子，是我见过的我家乡大多数妇女的样子：头发枯黄，脸黑，走起路来是田里干活的架势。脸上的表情热情、朴实又拘谨。她穿着一件红色的圆领短袖上衣。那上衣有些过于宽大，人看起来就显得有点松松垮垮。

正是吃饭时候。我把他们带到附近较高档的酒店用餐。我从家里带去了朋友送我的"梦之蓝"白酒。他们是我的贵宾，我必须盛情款待。我给李喜兆倒上了白酒，虽然我对她的酒量一无所知，她也推辞不已。席间我们聊起家常，聊起村里的地面硬化（还有亮化），贫困村的建设（我曾以我的故乡为题材写过一本旨在表达乡村大变局的名为《田园将芜》的小书，它为我们村申报县级贫困村、争取扶贫资金起到一点作用），聊起村里的人情冷暖，在外人们的种种名状……我频频举杯敬酒，我多次站起舀汤劝菜，气氛是轻松的。我一直在等着他们酒过三巡之后说出他们一直坚持来看我的意图。是联系医生看病，还是为争取新农村建设立项出力？然而他们并没有说。

晚上，我请来了更多在省城的下陇洲人来陪他们。他们是在大市场开店的老板，在私人牙科诊所里工作的医生，大型基建项目会计……乡情愈浓，席上的人们一个个向李喜兆和村主任敬酒，气氛越来越热烈，李喜兆现出了她作为村里一把手的泼辣与干练，声音越来越大，酒越喝越多，动作越来越有了不容置疑的气势，喉咙里冲出的话越来越趔趄，滑腻——

李喜兆与所有人拥抱，用手机拍照，对着相机做着微笑的表情。她反复跟所有人说，多关心村里建设，多回家看看。村主任和我的堂叔奋力将她架上了车。她不忘打开车窗玻璃，向我们挥手。面包车冲进了黑夜，踏上了回家的路程。

——她终究什么也没有说。她真的只是来看看我吗？

3

有一次去我的在县城土管局上班的堂弟曾繁柱的家中，我偶尔翻到了一本印制的标示为“下陇洲村部分人士通讯录”的小本本。通讯录印制不算粗糙，封面用的是铜版纸，里面的每个人都配了彩色照片。我顺手翻了翻，有前几年考入重庆市公安局的曾文平，在本地教书的我的老师孔龙珠，在广东开厂发了大财的曾金龙，在县城邮政局工作的快退休的刘东，已经离开村庄到县城开诊所的孔野德……我吃惊的是，上面竟然有我的信息——姓名、工作单位、职务、单位地址、手机号码、办公室电话号码、邮箱、QQ 号码，还有我的一张照片。照片里，我对着一个话筒讲话，一看就知道是从网上下载的。

没有谁向我征求过这样的信息，我也没完整向谁提供过。谁是这本通讯录的编写者？又有多少人持有了它？

而在与我同村的我的表哥刘金根家里，我看到了另一本通讯录。通讯录的内容与繁柱弟弟家里的大抵相似，可是字体字号人物排序与开本又完全不同，照片也不太一样。在这本通讯录里的我，笑容可掬，似乎是想起了什么开心事。

我怀疑全村人人都有我的手机号、QQ 号、微信号等信息。

可是并没有多少人打我的电话，没有谁从 QQ 里、微信里钻出来说他是本村的谁谁谁请求我加他。这些年我在省城接待的村里人并不多，除了来省城看病的张定国、村支书李喜兆，还有我们家族的族人。

倒是春节时我会接到村里不少人的祝福短信。那些短信只显示了发送者的姓名，并没有接收者的名字，内容也大多是一些烂熟的字眼，一看就知道是通过群发方式发来的。

4

比我小一岁的小堂叔油条儿带着他的妻子，来到了省城，要我找医生给她看病，说是下体长了东西，引发了炎症，县里医生建议他们到省妇幼保健院，找专家做切除手术。油条儿说，侄儿呀，这忙你一定要帮，他们说省妇保做这种手术，吴某某最好。

小堂叔油条儿和他的妻子站在了我的面前。小堂婶挽着油条儿的手臂，笑嘻嘻地看着我。他们的样子，根本不像是来看病，倒像是来逛街。我想，也许，那是一种并不那么让人痛苦的病吧。

我对这种病一无所知。而且，女人的病，我更应该忌讳打听。我不是医生，要了解疾病干什么呢。我立马帮他联系医院和医生。正是暑假，省城大些的医院病床都紧张，费了好大的力气，我才找到了那个吴医生，并且让堂婶住进了医院。

小堂婶做完了手术。切除物正在送检之中，是否恶化不得而知。我请油条儿喝酒。席间我突然疑心堂婶的病可能来自于不洁的性。我问油条儿，是不是他带给她的。油条儿嘻嘻笑着说，我长年在外打工，一年见不到几次老婆，你说我该怎么办。

——油条儿不仅是我的堂叔，还是我的同学。他比我低一届，初中时我们一起去离家四十里之外的一座小镇读书。后来他没考上高中，就离开家去了广东博罗一个工厂打工。二十多年来，他将自己铆在了这家工厂，再也没有挪过窝。他给所有人的印象，是一个多么安分守己的人。这些年，他结婚，生孩子，挣钱，养家。他和妻子一年难得见几次面却感情甚笃。他几乎从来没有惹过事。他们在县城有一套房子。他们一家总是一副过得不错的样子。

想起堂婶挽着他的手笑嘻嘻地站在我面前的样子，不知她是否知道她的病因？如果知道，她是否能原谅自己的丈夫？

5

清明，我们或开着车，或挤着班车，从四面八方赶回了村里。

我们从机关、校园、工厂车间，首都、沿海开放城市、省城，县城自购房、出租屋等等地方出发，向着自己的故乡奔去。那一刻，故乡成了世界的中心，我们的中心。

原本少有人居住的村庄人越来越多。久不相见的人们在路上寒暄，忙着从口袋里掏出香烟和打火机，交换电话和微信。他们用十分夸张的口气说话，以驱赶村庄因长时间人迹稀少形成的寒意。那些狗在路上的步子明显加快，脸上的表情有克制的喜悦，好像是家里来了客人的主人。

我们相约着向山上走去，带着纸钱、香烛、炮仗和祭品。我们之所以这么兴师动众回到村里，就是为了祭奠这些住在山上的人们。他们是我们的祖先。是他们赋予我们基因、血型乃至整个生命。他们是我们的传统。他们是我们人生的起跑线，也是我们眼中世界的尽头。

我们到了山上，费力扒开墓碑前的荒草，辨认墓主的身份，查找上面我们的名字。长辈们边焚香燃烛边兴致勃勃地讲述着关于祖先的故事，关于他们的爱好特征，后裔支脉。这是每年都讲的老段儿，今年无疑又要讲起。

我们这些晚辈人认真听从长辈们的教诲，努力牢记着祖先墓地的位置。有人提议，有没有可能，我们把祖先的墓地拍照保存，并通过图纸的方式标明位置，以利于我们以及后来的人们辨认？有人更是别出心裁地提出，可否将每位祖先的讳号、生平和子嗣等信息编写好保存在一个个二维码里，然后在每位祖先的墓碑上镶上相对应的二维码，通过手机扫描方式来对这些墓地进行辨认和管理？一扫二维码，祖先的信息在手机上一目了然。

我们对祖先的墓地津津乐道，对故乡的死乐此不疲。可我们发现我们对村里的生越来越陌生。我们不知道村里新矗起的大厦的主人是谁，我们不认识跟着大人走在扫墓的路上的孩子是谁家的娃，我们甚至不了解村里还有多少耕地在耕种，还有多少人家依然驻守在村里。我们对故乡的感情越来越疏离，我们回到村庄的机会越来越少，最后只简化为清明这一天。

故乡对我们而言可能仅仅是一块祖传的墓地。当我们意识到这一点，我们不免陡然心惊。

6

父亲打电话来，说村里在组织给每家每户装自来水。同意安装的，需要交纳一千五百元安装费。他问我们家装不装？他的意见是不装。他在我们为他和母亲购买的县城的房子里住得舒坦。他们这辈子是再也不会返回村里住了。“装个 ×！”七十多岁的父亲在电话里说了一句粗话。

我们村家家户户最早是靠挑井水解决生活用水的，村里几口井，足够满足全村近千口人的生活用水需要。每到傍晚，井成了全村最热闹的地方，小小井口，会有四五个人同时用吊桶从井里打水。等在旁边的人趁着闲暇海阔天空地聊，粗话荤话一起上，井口不时传来男人的哄笑和女人的嗔骂，构成了故乡最为动人的记忆。后来，人们开始往自己家院子里打井，用一根小小的管子通到地底下，上面通过压水装置取水。现在，我家已经无一人在村里居住，村里说要装自来水了。

从挑井水到装自来水，是一个重要信号，意味着公共的时代正在变为私人的时代，手工的时代，渐渐进化到自动的时代。

我本应该赞同父亲的意见才对，可我毫不犹豫地对父亲说我同意支付老家的自来水安装费。

我不知道我为什么要嘱咐父亲交这笔钱，我这辈子回村里生活的可能越来越小，我的弟弟也在外购置了房产。在城里长大的我们的孩子们对这个村子并没有认同感，他们不会回到这个只能算是他们的祖籍地的地方。

可那是我生活了二十多年的地方。它也许贫困、破败、肮脏、荒凉，可是它给了我生命、最初的人生经历。我不想与它脱节。我希望自己不仅是它的历史的一部分，还能与它的未来同步。我希望我与它永不分离，永远被它惦记，记录在它的账户之中。如此，我就永远是它襁褓中的婴儿。